LE TRAÎTRE

STAR WARS®

LE NOUVEL ORDRE JEDI

MATTHEW STOVER

LE TRAÎTRE

Fleuve Noir

LE CYCLE DE STAR WARS

DANS L'ORDRE CHRONOLOGIQUE DE L'HISTOIRE

* Ordre chronologique des parutions au Fleuve Noir

Titre original :
Traitor

Traduit de l'américain par
Rosalie Guillaume

Collection dirigée par
Jean Claude Mallé

© 2002 Lucasfilm Ltd et ™. All rights reserved.
Edition originale : Bantam-usa
© 2004 Fleuve Noir, département d'Univers Poche,
pour la traduction en langue française

ISBN : 2-265-06934-5

PERSONNAGES

Ch'Gang Hool
modeleur (Yuuzhan Vong)

Ganner Rhysode
Chevalier Jedi (humain)

Jacen Solo
Chevalier Jedi (humain)

Nom Anor
exécuteur (Yuuzhan Vong)

Tsavong Lah
maître de guerre (Yuuzhan Vong)

Vergere
(femelle fosh)

PROLOGUE

L'ÉTREINTE DE LA DOULEUR

Hors de l'univers, il n'y a rien.

Et ce « rien » s'appelle l'hyperespace.

Une minuscule bulle d'existence flotte dans ce *néant*.

Elle s'appelle un « vaisseau ».

Cette bulle ne connaît ni le mouvement ni l'immobilité. Il n'y est pas question de sens de l'orientation, puisque dans le « rien », la distance et la direction sont des notions dépourvues de signification.

La bulle est suspendue ici pour l'éternité – ou pour moins d'une seconde – parce que le temps, dans ce « rien », n'existe pas non plus. Mais le temps, la distance et la direction ont encore une valeur dans la bulle, qui préserve ces concepts grâce à une stricte séparation entre l'extérieur et l'intérieur.

La bulle est un univers en elle-même.

Hors de cet univers, il n'y a rien.

Jacen Solo est en suspension dans la blancheur, où il explore le vaste éventail de la douleur.

Très loin dans l'infrarouge, il découvre des cendres arides qui lui brûlent la gorge. Plus haut, dans le spectre visible, brillent les ligaments tendus à se rompre qui crépitent dans ses épaules. Des fragments qui évoquent du verre

13

pilé torturent ses hanches, lui arrachant des cris de douleur semblables à ceux des fleurs-étoiles dorées ithoriennes. Il voit des éclairs verts, des langues de feu acides se répandent le long de ses nerfs et des éclairs bleus parcourent son corps.

Encore plus loin dans le spectre, bien au-delà de l'ultraviolet de la trahison qui l'a conduit entre les mains des Yuuzhan Vong, dans l'Etreinte de la Douleur – la trahison de Vergere, en qui il avait confiance – il capte des rayons gamma silencieux qui déchirent impitoyablement son cerveau.

Ces rayons gamma ont la couleur de la mort de son frère.

Anakin, comment est-il possible que tu sois mort ?

Il y a déjà eu des morts dans sa famille. Souvent, Jacen, croyant avoir perdu Jaina, son père, sa mère ou son oncle Luke, a éprouvé un chagrin infini. Mais chaque fois, il s'était agi d'une erreur, d'un malentendu, voire d'une ruse raffinée.

Ceux qu'ils aimaient lui étaient toujours revenus.

Jusqu'à Chewbacca.

En s'écrasant sur Sernpidal, la lune n'a pas seulement mis fin à la vie de Chewbacca. Elle a aussi brisé l'enchantement qui semblait les protéger tous. Dans l'univers, quelque chose a basculé, ouvrant une brèche dans la réalité et laissant la mort entrer dans sa famille.

Anakin…

Jacen l'a vu mourir. Il l'a aussi *senti* mourir à travers la Force. Puis il a vu son corps sans vie entre les mains des Yuuzhan Vong.

Anakin ne s'est pas *effacé*.

Il est mort, tout simplement.

En un instant, Anakin a cessé d'être le frère avec qui il a joué et qu'il a taquiné ou choyé. Le cadet avec qui il s'est querellé et entraîné, qu'il a aimé et qui est devenu… Quoi ?

Un objet. Un cadavre. Anakin n'est plus une personne, il n'existe plus, sinon dans la mémoire de son frère.

Et Jacen ne peut même plus s'autoriser à se souvenir de lui.

Chaque fois qu'il aperçoit une image d'Anakin, avec son sourire insolent si proche de celui de leur père, ses yeux brûlant de la même détermination que ceux de leur mère et sa grâce d'athlète qui lui rappellent tant celle de leur oncle Luke, les rayons gamma lui brûlent la moelle des os, faisant bouillonner son cerveau jusqu'à ce qu'il ait l'impression que son crâne éclatera bientôt.

Pourtant, quand il détourne son regard d'Anakin, il ne voit rien d'autre que la souffrance.

Il ne se rappelle pas s'il est dans un navire ou toujours sur la planète. Il garde un vague souvenir d'une capture à bord d'un vaisseau-monde yuuzhan vong, mais il ignore si cet événement le concerne, ou si ces images appartiennent à la mémoire d'un autre. Il ne parvient plus à faire ce genre de distinctions. Son univers entier est envahi par la blancheur…

Il se souvient d'avoir été déjà capturé. Il revoit Belkadan, son rêve impossible de libérer les esclaves, sa terreur aveugle quand il a découvert que ses pouvoirs, conférés par la Force, étaient sans effet contre les Yuuzhan Vong. Il se souvient de l'Etreinte de la Douleur, puis d'avoir été sauvé par son oncle Luke.

Maître Luke. Maître Skywalker.

Il se souvient également de Vergere. Elle l'a conduit devant la reine voxyn, qui l'a poussé, désespéré, sur une pente glissante au bout de laquelle l'attendait le cadavre de son frère.

Le corps d'Anakin flotte sur un lac de tourments plus terrible et profond que tout ce qui peut encore arriver à Jacen.

Intellectuellement, abstraitement, il sait qu'il a jadis vécu ailleurs que dans la blancheur. Qu'il a éprouvé du bonheur, du plaisir, du regret, de la colère et même de l'amour. Mais ces émotions sont de simples fantômes, un murmure sous le rugissement de douleur qui occulte tout ce qu'il fut, qu'il est ou qu'il sera jamais. Et savoir que la blancheur a eu un début n'implique pas qu'elle aura jamais une fin.

Jacen existe dans un vide intemporel.

Là où il y a seulement la blancheur et la Force.

La Force est l'air qu'il respire, une brise fraîche venue d'un monde plus sain et normal, même s'il se découvre aussi incapable de saisir son pouvoir que d'attraper le vent. Elle l'entoure, le nourrit et accepte ses souffrances et préserve sa santé mentale. Elle lui murmure que le désespoir appartient au Côté Obscur, lui donnant ainsi l'énergie de survivre.

Très loin, au milieu de cette douce brise, il sent un nœud de colère, de rage, de douleur et de désespoir – un noyau aussi comprimé et dur qu'un diamant. A travers le lien qu'ils partagent depuis leur naissance, il suit l'inexorable chute de sa jumelle, qui s'enfonce dans les ténèbres.

Jaina. Ne fais pas ça ! Tiens le coup !

Mais il ne peut pas se permettre de l'effleurer mentalement à travers la Force et de lui demander de partager ses tourments. Elle souffre déjà tellement ! Ajouter sa douleur à la sienne la pousserait plus vite vers le Côté Obscur. Même le lien mental avec sa jumelle est désormais une source de souffrance.

Il a l'impression d'être devenu un prisme qui focalise la douleur pour la transformer en un rayon incroyablement destructeur.

Cette douleur est blanche.

Aveuglé par les neiges éternelles d'une aube glaciale sur Hoth, Jacen Solo reste suspendu dans l'Etreinte de la Douleur.

De temps en temps, le contact d'une main, sur sa mâchoire, brise la monotonie du blanc. Pas une main humaine, ni celle d'un Wookie. Une main à quatre doigts opposables, dure comme les serres d'un rapace, mais humide, chaude et dépourvue d'hostilité.

La douleur diminua un peu, même s'il la sentait prête à revenir, et Jacen parvint à penser de nouveau. Il comprit que la souffrance ne tarderait pas à le submerger, mais pas tout de suite…

Les vagues de tourment refluèrent lentement. Jacen ouvrit les yeux.

La main qui l'avait arraché à la blancheur était celle de Vergere. Au-dessous de lui, elle le regardait de ses grands yeux non humains, les doigts toujours posés sur sa joue.

Jacen était suspendu à l'horizontale, le visage vers le bas, deux mètres au-dessus d'un sol brunâtre à l'aspect gluant hérissé de protubérances semblables à des muscles et à des veines. Les murs suintaient, exsudant un fluide à la forte odeur organique proche de celle de la transpiration d'un bantha ou des excréments d'un chauve-faucon. Dans l'obscurité, au-dessus de lui, pendaient des tentacules terminés par des globes oculaires brillants qui oscillaient et se tortillaient.

Jacen comprit qu'un ennemi l'observait.

Quelque chose de dur lui serrait la nuque. Impossible de tourner la tête pour voir de quoi il s'agissait. Ses bras étaient tellement tendus et tordus que les articulations de ses épaules devenaient un nœud de pure douleur. Et ses chevilles étaient tenues dans un étau si puissant que leurs os grinçaient les uns contre les autres.

Pourtant, le pire restait de regarder Vergere et de se souvenir qu'il lui avait fait confiance.

Elle retira sa main et la regarda, l'ouvrant et la fermant

avec une expression qui, chez un humain, aurait pu être un sourire.

— Parmi nos maîtres, dit la Fosh, comme si elle continuait une conversation amicale, il n'est pas jugé honteux, pour un guerrier dans votre position de souhaiter la mort. Parfois elle lui est accordée quand il a montré un grand courage. Certains, sur ce vaisseau, murmurent que votre comportement, face à la reine voxyn, vous a rendu digne de cet honneur. Mais notre maître de guerre estime que vous lui appartenez. Il veut vous sacrifier aux Vrais Dieux. C'est aussi un très grand honneur. Comprenez-vous ce que je vous dis ?

Depuis que leurs rapports avaient changé, Jacen et Vergere étaient passés du tutoiement au vouvoiement, comme pour mieux marquer la distance qui les séparait désormais.

Quant à la question de la Fosh, Jacen n'avait rien compris, sinon qu'il souffrait au-delà de l'imaginable et qu'il avait été lâchement trahi.

— Je…

Essayer de parler lui arracha la gorge, comme s'il tentait de recracher des fragments de transpacier. Il sursauta et ferma les yeux. Quand des galaxies étincelèrent sous ses paupières, il serra les dents.

— Je vous faisais confiance…

— C'est exact… Mais pourquoi ?

Jacen s'aperçut qu'il n'avait rien à répondre à ça. Vergere était si radicalement *différente* de lui…

Elevé sur Coruscant, le centre nerveux de la galaxie, Jacen Solo avait l'habitude de rencontrer des êtres appartenant à d'autres espèces. La totalité des « chemins spatiaux » menant à Coruscant, toutes les races intelligentes de la Nouvelle République y avaient des représentants. Et comme le racisme était une notion étrangère à Jacen, il ne lui serait jamais venu à l'esprit de se méfier de quelqu'un parce qu'il ne lui ressemblait pas...

Mais Vergere...

Il la regarda. Le long de son corps compact et souple, ses longs bras bougeaient d'une manière étrange, comme si elle avait eu des articulations supplémentaires. Avec leurs doigts-serres, ses mains ressemblaient un peu aux épines préhensiles des polypes andoans. Ses genoux se pliaient vers l'arrière et elle avait des pieds aux orteils quasiment en éventail. Avant elle, Jacen n'avait jamais rencontré un membre de son espèce. Il observa ses grands yeux brillants en forme de larmes, ses moustaches incurvées autour de sa grande bouche expressive...

Expressive ? Peut-être, mais pour manifester quelle émotion ? Comment savoir ce que signifiait l'infime frémissement de sa lèvre supérieure, même s'il ressemblait à un sourire humain ?

Vergere n'était en rien semblable à Jacen.

Son espèce utilisait sûrement d'autres signaux que les humains. Et sans doute non verbaux...

En ce moment, les plumes situées près du sommet de son crâne aplati se soulevaient et tournaient lentement, leur couleur passant de l'argenté au rouge étincelant. Ce mouvement correspondait-il à un sourire ? Etait-il l'équivalent d'un haussement d'épaules ? Ou des grognements d'un prédateur irrité ?

Impossible à savoir !

Et comment Jacen avait-il été assez naïf pour lui faire confiance ?

— Pourtant..., dit-il d'une voix rauque, vous avez sauvé Mara...

— Vous croyez ? pépia gaiement Vergere. En supposant que je l'ai fait, quel sens donnez-vous à cet acte ?

— Je croyais que vous étiez de notre côté...

La Fosh leva un sourcil surmonté de vibrisses.

— Il n'existe rien de tel que « notre côté », Jacen Solo.

— Vous m'avez aidé à tuer la reine voxyn…

— Je vous ai aidé ? Peut-être… Mais si j'avais eu besoin de vous pour atteindre *mon objectif* ? Si j'avais eu *mes* raisons de souhaiter la mort de la reine voxyn, vous utilisant alors comme une arme ? Ou est-ce *vous* qui m'intéressez vraiment ? J'ai donné mes larmes à Mara et je vous ai aidé à survivre à votre combat contre la reine. Et si toutes mes actions avaient été destinées à vous amener ici, pour vous suspendre dans l'Etreinte de la Douleur ?

— Quelle était réellement votre motivation ? souffla Jacen.

— A votre avis ?

— Je l'ignore… Comment pourrais-je le deviner ?

— Pourquoi me demander ? Devrais-je être assez présomptueuse pour prétendre enseigner l'épistémologie à un Jedi ?

Jacen se raidit dans le harnais de l'Etreinte de la Douleur. Il n'était pas brisé au point de ne pas comprendre qu'on se moquait de lui.

— Que voulez-vous de moi ? Pourquoi avez-vous fait tout ça ? Pourquoi êtes-vous ici ?

— Une question intéressante, petit Solo…

La crête emplumée de Vergere frémit et passa par toutes les couleurs de l'arc-en-ciel, comme des cartes de sabacc mélangées par un joueur expérimenté.

— Dire que je suis une messagère de la mélancolie serait assez proche de la vérité, reprit Vergere. Un héraut de tragédie qui distribue des cadeaux pour adoucir le chagrin des affligés. Une pleureuse, avec un don certain pour décorer les tombes. Une hiérophante, venue accomplir les rites sacrés pour les morts…

— De quoi parlez-vous ? demanda Jacen. Je ne comprends pas…

Il se laissa aller dans le harnais, épuisé.

— Bien entendu que vous ne comprenez pas ! Il suffit amplement que les morts doivent subir leur fin. Serait-il juste de leur demander de la comprendre ?

Jacen passa sur ses lèvres craquelées une langue sèche comme l'amadou.

— Vous dites donc…, murmura-t-il.

Je peux affronter ça ! Je ne suis sûrement pas un grand guerrier, mais je mourrai dignement.

— Vous dites que vous allez me tuer.

— Oh, non ! Pas du tout.

Un son mélodieux qui évoquait le tintement des cristaux de vent endoriens quitta les lèvres de la Fosh. Jacen en déduisit que c'était sa façon de rire.

— Non, précisa Vergere. Je dis que vous êtes déjà mort.

Jacen écarquilla les yeux de surprise.

— Vous êtes perdu à tout jamais pour les mondes que vous connaissiez, continua Vergere avec un mouvement bizarre qui aurait pu être un haussement d'épaules. Vos amis portent votre deuil, votre père est fou de rage et votre mère pleure. Votre vie est *terminée*. Une ligne de partage vous isole de tout ce que vous connaissiez. Vous avez vu un orage cosmique balayer la surface d'une planète, créant une frontière infranchissable entre le jour et la nuit ? Vous avez traversé cette frontière, Jacen Solo. La lumière du jour vous a échappé à tout jamais.

Non, tout ce qu'il avait connu n'avait pas disparu – pas tant qu'il serait en vie ! Il étendit ses perceptions…

— Oh, la Force…, susurra Vergere. La Force représente la *vie*. Et vous n'avez plus rien à voir avec la vie !

La douleur et l'épuisement avaient eu raison de la curiosité de Jacen. Comprendre comment Vergere savait ce qu'il tentait de faire ne l'intéressait plus. Il s'ouvrit à la Force, la laissa déferler à travers lui, effaçant la douleur et la confusion…

Et il découvrit, à ses côtés, un être aussi profondément connecté que lui à la Force.

L'aura de Vergere crépitait de pouvoir.

— Vous êtes une Jedi…, murmura Jacen.

Vergere éclata de rire.

— Il n'y a pas de Jedi ici, dit-elle.

Elle fit un geste brusque de la main.

Dans la tête de Jacen, des nuages de gaz interstellaires tourbillonnèrent puis donnèrent naissance à une proto-étoile, qui grandit, gagna en puissance et devint lumineuse comme une nova, éclipsant la chiche lueur de la salle où Jacen était suspendu. Dans la blancheur aveuglante, il entendit la voix de Vergere, froide et précise comme la lumière d'un très lointain quasar.

— Je suis votre guide dans le royaume des morts.

Ensuite, il n'entendit plus rien.

La supernova éclata dans son esprit et engloutit l'univers.

Des secondes passèrent. Ou des siècles…

Quand il revint à la conscience et ouvrit les yeux, Jacen constata qu'il était toujours suspendu dans l'Etreinte de la Douleur. Vergere était toujours au-dessous de lui, son visage affichant le même équivalent de sourire moqueur.

Rien n'avait changé.

Tout avait changé.

A présent, l'univers était *vide*.

— Qu'est-ce que…, dit Jacen d'une voix aussi rauque que s'il avait passé des nuits entières à hurler dans son sommeil. Que m'avez-vous fait ?

— Vous n'avez rien à voir avec la Force, ni elle avec vous. L'idée de vous laisser la contrôler est une insulte à mes yeux. Cela doit être un défaut des humains. Les mammifères sont si impatients et si téméraires ! Des bébés qui font les dents sur un blaster. Non, non, petit Solo. La Force est bien trop dangereuse pour les enfants. Encore plus dangereuse que les ridicules sabres laser que vous aimez agiter sous le nez des autres. Donc, je vous l'ai enlevée.

Jacen eut le sentiment qu'un coup de poing venait de lui couper le souffle.

Il n'y avait plus rien !

Seulement le vide interstellaire.

Son entraînement, ses talents et son don ne signifiaient plus rien. La Force était un rêve… Et il s'était réveillé.

Jaina !

Il se projeta dans le lien mental qui existait depuis toujours entre eux et déversa sa terreur et son angoisse dans le néant qui remplaçait la connexion qu'il partageait avec elle depuis leur naissance.

Rien. Le silence. Le vide. L'*absence*…

Leur communication mentale rompue, Jaina penserait qu'il était mort.

Elle en serait même *sûre* !

— Non, gémit Jacen d'une petite voix d'enfant perdu. Vous ne pouvez pas… C'est impossible…

— Mais c'est fait ! Et vous êtes bien mieux sans la Force, pour le moment. Si vous êtes un bon garçon, je vous la rendrai. Quand vous aurez grandi.

— Mais… Je suis un Jedi…

Comment l'univers avait-il pu basculer ainsi en un éclair ? Comment tout ce qu'il était, tout ce qu'il possédait, avait-il pu lui être enlevé si vite ?

— Vous *étiez* un Jedi, corrigea Vergere. Avez-vous prêté attention à mes paroles ? Je vous ai pourtant dit que vous étiez *mort*…

— Je ne comprends pas…

Les yeux de Jacen se fermèrent tout seuls.

Il sentit des larmes perler à ses paupières. Quand il les releva, elles tombèrent sur le sol, aux pieds de Vergere. Un des globes oculaires pédonculés se baissa pour les examiner.

— Je ne comprends rien, murmura Jacen. Plus rien n'a de sens, désormais…

Vergere se dressa sur la pointe des pieds et approcha de l'oreille de Jacen sa grande bouche entourée de vibrisses.

— Jacen Solo, écoutez-moi bien, fit-elle d'une voix douce et chaude. Tout ce que je vous dis est faux. Chaque question que je vous pose est destinée à vous piéger. Et vous ne trouverez pas une once de vérité dans mes réponses. Même si vous ne croyez à rien d'autre, vous pouvez être sûr de ça.

Les vibrisses chatouillèrent l'oreille de Jacen, tant la Fosh était près de lui. Il sonda ses yeux immenses, aussi sombres que l'espace interstellaire.

— Qui êtes-vous *réellement* ?

— Je suis Vergere. Et vous, qu'êtes-vous ?

Elle attendit patiemment, comme pour se donner le temps de vérifier que Jacen n'avait rien à répondre. Puis elle se détourna.

Un sas-sphincter s'ouvrit dans le mur avec un bruit de succion humide et Vergere sortit sans un regard en arrière.

Les murs et le plafond de la salle craquèrent comme les articulations d'un vieillard. L'Etreinte de la Douleur se resserra de nouveau.

Alors, Jacen, comme il l'avait prévu, fut submergé par la souffrance.

Désormais, il n'existe même plus pour lui le réconfort de la Force. Plus de brise fraîche lui rappelant la vie et l'équilibre. Plus de Jaina. Plus de *vie*.

Là où il demeure, il n'y a que la blancheur.

PREMIÈRE PARTIE

LA CHUTE

CHAPITRE PREMIER

LE COCON

Dans les étendues désertes de l'espace interstellaire, là où la densité de la matière se mesure en atomes par mètre cube, un minuscule vaisseau en corail yorik apparut soudain. Il décrivit une courbe qui modifia son cap et sa vitesse, puis disparut tout aussi rapidement dans l'hyperespace, laissant derrière lui une traînée de radiations ionisantes.

Plus tard, à une distance impossible à mesurer, dans une région de l'espace identique à celle qu'il venait de quitter – à l'exception des parallaxes différentes de certains groupes d'étoiles – le même vaisseau se livra à une manœuvre identique.

Lors de son long voyage, il entra et sortit du vide hyperspatial un nombre incalculable de fois…

Jacen Solo est toujours suspendu au sein de la blancheur. Il réfléchit.

Il a commencé à comprendre la leçon enseignée par la douleur.

De temps en temps, il émerge de la blancheur, comme si l'Etreinte, le *comprenant*, savait déterminer les limites de son endurance. Au moment où une minute de plus dans les limbes menacerait de le tuer, l'Etreinte le laisse revenir à la réalité de la salle et du vaisseau.

Quand la souffrance a vrillé ses nerfs si longtemps que son cerveau surchargé n'est plus en mesure de la percevoir, l'Etreinte de la Douleur se relâche et le dépose sur le sol, où il peut dormir un court moment. Pendant ce temps, d'autres dispositifs – ou des créatures, il n'est plus capable de faire la différence, ni même de savoir s'il y en a une – le nettoient et pansent ses blessures. Certaines rampent sur lui comme des araignées et lui injectent des nutriments et de l'eau pour le maintenir en vie.

Même sans la Force, sa formation de Jedi lui permet de survivre à la douleur. Il s'immerge de temps en temps dans un cycle de méditation qui érige un mur entre la blancheur et lui. Même si son corps est toujours torturé, son esprit reste à l'écart des tourments qu'on lui inflige. Hélas, ce bouclier de discipline ne résiste pas éternellement, et l'Etreinte de la Douleur est patiente…

Elle érode ses protections mentales avec l'insistance aveugle des vagues qui se jettent contre une falaise. Par des moyens inconnus de Jacen, l'Etreinte sait quand il a bâti un mur défensif. Elle redouble alors d'efforts, comme un ouragan décidé à tout emporter sur son passage. Après l'avoir poussé dans ses ultimes retranchements, et forcé à explorer de nouvelles galaxies de souffrance, l'Etreinte bat lentement en retraite.

Jacen a le sentiment que la blancheur le dévore, comme si l'Etreinte se nourrissait de sa douleur. Mais en sachant ne pas aller trop loin, pour lui laisser la possibilité de se remettre, afin qu'il connaisse sans cesse de nouveaux tourments. Son existence est désormais rythmée par des vagues régulières de douleur entrecoupées de répits qui lui permettent à peine de reprendre son souffle.

L'Etreinte s'occupe de lui, évitant qu'il se noie…

Quand il émerge provisoirement de la blancheur, Vergere est parfois là. A certains moments, assise à côté de lui, elle fait montre de la patience infinie d'un chauve-faucon à l'affût de sa proie. A d'autres occasions, elle arpente la salle comme un héron qui patauge dans un marais. Souvent, étrangement douce, elle nettoie et panse ses blessures avec une efficacité réconfortante. Il se demande parfois si elle ferait ou dirait davantage de choses si les yeux pédonculés ne pendaient pas du plafond.

La plupart du temps, il reste là, nu, du sang suintant de ses poignets et de ses chevilles. Pas seulement nu, d'ailleurs, mais totalement épilé. Les machines-créatures arrachent régulièrement ses cheveux et ses poils, même les cils et les sourcils.

Une seule fois, il demanda d'un filet de voix :

— Depuis quand ?

Vergere le regarda sans répondre.

Il recommença.

— Depuis quand… suis-je là ?

La Fosh fit l'étrange geste qu'il avait fini par tenir pour un haussement d'épaules.

— Le temps écoulé et l'endroit où vous êtes n'ont aucune importance. Ces notions appartiennent aux vivants, petit Solo. Elles n'ont rien à voir avec vous, ni vous avec elles.

Vergere répondait toujours à ses rares questions par des énigmes de ce genre. Il finit par cesser de se poser des questions. S'interroger consumait de l'énergie, et il n'en avait plus en réserve.

— Nos maîtres servent des dieux sévères, dit Vergere, la deuxième ou la dixième fois qu'il se réveilla. Les Vrais Dieux ont décidé que la vie était faite de souffrance et ils nous ont donné la douleur pour prouver qu'ils avaient raison. Certains de nos maîtres cherchent à leur plaire en cultivant la souffrance. Le Domaine Shai agissait ainsi, et il est devenu une légende. Ses membres utilisaient l'Etreinte de la Douleur comme nous prendrions un bain. Ils espéraient sans doute, de cette manière, éviter la punition des Vrais Dieux. Sur ce point, ils ont été déçus… Ou peut-être, comme le murmuraient leurs détracteurs, en sont-ils venus à prendre plaisir à la douleur. Elle devient aisément une drogue, Jacen Solo. Le comprenez-vous ?

Vergere ne se formalisait jamais quand le jeune homme ne répondait pas. Elle ne s'intéressait pas à ses réactions, seulement à entendre le son de sa propre voix. Mais s'il disait quelque chose ou levait la tête, la Fosh revenait immanquablement au même sujet : la douleur.

Ils avaient beaucoup à se dire là-dessus, car Jacen en connaissait un bout sur la question.

Il comprit pour la première fois la leçon que lui enseignait la douleur un jour où il gisait sur le sol, tremblant d'épuisement. Il était toujours tenu par l'Etreinte, mais plus lâchement. Le dispositif maintenait le contact, sans plus, ses muscles végétaux roulant paresseusement au-dessus de sa tête.

Ces périodes de repos étaient presque aussi pénibles que les pires tortures. Lentement, inexorablement, son corps reprenait sa forme normale, ses articulations, ses tendons et ses muscles distendus se remettant en place. Mais sans la douleur infligée par l'Etreinte, il lui était impossible de détourner ses pensées d'Anakin et de la plaie béante que la mort de son frère avait ouverte dans sa vie. De ce qu'elle avait fait à Jaina, qui tombait lentement vers le Côté Obscur, ou à ses parents, qui devaient tant souffrir d'avoir perdu leurs deux fils…

Pour échapper à son obsession plus que par réel désir de communiquer avec elle, Jacen se tourna sur le dos et demanda à Vergere :

— Pourquoi me faites-vous ça ?

— Ça ? demanda-t-elle sans cesser de le regarder. Que suis-je censée vous faire ?

Il ferma les yeux un instant, essayant de rassembler ses esprits, puis les rouvrit.

— Pas *vous*… Les Yuuzhan Vong. L'Etreinte de la Douleur. On cherche à me briser, c'est évident. Mais dans quel but ? Pourquoi me torture-t-on ? On ne me pose jamais la moindre question…

— « *Pourquoi* » est toujours une question plus profonde que sa réponse, dit Vergere. Celle que vous devriez poser est peut-être : *que me font-ils ?* Vous parlez de *torture*. Vous dites qu'on cherche à vous *briser*… Pour vous, les choses sont ainsi, et je le comprends. Mais pour nos maîtres ? (Vergere inclina la tête. Sa crête frémit, devenant orange.) Qui sait ?

— Ce ne serait pas de la torture ? Vous devriez prendre ma place ! Oui, voilà une initiative qui me ferait plaisir !

— Croyez-vous que je ne l'ai pas fait ?

Jacen regarda la Fosh sans comprendre.

— Le but n'est peut-être pas de vous torturer, dit-elle d'une voix guillerette, mais de vous *enseigner*.

— Dans la Nouvelle République, dit Jacen, l'éducation n'est pas aussi… douloureuse !

— Non ? (Vergere inclina la tête de l'autre côté et sa crête devint verte.) Peut-être est-ce pour ça que votre peuple perdra cette guerre. Les Yuuzhan Vong savent qu'aucune leçon n'est jamais vraiment apprise tant qu'elle n'a pas été sanctionnée par la douleur.

— D'accord…, grogna Jacen. Et tout ça est censé m'apprendre quoi ?

— Qu'est-ce qui compte ? Ce que le professeur veut enseigner à l'élève ou ce que l'élève assimile ?

— Quelle est la différence ?

— Cette question vaut la peine qu'on y réfléchisse, n'est-ce pas ?

A un autre moment, avant ou après, il ne le sut jamais vraiment, Jacen reprit lentement conscience, blotti contre la paroi incurvée de la salle. Les ligaments préhensiles de l'Etreinte de la Douleur s'étaient rétractés vers le plafond. Accroupie à côté de lui, Vergere tentait de lui faire boire le contenu d'un bulbe-gourde. Trop épuisé pour résister, il ne résista pas. C'était de l'eau pure, mais l'effet sur sa gorge desséchée fut si dévastateur qu'il s'étrangla et dut recracher le peu qu'il avait essayé d'avaler. Patiemment, Vergere humecta un chiffon et le lui donna à sucer jusqu'à ce que les spasmes se calment assez pour lui permettre de déglutir.

— A quoi sert la douleur ? murmura-t-elle. Y pensez-vous de temps en temps, Jacen Solo ? Quelle est sa fonction ? Nos maîtres les plus dévots pensent qu'elle est le fouet des Vrais Dieux – leur manière de nous enseigner à dédaigner le confort, notre corps, et même notre vie. Moi, j'estime que la douleur est une divinité en elle-même. Le fondement de l'existence. Elle fait claquer son fouet et tous les êtres vivants réagissent. L'instinct le plus élémentaire est de reculer devant elle. De se cacher. Si aller à un endroit fait mal, même une vulgaire limace de granit choisira une autre direction. Vivre, c'est être esclave de la douleur. Quand on dit de quelqu'un qu'il est « au-delà de la douleur », ça signifie qu'il est mort, n'est-ce pas ?

— Pas pour moi, dit Jacen, dès que sa gorge lui permit de parler. Vous avez beau me répéter que je suis mort, je sens toujours la douleur.

— Certes ! Penser que les morts sont au-delà de la douleur est un acte de foi. Il vaudrait mieux dire que nous l'*espérons*. Mais il y a une seule façon de le découvrir. Pensez-vous que la douleur pourrait aussi être le principe fondamental de la mort ?

— Je ne pense rien du tout. Je voudrais seulement que ça cesse !

Vergere se détourna et lâcha un étrange son nasillard. Jacen se demanda un instant si ses souffrances l'avaient touchée. Le prendrait-elle enfin en pitié…

Mais quand elle se tourna de nouveau vers lui, ses yeux brillaient d'ironie, pas de compassion.

— Je suis si naïve ! Depuis le début, je pensais parler à un *adulte* ! Se méprendre à ce point est la pire des erreurs ! J'ai cru que vous étiez naguère un véritable Jedi. En réalité, vous êtes un oisillon qui piaille dans son nid parce que sa mère n'est pas venue le nourrir !

— Vous… Comment pouvez-vous dire ça après ce que vous avez fait ?

— Ce que j'ai fait ? Non, non, petit Solo. La question est ce que *vous* avez fait.

— Je n'ai rien fait du tout !

Vergere s'adossa au mur de la salle, à un mètre de Jacen. Elle plia lentement ses genoux aux articulations inversées, croisa les doigts devant sa bouche entourée de vibrisses et le regarda.

Après un long silence, pendant lequel les mots qu'il avait criés résonnèrent dans l'esprit de Jacen jusqu'à ce qu'il sente le sang lui monter aux joues, la Fosh lâcha :

— Précisément.

Puis elle se pencha, comme pour partager avec Jacen un secret embarrassant.

— N'est-ce pas la technique employée par un enfant ? Geindre interminablement, remuer les doigts et trépigner en espérant qu'un adulte le remarquera et s'occupera de lui ?

Jacen baissa la tête et tenta de contenir ses larmes.

— Que *puis-je* faire ?

Vergere émit de nouveau son bruit nasillard.

— Entre autres, vous avez la possibilité de rester dans cette pièce et de souffrir. Aussi longtemps que vous ferez ça, savez-vous ce qui arrivera ?

— Quoi ?

— Rien ! jubila la Fosh. Bien entendu, vous finirez probablement par devenir fou. Un jour, si vous avez de la chance, vous mourrez. (Sa crête s'aplatit et devint grise.) De *vieillesse*.

Jacen la regarda, désespéré. L'idée de passer une heure de plus dans l'Etreinte de la Douleur le terrorisait, et elle parlait de l'y laisser des années ! Le reste de sa vie !

Il passa les bras autour de ses genoux et pressa son visage contre ses rotules, comme si la pression, sur ses orbites, pouvait effacer l'horreur de ce qu'il vivait. Il se souvint de son oncle Luke, dans l'entrée de la cabane, sur Belkadan. Il revit sa tristesse, quand il avait tué les guerriers yuuzhan vong qui avaient capturé son neveu. Il se rappela comment Luke avait enlevé l'implant de sa joue. Un geste rapide et sûr de son pouce cybernétique…

Mais son oncle ne viendrait pas le sauver, cette fois. Personne ne viendrait.

Parce que Jacen Solo était mort.

— C'est pour ça que vous continuez à me rendre visite ? Pour vous réjouir de mon malheur ? Et humilier un ennemi vaincu ?

— Me suis-je moquée de vous ? Etes-vous mon ennemi ? Et êtes-vous vaincu ?

L'apparente sincérité de Vergere surprit Jacen. Levant les yeux, il ne vit aucune ironie dans son regard.

— Je ne comprends pas.

— Voilà au moins une chose de claire… Je vous ai fait un *cadeau*, Jacen Solo : vous libérer de l'espoir d'être sauvé. Ne comprenez-vous pas que j'essaie de vous aider ?

— M'aider ? Vous devriez réviser votre basique, Vergere ! Dans cette langue, quand on parle d'aide, on ne pense pas au genre de choses que vous m'avez fait.

— Vraiment ? Vous avez peut-être raison. Dans ce cas, nos difficultés sont d'ordre linguistique.

Vergere soupira de nouveau et s'allongea sur ses bras tendus, une attitude plus semblable à celle d'un félin qu'à celle d'un oiseau. Des paupières intérieures voilèrent ses yeux.

— Quand j'étais très jeune, bien plus jeune que vous, petit Solo, j'ai trouvé une ombre-phalène à la fin de sa métamorphose, encore dans son cocon… Etant déjà en contact avec la Force, je sentais la douleur de l'insecte. Plus sa panique, sa claustrophobie et son désir désespéré de se libérer. On eût dit que cette créature savait que j'étais à côté d'elle et m'appelait à l'aide. Les cocons des ombres-phalènes sont en silicates polystructurés. Un matériau extrêmement dur. Et ces insectes sont des créatures si délicates, si belles, si douces… Leur seul but est de chanter pour égayer nos nuits… Bref, j'ai apporté à celle-là ce que vous appelez de l'*aide*. Je me suis servi d'un cutter pour couper son cocon et lui permettre d'en sortir.

— Oh non ! cria Jacen. Dites-moi que vous n'avez pas fait ça !

Il ferma les yeux, sachant déjà comment l'histoire finirait…

Il avait eu, peu de temps, une ombre-phalène dans sa collection d'animaux exotiques. Il se souvint d'avoir regardé la larve grandir, sentant par empathie sa satisfaction pendant qu'elle se nourrissait de morceaux d'isolants et de permabéton émietté. Il revit la jeune créature émerger de son cocon, puis étendre ses splendides ailes nervurées derrière le polymère transparent de sa cage. Il entendit son chant fascinant, quand il l'avait libérée et qu'elle s'était envolée à la lueur des quatre lunes de Coruscant.

Il se souvint aussi de la panique qu'il avait perçue à travers la Force, la nuit où l'ombre-phalène s'était débattue pour sortir de son cocon. Il avait voulu l'aider… et s'était abstenu.

— On ne peut pas aider une ombre-phalène en coupant

son cocon, dit-il. Elle a besoin de lutter pour en sortir, afin que le fluide emplisse les vaisseaux de ses ailes. Si on entaille le cocon…

— L'ombre-phalène reste infirme, acheva Vergere. La mienne était incapable de voler, donc de se joindre au ballet nocturne de ses frères et sœurs. Ses ailes étant atrophiées, elle était également muette. Cet été-là, nous avons souvent entendu le chant de ses congénères à travers ma fenêtre ouverte. Mon ombre-phalène en conçut une tristesse et une amertume terribles, consciente qu'elle ne pourrait jamais voler sous les étoiles ni chanter. Je m'en suis occupée de mon mieux. Mais la vie de ces créatures est très courte, vous le savez. Elles passent des années sous la forme de larve, emmagasinant des forces pour un unique été de chant et de danse. J'ai volé sa destinée à cette ombre-phalène. Parce que j'ai voulu l'*aider*.

— Ce n'est pas le sens du mot *aider*…

— Vraiment ? J'ai vu une créature souffrir et j'ai pris sur moi de la soulager. Si ce n'est pas le sens du mot *aide*, ma maîtrise du basique est encore pire que je le croyais.

— Vous ne compreniez pas ce qui se passait…

— L'ombre-phalène non plus. Dites-moi une chose, Jacen Solo : si j'avais eu conscience de la nature de la larve, de ce qu'elle devait accomplir, de ce qu'elle devait *souffrir* pour devenir une splendide créature, qu'aurais-je dû faire pour lui apporter ce que vous appelez de l'*aide* ?

Jacen réfléchit. Grâce à son don d'empathie, il avait toujours parfaitement compris les créatures de sa collection. Cela lui avait inspiré un profond respect pour tous les processus de la nature.

— Le mieux, j'imagine, dit-il après un moment, aurait été de garder le cocon en sécurité. Les chauves-faucons sont friands de larves d'ombres-phalènes, surtout celles qui viennent de tisser leur cocon, car c'est à ce moment qu'elles sont le plus grasses. La meilleure chose aurait été de monter la garde pour empêcher les prédateurs de s'attaquer à la larve, puis de la laisser mener sa propre bataille.

— Et de la protéger des autres personnes bien intentionnées qui auraient voulu, dans leur ignorance, l'*aider* en coupant son cocon.

— Oui…, dit Jacen.

Puis il sursauta.

— Alors…, souffla-t-il, commençant soudain à comprendre.

— J'aurais peut-être aussi pu lui rendre visite de temps en temps, pour lui faire savoir qu'elle n'était pas seule. Que quelqu'un compatissait avec elle. Que sa douleur était au service de sa destinée.

Le souffle court, Jacen parvint quand même à murmurer :

— Oui…

— Dans ce cas, Jacen Solo, notre définition du mot *aide* est identique.

Le jeune homme se mit péniblement à genoux.

— Nous ne parlons pas réellement des ombres-phalènes, n'est-ce pas ? Mais de *moi*.

Vergere se leva lentement.

— De vous ?

— De *nous*, rectifia Jacen. De vous et de moi.

— Je dois partir… L'Etreinte de la Douleur est impatiente de vous récupérer.

— Vergere, attendez ! Parlez-moi ! Les ombres-phalènes sont une espèce native de Coruscant ! Comment avez-vous pu trouver une larve ? A moins que… Etes-vous… Etes-vous… ?

La Fosh passa la main entre les récepteurs sensoriels du sas-sphincter, qui s'ouvrit en grand.

— Tout ce que je vous dis est faux, ne l'oubliez pas.

Vergere sortit de la salle.

Alors, l'Etreinte de la Douleur renvoya Jacen dans la blancheur.

Suspendu dans la blancheur, Jacen Solo réfléchit.

Un moment, il est surpris de pouvoir penser. La blancheur avait englouti sa conscience pendant si longtemps ! Des jours, des semaines, des siècles… Et il se découvre maintenant capable de raisonner clairement !

Il passe une micro-éternité à s'en étonner.

Puis il saute à l'étape suivante : quelle leçon tirer de la douleur ?

C'est ça ! C'est de ça que Vergere parlait. L'aide qu'elle m'a apportée et que je n'ai pas su comment accepter.

Elle l'a libéré du piège où il s'était enfermé lui-même : celui de l'enfance. Le piège d'attendre tout de quelqu'un d'autre. D'espérer que papa, maman, oncle Luke, Jaina, Lowie, Tenel Ka ou Zekk volent à son secours.

Il n'est pas sans défense. Il est seul, voilà tout.

Et c'est loin d'être la même chose !

Il n'est pas forcé de rester là, suspendu dans la blancheur, et d'accepter de souffrir. Il peut *agir*.

L'histoire de l'ombre-phalène était peut-être une invention, mais elle contenait une vérité qu'il n'aurait pas comprise sans elle. Qu'avait voulu dire Vergere en affirmant : « *Tout ce que je vous dis est faux.* » ?

Cela avait-il réellement de l'importance ?

Moi, j'estime que la douleur est une divinité en elle-même. Le fondement de l'existence. Elle fait claquer son fouet et tous les êtres vivants réagissent. Vivre, c'est être esclave de la douleur.

Il prend enfin conscience de la véracité de ces paroles. Pas seulement à partir de sa propre expérience, mais en pensant aux réactions de son père et d'Anakin après la mort de Chewie. Il a vu la douleur faire claquer son fouet devant Yan, le forçant à fuir à l'autre bout de la galaxie. Il a vu Anakin se durcir, vouloir en faire toujours plus, tenter de devenir plus fort, plus rapide et plus efficace. La seule façon de survivre au chagrin d'avoir perdu celui qui lui avait sauvé la vie…

Jacen a toujours trouvé qu'Anakin ressemblait à leur oncle Luke : ses dons pour la mécanique, ses talents de pilote et de combattant, son courage de guerrier… Il s'aperçoit soudain qu'Anakin ressemblait à leur père sur un point important : sa réaction à la douleur. A savoir la fuir en étant sans cesse occupé par autre chose.

Un moyen d'échapper à une maîtresse impitoyable.

Vivre, c'est être esclave de la douleur.

Cette affirmation n'est qu'à demi vraie… La douleur peut aussi être un professeur. Jacen se souvient des heures passées à forcer son corps endolori à s'entraîner au maniement du sabre laser. Il se souvient des figures les plus raffinées. De sa difficulté à abaisser son centre de gravité, à assouplir ses hanches, à forcer ses jambes à se plier et à se détendre comme celles d'une panthère.

Si ça ne fait pas mal, disait oncle Luke, *c'est que tu ne fais pas les mouvements correctement.*

Cela s'appliquait même aux décharges électriques du système d'entraînement télécommandé. Bien entendu, il avait toujours essayé de les éviter ou de les intercepter, mais la manière la plus simple de ne pas s'exposer à cette douleur aurait été de cesser l'entraînement.

Parfois, souffrir est la seule manière d'arriver là où on veut.

Et les pires douleurs sont celles auxquelles on ne peut pas échapper !

Jacen a entendu si souvent le récit de sa mère qu'il l'a vécu plusieurs fois en rêve, comme s'il y avait été : sur la passerelle d'une Etoile Noire, contraint comme Leia de regarder pendant que les armes de la station détruisent sa planète. Il a éprouvé la même horreur qu'elle. Le même refus désespéré et la même rage impuissante. Alors, il a compris pourquoi Leia a consacré son existence à défendre la paix.

Et son oncle Luke... S'il n'avait pas découvert ses parents adoptifs assassinés par des commandos impériaux, il aurait peut-être passé sa vie sur Tatooine à rêver aux aventures qu'il n'aurait jamais connues. Et la galaxie serait peut-être restée sous le joug de l'Empire.

Oui, la douleur est parfois synonyme de pouvoir, comprend Jacen. Celui de modifier les choses pour le mieux. C'est ainsi que tout changement survient : un individu souffre et, un jour ou l'autre, il décide de *faire quelque chose*.

La douleur est le moteur de la civilisation.

Il commence à comprendre pourquoi : parce qu'elle est une divinité. Il est entre ses mains depuis la mort d'Anakin, et cette déesse peut aussi être un professeur.

Une esclavagiste qui brise les créatures vivantes ou le pouvoir qui en fait des êtres indestructibles...

Oui, la douleur est tout cela en même temps – et plus encore.

Sa nature dépend de la personnalité des gens.

Mais qui suis-je ? J'ai fui, comme mon père et comme Anakin. Mais ils ont cessé à un moment. Papa a eu la force de revenir, d'affronter la douleur et de l'utiliser pour devenir plus fort, comme maman ou oncle Luke. Anakin a fait pareil, à la fin. Suis-je assez fort pour les imiter ?

Il y a une seule façon de le découvrir.

Depuis des jours, des semaines, des siècles, la blancheur a englouti Jacen et l'a dévoré.

Il entreprend de *la* dévorer.

En attendant que le drone modeleur finisse son rapport, l'exécuteur Nom Anor jouait avec un ver-outre à sève. Il était assis sur une protubérance charnue, près du villip géant auquel le drone parlait de l'évolution du jeune Jeedai Jacen Solo.

Nom Anor ne jugeait pas utile d'écouter. Il savait déjà tout, puisqu'il avait rédigé lui-même le rapport. La salle où était détenu le jeune Solo disposait d'un réseau exceptionnellement complexe de détecteurs conçus pour lire les données électrochimiques émises par les nerfs du jeune homme et mesurer les effets de la douleur sur le fonctionnement de son cerveau.

Le drone modeleur continuait de débiter sa description d'une voix mortellement ennuyeuse.

Nom Anor ne se serait jamais permis de faire part de son ennui au troisième occupant de la petite pièce humide. Il continua à boire de petites gorgées de sève en attendant que le maître de guerre Tsavong Lah perde patience.

Le villip reproduisait avec précision les traits du maître de guerre : sa tête étroite et allongée, son crâne saillant, les dents pointues qui garnissaient sa bouche sans lèvres, et la série de cicatrices signalant sa dévotion à la Vraie Voie. Nom Anor se demanda à quoi ressembleraient ces dessins complexes sur son propre visage. En dehors de son utilité politique, il ne s'intéressait pas à la Vraie Voie. Mais il savait d'expérience que l'apparence de la piété était plus utile que la piété elle-même.

Le villip restituait aussi l'effrayante intensité du regard de Tsavong Lah.

La lueur fanatique, dans ses yeux, reflétait une conviction que Nom Anor avait du mal à imaginer : *savoir*, sans l'ombre d'un doute, que les Vrais Dieux étaient derrière lui et le guidaient. Avoir la certitude que la vérité, la justice et le droit, venus d'eux, soufflaient sur l'univers comme le vent stellaire…

Le maître de guerre était un véritable croyant.

Pour Nom Anor, la foi passait pour une extravagance. Il savait à quel point manipuler les vrais fidèles était aisé pour ceux qui ne croyaient en rien, excepté à eux-mêmes.

A vrai dire, c'était sa spécialité !

Le moment qu'il attendait arriva enfin. Le drone se livrait à un examen minutieux des corrélations entre les réactions de Jacen Solo et celles de trois sujets de contrôle choisis parmi les Yuuzhan Vong. L'un appartenait à la caste des guerriers, l'autre à celle des prêtres et le dernier à celle des modeleurs. Tous avaient subi le même « traitement » que le jeune *Jeedai*, infligé par la même Etreinte de la Douleur.

La colère de Tsavong Lah fut parfaitement restituée par le villip. Sa patience était à bout.

— Pourquoi me fait-on perdre mon temps avec ces bavardages ?

Le drone modeleur se raidit et regarda nerveusement Nom Anor.

— Ces informations sont extrêmement importantes…

— Pas pour moi ! Je ne suis pas un modeleur. Peu m'importent les données brutes. Dites-moi ce qu'elles *signifient*.

— Avec votre permission, maître de guerre, intervint Nom Anor, je peux probablement vous être utile…

Le villip foudroya l'exécuteur du regard.

— Vous y avez tout intérêt. Ma patience est limitée, en particulier avec vous, car vous l'avez durement éprouvée, ces derniers temps. Vous êtes suspendu à un fil très mince, et il continue de s'effilocher !

— Toutes mes excuses, maître de guerre, dit Nom Anor d'une voix onctueuse.

Il fit signe au drone de partir. La créature obéit après s'être inclinée devant le villip. Puis elle activa le sas-sphincter et s'éloigna vivement.

— Je souhaitais seulement vous communiquer mon analyse, dit l'exécuteur. Ma spécialité est l'interprétation des données.

— Votre spécialité, ce sont les mensonges et la propagande ! cracha Tsavong Lah.

Comme s'il y avait une différence…

Nom Anor haussa les épaules et sourit. Il avait appris ce langage corporel auprès des humains, quand il s'était fait passer pour l'un d'entre eux. Il échangea un regard rapide avec l'autre occupant de la salle, son partenaire pour le Projet Solo, puis regarda de nouveau le villip.

— L'importance des données collectées par la salle de l'Etreinte est la suivante : Jacen Solo peut désormais supporter la douleur et il l'utilise pour se développer. Ainsi que le maître de guerre s'en souvient certainement, j'avais prévu ce résultat. Solo a découvert en lui des ressources comme on en trouve uniquement chez nos plus grands guerriers.

— Et alors ? demanda le maître de guerre. Expliquez-vous !

— Ça marchera, dit Nom Anor. D'après nos relevés, s'il survit, Jacen Solo embrassera la Vraie Voie.

— Cela a déjà été tenté, rappela Tsavong Lah. Avec le *Jeedai* Wurth Skidder, et la *Jeedai* Tahiri, sur Yavin 4. Les résultats ont été très insatisfaisants.

— Des modeleurs ! ricana Nom Anor.

— Tenez votre langue, si vous voulez qu'elle reste dans votre bouche. La caste des modeleurs est sacrée aux yeux de Yun-Yuuzhan.

— Bien sûr, bien sûr… Mais je voulais simplement faire remarquer, avec l'autorisation du maître de guerre, que les méthodes utilisées sur Tahiri se limitaient à des modifications physiques grossières. Peut-être même étaient-elles *hérétiques*.

Le visage de Tsavong Lah s'assombrit.

— Ces recherches étaient *hérétiques* ! répéta Nom Anor. Les modeleurs essayaient de faire d'elle une Yuuzhan Vong. Comme s'il était possible qu'une esclave devienne un des Elus ! N'est-ce pas un blasphème ? Le massacre qui en a résulté était encore trop clément comparé à ce que les modeleurs méritaient.

— Pas du tout, dit Tsavong Lah. C'était *exactement* ce qu'ils méritaient. Ce que les dieux décident, voilà la seule bonne définition du mot *justice*…

— Comme vous voudrez, concéda Nom Anor. Mais le Projet Solo n'implique aucune hérésie de ce genre. Avec lui, c'est l'inverse : il restera *physiquement* humain, pourtant, il se ralliera à la Vraie Voie et deviendra son défenseur. Aucun besoin de le modifier ou de le détruire : il suffira de lui montrer la bonne direction. Il fera le chemin de lui-même.

— Vous ne m'avez toujours pas expliqué en quoi ça me serait profitable. Tout ce que vous m'avez dit suggère qu'il deviendra un sacrifice d'une plus grande valeur. Mais pourquoi devrais-je attendre une conversion problématique ? S'il meurt, j'aurais violé la promesse faite aux Vrais Dieux et je les aurais privés d'un sacrifice qui leur revient de droit. Et les dieux ne sont pas tendres avec ceux qui renient leurs vœux.

Impossible de se servir de mon exemple pour le prouver, pensa Nom Anor, ironique.

Mais il parla d'un ton respectueux.

— L'importance symbolique de Jacen Solo est inestimable, maître de guerre. D'abord, il s'agit d'un *Jeedai*. Pour les peuples de la Nouvelle République, ces guerriers de la Force sont des dieux. Leur unique but est de se battre et de mourir pour la vérité et la justice perverties des infidèles. Les exploits de Solo sont connus dans toute la galaxie, comme ceux de sa sœur *jumelle*. Leur réputation dépasse celle de Yun-Harla et de Yun-Yammka…

— Vous blasphémez trop facilement, grogna Tsavong Lah.

— Vraiment ? lança Nom Anor, souriant. Pourtant, les Vrais Dieux n'ont pas jugé bon de me détruire. Mes paroles ne sont peut-être pas des blasphèmes. Comme vous le découvrirez bientôt…

Le maître de guerre foudroya Nom Anor du regard, mais il ne dit rien.

— Jacen Solo est aussi le fils aîné d'une famille très importante pour la galaxie. Sa mère a été un certain temps le Chef Suprême de la Nouvelle République…

— Un certain temps ? Comment est-ce possible ? Pourquoi son successeur l'aurait-il laissée vivre ?

— Le maître de guerre veut-il réellement entendre un exposé sur le système de gouvernement tordu de la Nouvelle République ? Ce concept étrange est appelé *démocratie*. Le rôle de chef revient à celui qui séduit le plus grand nombre de citoyens ignorants…

— Leur système politique vous regarde, dit Tsavong Lah. Ce qui m'importe, c'est leur capacité de se battre.

— Dans ce cas, les deux choses sont plus liées que le maître de guerre le suppose. Depuis un quart de siècle, la famille Solo domine les affaires galactiques. Le maître de guerre des Jedi est l'oncle de Jacen Solo. Cet homme, Luke Skywalker, a quasiment fondé la Nouvelle République en infligeant une terrible défaite à un système de gouvernement plus ancien appelé l'Empire. Tant mieux pour nous, car l'Empire, plus organisé, plus puissant et plus militarisé que la Nouvelle République, n'avait pas les faiblesses du gouvernement actuel. Il nous aurait vaincus dès la première bataille !

Tsavong Lah se hérissa.

— Les Vrais Dieux ne l'auraient jamais permis !

— C'est ce que je voulais démontrer, dit Nom Anor. Ils ne l'ont pas permis : Luke Skywalker, les Solo et l'Alliance Rebelle ont détruit l'Empire, laissant la galaxie impuissante contre nous. Le clan Solo a servi les Vrais Dieux *sans le savoir* !

Pour la première fois, Tsavong Lah eut l'air intéressé.

Nom Anor sentit que le moment de lâcher sa bombe était venu.

— Maintenant, imaginez la réaction des forces de la Nouvelle République quand ce Jedi, un héros membre du plus grand clan de leur histoire, leur annoncera qu'elles ont été trompées par leurs chefs et que les Vrais Dieux sont les seuls dignes de foi. Que la Vraie Voie est l'unique voie !

Le villip restitua parfaitement le soudain intérêt du maître de guerre.

— Nous leur avons fait du mal en nous emparant de leur capitale, mais nous n'avons pas détruit leur moral, murmura-t-il. Ce que vous proposez les découragerait à jamais…

— Oui.

— Et la Nouvelle République pourrait tomber malade et *mourir*.

— Oui !

— Etes-vous sûr d'amener Jacen Solo à se soumettre à la Vraie Voie ?

— Maître de guerre, dit Nom Anor, c'est *déjà* en cours. Jacen et Jaina Solo sont des jumeaux. Un mâle et une femelle, complémentaires mais opposés. Comme Yun-Yammka et Yun-Harla. Le Guerrier et la Fourbe. Jacen Solo *deviendra* une moitié de la double divinité et se battra au service du dieu qu'il incarnera. Une preuve qu'aucun membre de la Nouvelle République ne pourra contester !

— Cela aurait une certaine valeur…, admit Tsavong Lah.

— *Aurait* ? demanda Nom Anor. Maître de guerre, vous avez consenti aux sacrifices réclamés par les Vrais Dieux afin qu'ils nous accordent la victoire. A tous, sauf à un !

— Vous parlez du Grand Sacrifice, celui des Jumeaux !

— Oui ! Et quand vous n'avez pas pu réaliser le sacrifice final, vous avez dû douter de la véracité des promesses des Vrais Dieux.

— Les Vrais Dieux ne se jouent pas de nous et ils ne promettent pas en vain, dit le maître de guerre.

— Mais leurs dons ne sont jamais *acquis*, dit Nom

Anor. Vous le savez. Ils demandent que nous les *méritions*. Que nous agissions pour que leurs prophéties se réalisent.

— Oui…

— Quand le grand jour viendra, Jacen Solo capturera lui-même sa sœur jumelle. Puis il la tuera lors du Grand Sacrifice des Jumeaux, pour que la volonté des Vrais Dieux soit enfin accomplie.

— Que la volonté des Vrais Dieux s'accomplisse ! cria Tsavong Lah.

— Que la volonté des Vrais Dieux s'accomplisse, répéta Nom Anor.

— Bien sûr, vous vous chargerez de tout ça…

— Oui, maître de guerre.

— Et vous n'échouerez pas.

— Si c'est en mon pouvoir, maître de guerre…

— Vous n'avez pas compris. Je dis que *vous n'échouerez pas*. Il est impossible de se moquer des Vrais Dieux. Si Jacen Solo ne se tourne pas vers la Vraie Voie, cette conversation n'aura jamais eu lieu. Pour Nom Anor, la victoire est la seule option. S'il échoue, il sera sacrifié aux Vrais Dieux comme une victime anonyme.

— Maître de guerre, je…

— Tous ceux qui seront au courant de ce plan, s'il échoue, mourront d'une mort atroce et leurs os seront éparpillés dans le vide stellaire. Au nom des Vrais Dieux, c'est ma décision.

Le villip se rétracta soudain avec un bruit écœurant.

Nom Anor s'affaissa sur son siège. Il n'avait pas prévu que les choses tourneraient ainsi.

C'est l'ennui avec les fanatiques. Ils sont faciles à manipuler, mais ils vont toujours un peu plus loin qu'il serait raisonnable…

Il avala une gorgée de sa sève, qu'il avait oubliée pendant l'entretien. Puis il se tourna vers l'autre personne présente dans la salle.

— Bien. Nous voilà *réellement* associés ! Ma chère, nous fêterons ensemble notre victoire, ou nous affronterons ensemble la destruction. Comme disent les Corelliens, nous sommes bien partis !

De l'autre côté du villip amorphe, la partenaire de l'exécuteur soutint son regard avec un calme inhumain.

— Bien partir, dit Vergere, c'est avoir déjà fait la moitié du chemin.

CHAPITRE II

LA NURSERIE

Loin dans l'espace, au-dessus du plan de l'écliptique de la galaxie, au cœur de ténèbres si distantes de tout système stellaire qu'elles étaient davantage une série de coordonnées qu'un *lieu*, un petit vaisseau en corail yorik sortit de l'hyperespace – si loin d'un point de référence fixe que son mouvement était purement arbitraire. Par rapport à Obroa-skai, le vaisseau s'éloignait à un pourcentage non négligeable de la vitesse de la lumière. Par rapport à Tatooine, il décrivait un grand arc de cercle. Enfin, par rapport à Coruscant, il tombait en augmentant régulièrement sa vitesse.

Ses basals dovin jumelés émirent des vagues de gravité en expansion. Très longtemps après, ils enregistrèrent les vagues d'ondes spatio-temporelles qui leur répondaient.

Le vaisseau n'était pas seul.

Ces ondes avaient une direction. Les basals dovin du petit vaisseau étaient assez sensibles pour détecter la différence – à l'échelle de la femtoseconde – entre le moment où l'un d'eux détectait la vague et celui où elle atteignait son jumeau.

Le petit vaisseau en corail yorik changea de direction.

L'objet vers lequel il se dirigea, une simple sphère, était d'une taille des milliers de fois supérieure à celui du petit vaisseau. Elle n'avait aucun caractère remarquable, à part les ailerons noirs qui entouraient sa circonférence et se rencontraient au hasard comme des chaînes de montagnes sur une lune sans atmosphère.

Ces ailerons émettaient des rayons infrarouges, dont la chaleur se perdait dans le vide spatial.

Le vaisseau en corail yorik ralentit pour rencontrer la sphère. Il se dirigea vers une étendue lisse, entre les ailerons radiaux. Quand il fut à quelques mètres seulement, une pince d'amarrage semblable aux mandibules d'une araignée-cafard jaillit de sa proue et s'arrima à la surface semi-élastique. Pendant quelques instants, les basals dovin échangèrent des informations spatio-temporelles. Ces signaux furent interprétés par des villips spécialement élevés dans ce but, puis transmis aux créatures qui guidaient les deux structures vivantes : des modeleurs yuuzhan vong.

La plaine lisse où le vaisseau s'était arrimé se souleva, formant un cratère dont les bords s'élevèrent lentement. Cent mètres au-dessus de la poupe du vaisseau, le bord du cratère se transforma en lèvres. Cette bouche se referma autour du navire et se contracta pour s'adapter parfaitement à ses contours.

La sphère déglutit.

Quelques secondes après, l'endroit où le vaisseau s'était posé redevint une grande plaine lisse de chair semi-élastique.

Jacen ouvrit les yeux quand le sas-sphincter se dilata. Vergere était debout de l'autre côté et elle ne semblait pas décidée à entrer.

— Vous avez l'air en forme.

Il haussa les épaules, s'assit et frotta des cicatrices toutes fraîches, sur ses poignets, à l'endroit où l'Etreinte de la Douleur lui avait arraché la peau. La dernière croûte était tombée deux cycles de sommeil plus tôt…

— Je ne vous ai pas vue pendant longtemps, dit Jacen.

— Exact, dit Vergere, sa crête virant à un vert inquisiteur.

Comment avez-vous apprécié vos vacances hors de l'Etreinte de la Douleur ? Je vois que vos poignets sont guéris. Comment vont vos épaules ? Vos jambes et vos hanches ? Pouvez-vous marcher ?

Jacen haussa les épaules et baissa les yeux. Ayant perdu le sens de la durée, il ignorait combien de temps il avait dormi et veillé depuis que l'Etreinte de la Douleur l'avait libéré. Pendant que son corps guérissait, il avait à peine oser regarder les branches, les tentacules et les globes sensoriels de l'Etreinte. Ils étaient toujours là, enroulés comme des anguilles dans un panier et pulsant faiblement.

Jacen se demandait pourquoi l'Etreinte l'avait relâché.

Et il craignait, en le regardant trop longtemps, qu'elle se souvienne de sa présence…

Vergere lui tendit une main.

— Levez-vous, Jacen Solo. Et marchez.

— Vous m'emmenez hors d'ici ? Pour de bon ? C'est *réel* ?

— Tout dépend de ce que vous appelez *ici*. Et de ce que vous nommez *réel*. Mais je doute que vous prendriez plaisir à ne pas bouger pendant que cette salle sera… digérée — si j'ai bien compris le mot vong.

— Prendre plaisir… Oh, j'avais oublié que j'étais censé trouver tout ça *amusant*.

— Parce que ça ne vous amuse pas ? (Vergere lança à Jacen une tunique en fibre grossière.) Voyons si nous pouvons vous dénicher un lieu plus agréable…

Jacen se leva péniblement et enfila le vêtement. Il était tiède et frémit doucement quand les fibres touchèrent son corps. S'habiller fut une torture, car les articulations de ses épaules et de ses hanches n'avaient pas guéri aussi rapidement que sa peau. Mais il ne s'autorisa pas une grimace.

Une simple douleur… Facile à ignorer.

Vergere avait quelque chose à la main : un crochet en os jauni, long, incurvé et acéré.

— Que tenez-vous donc ? Une arme ?

Passant du vert au jaune, la crête de Vergere s'aplatit puis se redressa.

— Pourquoi serais-je armée ? Suis-je en danger ?

Jacen se frotta les yeux. L'objet qu'il avait cru voir venait de disparaître.

— Ça devait être une illusion d'optique, dit Vergere. Oubliez ça et suivez-moi.

Le jeune homme traversa le sas-sphincter. Le couloir avait changé : à la place du passage en corail yorik lisse qu'il avait aperçu quand Vergere entrait ou sortait, il découvrit un tunnel – ou un tube – dont le sol, tiède et souple comme de la chair, palpitait faiblement sous ses pieds nus.

Deux guerriers solidement charpentés attendaient, leurs bâtons vong enroulés autour de leur bras.

— Ne faites pas attention à eux, dit Vergere. Ils ne parlent pas le basique, ne disposent pas de tyzowyrms de traduction et ignorent qui vous êtes. Ces gardes sont seulement là pour s'assurer que vous ne nous ferez pas d'ennuis. Ne les obligez pas à vous maltraiter.

Jacen haussa les épaules et regarda par l'orifice presque refermé. Il laissait beaucoup de douleur dans cette salle…

Et il en emmenait beaucoup avec lui.

Anakin…

Dès qu'il baissait les paupières, il lui semblait voir le cadavre de son frère. Cela restait douloureux, et il se doutait que ça le serait à tout jamais.

Mais la douleur ne signifiait plus la même chose pour lui…

Il suivit Vergere le long du couloir, dont les parois ressemblaient à celles d'un énorme vaisseau sanguin. Les guerriers les suivirent.

Jacen oublia le crochet en os.

Probablement une illusion d'optique…

Jacen fut incapable de se repérer le long du chemin qu'ils empruntèrent le long de tubes de chair qui semblaient se croiser au hasard. La lumière qui filtrait à travers les tubes, venue de l'extérieur, illuminait les « artères » qui couraient dans la paroi translucide des passages. Devant eux, des valves s'ouvraient et se refermaient automatiquement après qu'ils les eurent franchies. Parfois, le tube rétrécissait au point que Jacen et les guerriers devaient se plier en deux. A d'autres moments, ils traversaient de grands tunnels qui se soulevaient et s'abaissaient à la manière de soufflets, comme s'ils assuraient la circulation d'air. Une brise soufflait constamment derrière eux, évoquant la respiration paisible d'un animal bien nourri.

La paroi-peau des tubes vibrait comme celle d'un tambour. Ce bruit résonnait sourdement dans l'air, parfois si bas qu'il se réduisait à une vibration imperceptible, sauf quand Jacen touchait la paroi. A d'autres moments, plus fort et plus aigu, il devenait un gémissement qui semblait émis par des centaines de créatures folles de douleur.

Ils dépassèrent une multitude de sas-sphincters identiques à celui qui fermait la salle de l'Etreinte de la Douleur. Parfois ouverts, ils laissaient apercevoir des salles au sol marécageux d'où émergeaient des troncs noueux portant d'étranges cocons, ou des cavernes obscures pleines de petites flammes pourpre, vert chartreux ou jaune vif qui brillaient comme les yeux de prédateurs à l'affût d'une proie.

Jacen aperçut quelques Yuuzhan Vong – surtout des guerriers – dont le visage sans cicatrices et les membres intacts trahissaient le statut peu élevé au sein de leurs castes. Il vit une ou deux fois des Yuuzhan Vong plus petits et plus râblés, leurs complexes coiffures vivantes semblables à la crête de Vergere. Des modeleurs, devina Jacen, se souvenant de la description faite jadis par Anakin.

— Où sommes-nous ? demanda Jacen. Dans un vaisseau ? Une station spatiale ? Une créature ?

Il avait déjà été à bord de navires yuuzhan vong, et il avait vu des installations planétaires, sur Belkadan. Organiques, certes, mais *compréhensibles*…

— Tout ça, et plus encore. Le nom yuuzhan vong pourrait se traduire par *vaisseau-semence*. Un biologiste l'appellerait probablement un blastoderme écosphérique.

Vergere se pencha et murmura à l'oreille de Jacen, comme si elle partageait une bonne plaisanterie avec lui.

— Un œuf qui donnera naissance à un monde complet.

— Un monde yuuzhan vong…

— Bien entendu.

— J'étais sur Belkadan, puis sur Duro. Les Yuuzhan Vong n'ont rien fait de tel. Pour modifier les mondes, ils se contentaient de répandre dans l'atmosphère des bactéries à gènes modifiés.

— Belkadan et Duro étaient seulement des installations industrielles. Des chantiers navals destinés à produire du matériel de guerre. Une fois épuisées, ces planètes seront abandonnées. Mais le monde transformé par le vaisseau-semence deviendra notre *foyer*.

Jacen sentit ses genoux se dérober.

— Un *foyer* ?

— Une planète, comme un être vivant, peut être décrite comme une créature, mais avec un squelette de pierre et un cœur de lave en fusion. Les espèces qui y vivent, les plantes comme les animaux, sont les organes de la planète-créature, donc à la fois ses symbiotes et ses parasites. Le vaisseau-semence est essentiellement composé de cellules-base en incubation. Elles se développeront pour devenir des machines vivantes qui génèreront les formes de vie de la planète, avec une croissance très accélérée. Les animaux grandiront en quelques jours et des forêts entières pousseront en deux ou trois semaines. Quelques mois après l'ensemencement, la nouvelle planète aura un écosystème stable, dynamique et entièrement fonctionnel. La réplique d'un monde disparu depuis tant d'années qu'il est à peine un souvenir…

— Leur planète natale, murmura Jacen. Les Yuuzhan Vong se fabriquent un nouveau monde originel.

— On peut le dire comme ça…

Vergere s'arrêta et fit signe à un des guerriers. Puis elle toucha un endroit précis, sur la paroi du tube. Le guerrier avança et tendit le bras. Son bâton se déroula, devenant une lame qui ouvrit une longue entaille déchiquetée dans le mur. Un fluide laiteux suinta des bords de la coupure. Vergere écarta un pan du tube comme si elle ouvrait un rideau.

S'inclinant légèrement, elle fit signe à Jacen d'entrer.

— Pour ma part, j'appellerais plutôt ça une œuvre en cours. Comme vous…

Une odeur de marécage envahit les narines de Jacen. Il ricana.

— Ça sent aussi mauvais que si la plomberie de votre vaisseau avait rendu l'âme ! Ce truc est censé m'apprendre quoi ?

— Il y a un seul moyen de le découvrir.

Jacen entra dans la salle où planait une odeur de pourriture, d'excréments et de moisissure. Il sentit son corps se couvrir de sueur. Le liquide laiteux qui suintait de l'ouverture émit des filaments blanchâtres et collants qui s'accrochèrent à ses cheveux et à ses mains.

Il essaya de les essuyer avec sa tunique, mais ces filaments préféraient sa peau.

Puis il leva les yeux et oublia le liquide blanc.

Les hurlements venaient de cette salle.

Jacen était entré dans une sorte d'univers inversé. Derrière lui, le tunnel formait sur le sommet de la colline une excroissance semblable à une varice. De là, il voyait parfaitement le marécage et la jungle qui se perdait à l'horizon.

Sauf qu'il n'y avait pas d'horizon !

A travers des bancs de brouillard puant, des mares et des bourbiers fétides montaient par grappes jusqu'à une minuscule tête d'épingle d'un blanc bleuté actinique. Le soleil de cet univers.

Quand une ouverture apparut dans le mur de brouillard, Jacen vit que la jungle et les collines basses continuaient de l'autre côté du soleil. Dans la brume qui recommençait à s'accumuler, il eut l'impression que d'immenses créatures gravissaient ces collines. Puis le brouillard s'éclaircit de nouveau, et la perspective ne fut plus faussée.

Les créatures n'étaient pas immenses. C'étaient des humains !

Il y avait aussi des Calamariens, des Bothans, des Twi'lek et quelques dizaines d'autres espèces de la Nouvelle République.

Les collines, au-dessus de sa tête, étaient seulement à un klick de hauteur – au maximum un klick et demi. Le « soleil » ? Une source de fusion artificielle, probablement pas plus grande que le poing de Jacen... Oui, c'était possible : avec le contrôle de gravité extrêmement précis des basals dovin, il ne devait pas être bien difficile de garder sous contrôle un tel système de fusion. Mais filtrer les radiations nuisibles était déjà plus compliqué.

Jacen ne comprit pas comment c'était possible sans recourir à des boucliers. Cela dit, il n'avait jamais été très calé en technique, sa spécialité étant les animaux. Pour ce genre de choses, il lui suffirait de demander à Jaina, ou à Anakin...

Il serra les poings jusqu'à ce que le chagrin reflue.

Des Yuuzhan Vong circulaient au milieu des ressortissants de la Nouvelle République. Quelques guerriers, mais surtout des centaines de modeleurs. Ils avançaient lentement, prélevant des échantillons de terre, d'eau, de feuilles et d'écorce sans prêter attention à ce que Jacen avait d'abord pris pour des monstres géants.

S'il avait encore eu accès à la Force, il aurait compris la vérité plus vite !

Il s'agissait de colonnes d'esclaves !

— Magnifique, n'est-ce pas ? lança Vergere.

— C'est de la folie ! Regardez ça !

Jacen désigna un marécage. Sur une des rives, une équipe travaillait à creuser un trou – sans doute un fossé d'assèchement – en hurlant et en lançant de la terre, de la boue et des plantes dans tous les sens. Une autre équipe, sur la rive opposée, comblait le trou en braillant aussi férocement que la première.

Un peu plus loin, plusieurs esclaves repiquaient des boutures dans le sol. Un autre groupe les suivait et piétinait brutalement les boutures.

Dans toute la sphère, le même type d'activité futile faisait rage.

Certains groupes construisaient des cairns de pierre que d'autres démolissaient aussitôt. D'autres plantaient de jeunes arbres que leurs « collègues » coupaient impitoyablement.

Tous ces esclaves, à demi nus et épuisés, juraient, sanglotaient ou beuglaient de douleur.

Même aux endroits plus calmes, ils passaient d'une tâche à l'autre comme s'ils avaient été poussés par des nuages d'insectes invisibles. Un homme qui creusait un trou sursauta soudain comme s'il avait reçu une décharge électrique. Il quitta le fossé à moitié fini où il travaillait et partit, à quelques pas de là, arracher des herbes et les jeter n'importe où.

— C'est fou, dit Jacen. Comment pouvez-vous trouver ça *magnifique* ?

— Parce que je vois plus loin que le présent. Je contemple ce que tout cela deviendra. Suivez-moi.

Des nodes semblables à de grosses veines permettaient d'escalader le tunnel.

Vergere passa de l'un à l'autre avec une agilité étonnante. Jacen, lui, eut du mal à l'imiter. L'odeur pestilentielle l'étouffait, comme s'il avait été enveloppé d'une couverture en peau de tauntaun humide.

Les deux guerriers les suivirent, impassibles.

— A quoi sert ce lieu ? demanda Jacen. Quel rapport avec la transformation d'une planète en monde habitable par les Yuuzhan Vong ?

— C'est un terrain de jeu.

— Un *terrain de jeu* ?

— Oui. N'est-ce pas la définition d'un terrain de jeu dans la Nouvelle République : un endroit où les enfants apprennent comment se comporter en société ? Ils se battent et s'initient à la politique en formant des bandes. C'est aussi là qu'ils découvrent la folie qui peut s'emparer d'une foule, l'insidieuse pression exercée par l'entourage, et la définitive et incontestable *injustice* de l'existence : certains sont plus intelligents, plus forts ou plus rapides que les autres, et aucune force, dans l'univers, ne peut rendre un individu meilleur que ses aptitudes de base.

« Ce que vous voyez ici est l'œuvre d'enfants puissants mais indisciplinés qui s'amusent avec leurs jouets.

— Ce ne sont pas des *jouets* ! cria Jacen, horrifié, mais des *êtres vivants :* des humains, des Bothans...

— Je ne discuterai pas de sémantique avec vous, Jacen Solo. Appelez-les comme vous voulez. Leur utilité reste la même.

— Leur *utilité* ? Quelle valeur ont ces souffrances inutiles ?

— Croyez-vous qu'un processus aussi complexe que la re-création de l'écosystème d'une planète puisse être laissée au hasard ? Non, Jacen Solo ! Vous assistez à un processus d'apprentissage par essai et erreur. Avec plus d'erreurs que d'essais réussis, bien entendu.

D'une main, Vergere désigna une grande mare, près de

la colline où ils se tenaient. Au milieu s'élevait une île composée de blocs hexagonaux à l'aspect cireux, vaguement semblables aux cellules d'incubation scellées des abeilles à vin corelliennes – toutes proportions gardées, car chacune était assez grande pour contenir un vaisseau de la taille du *Faucon Millenium*.

Une rangée de guerriers vong entourait la mare, leurs armes au clair. Une autre rangée montait la garde sur la plage de l'île centrale. Des centaines de modeleurs portant des paquets, des outils et des gourdes escaladaient les blocs. De temps en temps, l'un d'eux utilisait son outil pour percer le bouchon situé au sommet de chaque bloc. Il glissait dedans un paquet ou une gourde, puis scellait de nouveau le bloc.

La comparaison avec une ruche d'abeilles à vin était parfaitement pertinente. Ces immenses blocs contenaient des créatures vivantes d'une taille déjà énorme, peut-être les larves d'une race de géants…

— Que sont ces créatures ?

— La question importante n'est pas ce qu'elles sont, mais ce que sera la seule qui atteindra l'âge adulte.

Vergere sourit et sa crête devint orange vif.

— Comme toutes les créatures complexes, la planète qui deviendra le monde des Yuuzhan Vong aura besoin d'un cerveau.

Les créatures s'appelaient des dhuryams.

Parentes des yammosks, elles étaient aussi spécialisées que les coordinateurs de guerre géants, mais élevées pour un type de travail télépathique différent et plus complexe.

Plus grands et plus forts que les yammosks, et beaucoup plus puissants, les dhuryams pouvaient traiter mentalement beaucoup plus de données. Le dhuryam vainqueur coordonnerait les activités des machines organiques chargées de modeler la planète pour la rendre habitable par les Yuuzhan Vong. Il serait plus un partenaire qu'un serviteur : intelligent et doté d'une conscience, il prendrait des décisions basées sur le flot d'informations émis en continu par le réseau de créatures-machines. Il guiderait ainsi la transformation de la planète en évitant le chaos et la fragilité inhérents aux systèmes écologiques naturels.

Quand Vergere eut fini sa description, Jacen osa poser une question :

— Ces esclaves… Vous dites qu'ils sont sous contrôle mental ?

— Oui. Vous avez dû remarquer qu'il n'y a pas de gardes, sauf autour de la ruche des dhuryams. Et ils sont surtout là pour empêcher les dhuryams de forcer leurs esclaves à assassiner leurs frères.

— Les assassiner ?

— Oui, confirma Vergere. Les comportements peuvent être innés, mais les aptitudes doivent être apprises. Ici, les dhuryams s'entraînent, un peu comme un pilote dans un simulateur de vol. Ils perfectionnent leurs techniques de contrôle mental et de coordination de différentes formes de vie. Un jour, l'un d'entre eux les utilisera à fond, quand il sera devenu le cerveau de la planète.

— *Un seul* d'entre eux…, répéta Jacen.

— Un seul. Les jeux que jouent ces enfants sont extrêmement sérieux. Mortels. Les jeunes dhuryams connaissent déjà la loi essentielle de l'existence : vaincre ou mourir.

Jacen serra les poings.

— C'est tellement… *horrible* !

— J'appellerai ça *honnête*, rectifia Vergere avec un sourire enjoué. La vie est une lutte, Jacen Solo. Il en a toujours été ainsi. Une bataille interminable et sauvage. Voilà probablement la plus grande force des Yuuzhan Vong. Au contraire des Jedi et des peuples de la Nouvelle République, ils ne se font jamais d'illusions. Nos maîtres ne gaspillent pas leur énergie à prétendre que la vie n'est pas ainsi.

— Vous dites tout le temps « nos maîtres », fit Jacen,

irrité. *Vos* maîtres serait plus exact. Cette… perversion n'a rien à voir avec moi !

— Vous serez stupéfait quand vous découvrirez à quel point vous vous trompez.

— Non ! cria Jacen. Non ! Le seul maître que je reconnaisse se nomme Skywalker. Je sers seulement la Force. Les Yuuzhan Vong peuvent me tuer, pas me forcer à obéir.

— Pauvre petit Solo… Vous n'êtes jamais embarrassé, à force de vous tromper tout le temps ?

Jacen détourna le regard.

— Vous perdez votre temps, Vergere. Cet endroit n'a rien à m'apprendre.

— Vous voyez ? Deux erreurs en deux phrases : je ne perds pas mon temps et ce lieu n'est pas votre salle de classe.

Vergere leva une main. Aussitôt, les deux guerriers saisirent les bras de Jacen.

L'objet qui avait disparu, dans son autre main, redevint un crochet en os.

La Force, pensa Jacen. *Elle a utilisé la Force pour dissimuler cette arme, mais elle l'avait depuis notre départ de la salle !*

— Ceci est votre nouveau *monde*, dit Vergere en lui enfonçant le crochet dans la poitrine.

A la limite de l'horizon des événements de la galaxie, ce rempart de gravité où même l'hyperespace trouve ses limites, le vaisseau-semence tomba pour la dernière fois dans le « rien ».

Où il devint provisoirement un univers à part entière.

Cet univers-graine, comme celui qu'il avait quitté, continua à tourner. Dans la dimension temporelle qui n'existait que pour lui, il se développa et devint plus complexe. Entre les ailerons radiaux, sa chair se fit plus épaisse et plus dure à certains endroits et plus fine à d'autres.

Puis des créatures-matrices naquirent dans ses entrailles.

Alors, l'univers-graine commença sa longue et lente chute vers le centre de la galaxie.

Jacen vit arriver Vergere, petite silhouette agile au sein de la pénombre verdâtre qui tenait lieu de nuit dans la Nurserie. Elle sauta de rocher en rocher au-dessus de la surface luminescente couverte d'écume du marais des crabes vonduun, attentive à l'endroit où elle posait les pieds.

Jacen serra les dents.

Il regarda de nouveau la blessure, sur le ventre de l'esclave. Une longue entaille incurvée mais pas trop profonde.

La peau était légèrement rouge près des lèvres de la blessure et l'esclave frémit quand Jacen les écarta.

La plaie était bien superficielle, constata-t-il.

— Vous vous en tirerez sans problème, dit-il. Dorénavant, restez loin du bosquet des bâtons vong.

— Comment le pourrais-je ? Ai-je le choix ?

— On a toujours le choix, murmura Jacen.

Il se gratta pensivement le crâne. Ses cheveux avaient repoussé et ils commençaient à boucler. Mais ils étaient sales et graisseux et son cuir chevelu le démangeait – pas autant que la barbe irrégulière qui couvrait ses joues et sa gorge.

Il regarda de nouveau Vergere.

Elle était plus près, se frayant un chemin entre les amas de champignons de la colonie de jeunes oogliths.

Jacen ne l'avait pas revue depuis son premier jour dans la Nurserie. Il y avait de cela des semaines, peut-être des mois…

Il ouvrit un ver-outre plein à craquer posé à côté de lui et glissa sa main dedans. Les scarabées à pinces s'attaquèrent sauvagement à ses doigts.

Jacen attendit qu'une trentaine se soient accrochés à sa peau. Puis il sortit sa main, laissa le ver-outre se refermer tout seul et se servit des scarabées pour refermer la blessure de l'esclave.

De sa main libre, il stimula les mandibules d'un insecte. Dès que les mâchoires s'ouvrirent, il posa le scarabée sur la blessure et attendit qu'il les referme, scellant ainsi la blessure. Puis il arracha le corps de l'insecte, dont seule la tête resta en place.

Il lui fallut vingt-trois scarabées pour refermer entièrement la plaie. Quand ce fut fait, il remit les scarabées vivants dans le ver-outre.

Enfin, il déchira des bandes, près de l'ourlet de la tunique-peau de l'esclave, et les enroula autour de sa poitrine. Les bandes exsudant un liquide laiteux, ce « sang » résineux soudait les composants du bandage improvisé.

— Essayez de garder la blessure au sec, dit Jacen, et restez loin du bosquet des bâtons jusqu'à ce qu'elle guérisse. Je suis pratiquement sûr qu'ils sentent l'odeur du sang. Ils vous mettraient en charpie.

Ce bosquet de bâtons vong était très différent de celui qu'il avait découvert sur le vaisseau-monde, en orbite de Myrkr. Là, il s'agissait de spécimens modifiés et domestiqués. Ceux de la Nurserie, des représentants de la race d'origine, n'étaient pas le moins du monde apprivoisés...

Les polypes qui généraient ces bâtons mesuraient entre un et trois mètres. Chacun portait de deux à cinq nodules d'où sortaient trois jeunes bâtons. Les polypes étant carnivores, les bâtons – leurs bras et leurs armes – transperçaient, empoisonnaient et déchiquetaient leurs proies jusqu'à ce que les morceaux soient assez petits pour la bouche du polype, pas plus grande qu'un poing et placée au ras du sol.

Les polypes pouvaient tuer et manger n'importe quelle créature vivante, à part les crabes vonduuns, leurs ennemis naturels, protégés par des coquilles impénétrables.

— Si on m'envoie dans le bosquet..., gémit l'esclave. Que se passera-t-il ?

— La graine-esclave est connectée à votre sens du toucher et à vos nerfs, dit Jacen. C'est tout. Elle peut seulement vous faire souffrir. Les bâtons, eux, vous tueront si vous en approchez.

— Mais la douleur ! La *douleur*...

— Je sais, dit Jacen.

— Vous ne savez rien du tout ! *Ils* ne vous obligent jamais à faire des choses...

— *Ils* ne vous obligent pas non plus, car ça leur est impossible. Ils ont seulement la capacité de vous faire souffrir. Ça n'est pas la même chose.

— Facile à dire pour vous ! Depuis quand ne vous ont-ils pas torturé ?

Jacen se leva en évitant volontairement de regarder Vergere.

— Allez dormir un peu… Le soleil sera bientôt rallumé…

L'esclave s'éloigna sans remercier Jacen.

Il était rare que ça arrive.

Sauf quand ils venaient le voir pour qu'il soigne leurs blessures, les esclaves ne lui parlaient pas. Trop étrange à leurs yeux, il était en permanence entouré d'une bulle de solitude. Aucun d'eux ne voulait devenir trop intime avec lui. Ils le craignaient. Et parfois, ils le haïssaient.

Jacen se pencha et ramassa une poignée de scarabées sans tête. En regardant Vergere approcher, il fit craquer leurs carapaces abdominales entre son pouce et son index et récupéra la chair mauve pâle qui en sortit. La chair de ces insectes, riche en protéines et en graisses, avait le goût des langoustes des glaces calamariennes.

Le mets le plus appétissant qu'il eût à son régime.

Vergere se fraya un chemin entre les esclaves endormis. Levant les yeux, elle croisa le regard de Jacen et sourit.

— N'approchez pas plus, dit le jeune homme.

— Comment ? Pas de baiser de bienvenue ? Pas d'étreinte pour votre amie Vergere ?

— Que voulez-vous ?

La Fosh ouvrit la bouche pour lâcher une de ses réponses sibyllines favorites. Mais elle se ravisa et son sourire mourut.

— Je suis curieuse, dit-elle. Comment va votre poitrine ?

Jacen effleura la tunique-peau au niveau du trou purulent qui béait juste au-dessous de ses côtes. La tunique étant guérie depuis des semaines, la tache de sang avait disparu. Le jeune homme pensait que la tunique-peau se nourrissait des sécrétions de son porteur : la sueur, le sang et les cellules desquamées. La sienne était bien développée et en bonne santé, même s'il en arrachait sans cesse des morceaux pour faire des bandages aux esclaves qu'il soignait. D'ailleurs, elle revenait toujours à sa taille originelle en un jour ou deux.

Sa poitrine, c'était une autre affaire…

Regardant Vergere, il revécut le moment où le crochet avait pénétré dans sa chair et percé son diaphragme. Puis l'arme avait raclé contre son sternum et mordu son poumon. Envahi par une non-douleur qui l'avait privé de ses forces, il s'était affaissé, toujours tenu par les guerriers.

Vergere avait lentement retiré le crochet. Puis elle avait examiné attentivement Jacen, sa crête passant par toutes les couleurs de l'arc-en-ciel.

Le jeune homme avait regardé, incrédule, le filet de sang qui coulait du trou, dans sa chair. Voyant qu'il n'était pas plus gros que son auriculaire, il avait éprouvé l'envie absurde de glisser son doigt dedans, comme s'il était le bouchon d'une bouteille de brandy corellien.

Vergere lui avait alors révélé que le crochet venait de lui implanter une graine-esclave dans la poitrine.

— Beau travail, avait-elle dit au crochet d'une voix ravie. Va t'amuser, petit !

Le crochet s'était enroulé un instant autour de son poignet comme un serpent domestique qui remercie son maître. Puis, de nouveau déroulé, il avait glissé sur le sol et avait rampé vers les broussailles.

— Je sais que vous avez déjà reçu un implant, avait dit Vergere. Sur Belkadan, n'est-ce pas ? Mais il a poussé trop lentement et il était trop facile à retirer. J'ai donc greffé celui-ci à un endroit moins *accessible*.

Jacen se souvenait parfaitement de la douleur qui avait soudain explosé dans la région de son cœur.

La graine-esclave ayant poussé en quelques secondes, ses filaments avaient envahi son plexus cœliaque et ils s'étaient fait connaître en sécrétant des enzymes algiques.

Le feu d'artifice de douleur, dans sa poitrine, l'avait fait tomber à la renverse comme s'il avait reçu un coup de massue.

Il était resté sur le sol couvert de veinules, recroquevillé en position fœtale.

Vergere et les guerriers étaient partis sans dire un mot. Aucun ordre n'était nécessaire. La graine-esclave, avec l'efficacité typique des Yuuzhan Vong, s'était présentée sans détour à Jacen.

En le faisant souffrir.

La graine était liée télépathiquement à un des dhuryams. Quand le jeune homme ne faisait pas ce que son nouveau maître voulait, elle injectait du feu liquide dans ses nerfs. La seule manière d'échapper à la douleur ? Découvrir ce que désirait le dhuryam ! Jacen multipliait donc les essais jusqu'à ce qu'il trouve une activité qui ne le fasse pas souffrir.

Souvent, il lui fallait un bon moment pour y arriver.

Dans la Nurserie, le soleil était éteint pendant un tiers de la journée. La « nuit », l'endroit n'était pas éclairé par des lunes, mais par des mousses et des algues phosphorescentes. Jacen aurait pu compter les jours, mais il ne s'en était jamais soucié. Il avait un autre point de repère : la croissance de la graine-esclave dans son corps.

A mesure qu'elle grandissait, son contrôle s'affinait. Désormais, le dhuryam lui indiquait d'avancer en lui faisant mal au dos et lui ordonnait de ramasser quelque chose en s'attaquant à sa main. Il pouvait aussi envoyer des impulsions nerveuses pour déplacer ses bras ou ses jambes dans la direction voulue.

La blessure faite par l'arme de Vergere au moment de l'implantation s'était infectée et du pus en suintait. Jacen posa la main sur le bandage durci qui la couvrait. Puis il regarda, impassible, la créature qui l'avait frappé.

— Ma poitrine va bien…

— Laissez-moi regarder.

— Fichez-moi la paix !

— Jacen Solo, n'avons-nous pas déjà dit qu'il était absurde de vous comporter comme un enfant ?

La Fosh avança vers Jacen d'un pas gracieux.

— Ne vous approchez pas, Vergere ! Je vous préviens…

— Quelle valeur a cet avertissement ? Comment m'empêcherez-vous d'approcher ? En me tuant ?

Jacen serra les poings et ne répondit pas.

— Mutileriez-vous votre amie Vergere ? Je ne crois pas. Lui casser un os, peut-être…

— Vergere…

— Ou lui tordre le bras… Ou lui arracher des plumes. Si vous ne voulez rien faire de tout ça, asseyez-vous et laissez-moi regarder. Les ordres qui ne sont pas suivis de violence en cas de désobéissance ne valent rien, Jacen Solo.

Mais ses ordres à elle sont de vrais *ordres*, pensa Jacen.

La Fosh aurait pu faire venir dix guerriers ou l'immobiliser en invoquant la Force.

Pourtant, il ne bougea pas.

Vergere inclina la tête et lui sourit. Puis elle enfonça ses quatre doigts opposables dans la blessure infectée, à travers la tunique-peau.

Quand la douleur explosa dans sa poitrine, Jacen ne fit pas un mouvement.

— Je vous l'ai dit, je vais bien.

Vergere désigna le sol, à l'endroit où l'esclave blessé s'était allongé pour que Jacen le soigne.

— Couchez-vous !

Le jeune homme ne broncha pas.

— Jacen Solo, vous savez que la Force est avec moi. Imaginez-vous que je ne sens pas l'infection ? Que je suis aveugle au point de ne pas voir la fièvre brûler dans vos yeux ? Et je suis faible au point de ne pas pouvoir vous obliger à vous coucher ?

Un jour, nous aurons peut-être la réponse à cette question, pensa Jacen.

Avec un soupir, il s'assit sur la couche de mousse.

Vergere saisit la tunique-peau à deux mains, se baissa et fit un trou dedans avec ses dents. Puis elle déchira le vêtement vivant, retira le bandage, frotta la blessure et enleva la croûte de pus qui la couvrait.

Jacen la regarda, impassible.

Remarquant qu'il l'observait, elle lui fit un clin d'œil.

— La douleur ne signifie plus grand-chose pour vous, désormais...

— Depuis l'Etreinte ? Je la sens toujours, si c'est ce que vous voulez dire.

— Mais elle ne vous gouverne plus... Certains prétendent que les humains sont incapables de surmonter l'angoisse de souffrir.

— Ceux qui disent ça ne connaissent peut-être pas beaucoup d'humains.

— A moins qu'ils n'en connaissent aucun comme vous !

Vergere baissa la tête et ferma les yeux, le bandage plié au creux de sa main. Ebahi, Jacen s'aperçut qu'elle pleurait.

Des gemmes liquides se rassemblèrent au coin de ses yeux, puis roulèrent le long de son museau, scintillant sous la lumière verte crépusculaire.

Les larmes de Vergere...

Jacen se souvint de la petite fiole de liquide lacrymal et du rétablissement soudain de Mara. L'infection par les spores coomb avait disparu d'un coup. Pourtant, tout le monde pensait que la jeune femme en mourrait à coup sûr.

Vergere essuya ses larmes avec le bandage sale, puis le remit sur la blessure.

La douleur disparut aussitôt.

— Tenez-le, dit-elle.

Jacen posa sa main sur le bandage pendant que Vergere déchirait quelques bandes à l'ourlet de la tunique-peau.

Jacen ne résista pas : il souleva le bandage pour voir ce qui s'était passé.

L'inflammation avait disparu. Autour de la blessure, la peau était rose et saine.

— Comment avez-vous fait ?

— Je vous avais ordonné de garder ce bandage en place ! dit Vergere.

L'appliquant de nouveau sur la blessure, elle le fixa avec les bandes arrachées à la tunique-peau de Jacen.

— Ces larmes…, demanda Jacen. Que sont-elles ?

— Ce que je décide qu'elles seront.

— Je ne comprends pas.

— Si vous étiez toujours lié à la Force, ça vous semblerait évident. Les femelles de mon espèce ont des glandes lacrymales très sophistiquées. Même sans avoir à recourir à la Force, elles peuvent modifier leur composition pour produire une grande variété de phéromones et d'aphrodisiaques qui influencent les mâles. Comme la Force est en moi, je contrôle ces sécrétions avec une grande précision. Je modèle la structure moléculaire de mes larmes pour qu'elles deviennent ce que je souhaite : un traitement de l'infection par les spores coomb ou un antibiotique local doté de propriétés stéroïdes instantanées.

— Oh ! s'exclama Jacen, soudain plein d'espoir. Vergere, pourriez-vous… accepteriez-vous de… Hum…

La Fosh ne détourna pas le regard.

— Expliquez-moi ce que vous voulez.

— Il y en a tant qui souffrent… Un esclave bothan, Trask, a une fracture ouverte à la cheville. La blessure s'est infectée. Je vais devoir lui couper le pied et ça ne le sauvera probablement pas. Il y a aussi Pillon Miner, un humain… Ce fut le premier à découvrir que les bâtons du bosquet sont assez matures pour attaquer. Il agonise… Des dizaines d'autres esclaves ont été attaqués par les bâtons. Heureusement, leurs glandes à venin ne sont pas encore formées. Sinon, aucun blessé n'aurait survécu. Et les oogliths qui bourgeonnent sur ce monticule… Une Twi'lek s'est approchée et ils se sont jetés sur elle. Leur croissance n'étant pas encore terminée non plus, leurs filaments ne sécrètent pas d'enzymes antibactériens, à l'inverse des adultes. Ils lui ont transmis je ne sais quels germes. C'est l'esclave, là-bas, qui gémit sans arrêt. Je ne peux rien faire pour elle. A mon avis, elle ne survivra pas jusqu'au matin.

— Dans ce que vous venez de dire, il n'y avait aucune question, lâcha Vergere. Demandez-moi ce que vous voulez.

Jacen serra les poings.

— Vos larmes, Vergere. Vous pourriez sauver tant de vies !

— C'est exact…

— Je vous en prie !

— Non.

— Je vous en *supplie*…

— Pourquoi le ferais-je, Jacen Solo ? Ce sont des esclaves.

— Ce sont des *gens* ! Vous m'avez aidé. Pourquoi moi et pas eux ?

— *Pourquoi* est une question toujours plus profonde que sa réponse. Jacen Solo, quelle est la différence entre une fleur et une mauvaise herbe ?

— Vergere…

— Ce n'est pas une devinette. La différence est simple : c'est le choix du jardinier.

— Je ne suis pas un jardinier ! Et ces gens ne sont pas des *mauvaises herbes* !

— Nos difficultés sont peut-être réellement d'ordre linguistique… Pour moi, un jardinier choisit la plante à cultiver et celle qu'il faut arracher. Il décide quelle vie doit se terminer pour que celles qui ont de la valeur à ses yeux se développent.

Vergere soupira, comme embarrassée. Elle tendit la main vers les carapaces sans tête des scarabées à pinces.

— N'est-ce pas votre choix aussi ?

— Ce sont des *insectes*, Vergere !

— Comme les ombres-phalènes.

— Je vous parle de *gens*…

— Les scarabées étaient-ils moins vivants que les esclaves ? Une vie n'est-elle pas une vie, indépendamment de sa forme ?

Jacen baissa la tête.

— Vous ne m'obligerez pas à dire que j'avais tort. J'ai bien fait. Les esclaves sont des êtres pensants et pas les scarabées.

— Ai-je dit que vous aviez tort, Jacen Solo ? Suis-je une moraliste ? J'ai seulement souligné que vous avez fait le choix du jardinier.

Mais Jacen n'allait pas abandonner si vite.

— *Vous* êtes le jardinier, marmonna-t-il. Je suis simplement une des mauvaises herbes…

Vergere posa ses longs doigts souples, doux et chauds sur le bras de Jacen. Un geste amical et plein d'affection. Un instant, il crut même sentir la Force et comprit, sans l'ombre d'un doute, que Vergere ne lui voulait pas de mal. Elle avait de la sympathie pour lui et regrettait sa colère, son hostilité et son supplice.

Ce qui ne signifie pas qu'elle est mon alliée…

— Comment se fait-il, demanda-t-elle, que vous soyez devenu le droïd médical de cette troupe d'esclaves ?

— Personne d'autre ne peut le faire…

— Personne ne sait poser une attelle sur un os cassé ? Laver une blessure ? Arracher la tête d'un scarabée à pinces ?

— Personne ne peut envoyer balader un dhuryam !

— Ah. Le dhuryam désapprouve ?

— Disons qu'il a été difficile à convaincre…

— Vraiment ?

— Oui…

Vergere se tut un long moment. Attendait-elle une explication complémentaire ? Ou tentait-elle de deviner sa méthode ?

— Et comment êtes-vous parvenu à le convaincre ?

Jacen regarda Vergere sans la voir. Il repensa à sa lutte silencieuse et acharnée contre la graine-esclave et le dhuryam qui la contrôlait. Des jours interminables de souffrances… Puis il se demanda si la Fosh ne connaissait pas déjà une partie de cette histoire. Elle devait avoir un moyen d'observer ses réactions.

Le dhuryam était une créature intelligente. Il ne lui avait pas fallu longtemps pour découvrir qu'il ne pouvait pas forcer Jacen à agir en le faisant souffrir. Mais le cerveau était obstiné, lui aussi, et conçu pour commander. La désobéissance n'entrait pas dans ce qu'il pouvait tolérer.

Après des journées de torture banale, le dhuryam avait eu recours à la croissance de la graine-esclave : une semaine durant, il avait « télécommandé » les membres de Jacen, l'obligeant à bouger frénétiquement comme un monstre d'holocinéma livré aux fantaisies d'un circuit logique détraqué.

Puis le dhuryam avait compris que sa lutte contre Jacen lui faisait négliger les autres esclaves. Son domaine, dans la Nurserie, partait à vau-l'eau, se transformant en désert au milieu des territoires luxuriants de ses frères. Briser Jacen risquait de lui coûter cher, car d'autres travaux ne seraient pas accomplis.

De plus, il ne tarda pas à s'apercevoir que le jeune homme pouvait lui être utile, même sans qu'il le plie à sa volonté.

Jacen avait utilisé chaque instant de répit pour s'occuper des autres esclaves. Bien qu'il n'eût jamais reçu de véritable formation médicale, ses rencontres avec des formes de vie exotiques lui avaient appris les bases de l'exobiologie. Lors de ses aventures avec les jeunes Jedi, il avait également acquis une bonne connaissance pratique de la chirurgie de terrain.

Le dhuryam sembla enfin comprendre que des esclaves en bonne santé travaillent plus dur. Très vite, son domaine prospéra. Désormais, il laissait faire Jacen, tant que ça servait ses intérêts.

En quelque sorte, je lui ai appris que les partenaires sont parfois plus utiles que les esclaves.

Mais le jeune homme ne révéla rien de tout cela à Vergere. Il ne se sentait pas obligé de lui répondre.

— Je vous l'ai déjà dit, marmonna-t-il. Vous pouvez me tuer, mais pas me forcer à obéir.

La paupière intérieure de Vergere masqua un instant ses yeux.

— Et c'est pour ça, Jacen Solo, que vous êtes une fleur au milieu des mauvaises herbes.

Jacen regarda les esclaves, autour d'eux, qui se reposaient au milieu des formes de vie vong de la Nurserie. Puis il contempla ses mains aux jointures blanchies par la tension. Se forçant à ouvrir les poings, il fit face à Vergere et décida enfin qu'il n'avait aucune raison de se taire.

— Vous êtes un Seigneur de la Sith, n'est-ce pas ?

— Vous croyez ?

— J'en connais long sur le Côté Obscur, Vergere. Ces discours tordus sur les fleurs et les mauvaises herbes prouvent que vous pensez être *au-dessus* des gens.

— Tout ce que je vous dis est…

— Bouclez-la ! Vous perdez votre temps. Jaina et moi avons été capturés par l'Académie de l'Ombre. Ces gens ont essayé de nous « convertir ». Ça n'a pas marché.

Il pensa brièvement à sa sœur, à l'obscurité qu'il avait sentie en elle lors de leur dernier contact mental. Serrant les poings de nouveau, il se força à repousser ce souvenir.

— Vous n'y parviendrez pas non plus.

Les lèvres de Vergere s'incurvèrent légèrement.

— Sith ? Jedi ? Ce sont les seules possibilités, à votre avis ? Obscurité ou Lumière, bien ou mal ? La Force ne serait rien de plus ? Sur quel écran l'ombre et la lumière se projettent-elles ? Sur quel territoire se dressent le bien et le mal ?

— Ça suffit ! J'ai passé trop de temps à me poser ces questions. Des années… Et je ne suis jamais arrivé nulle part !

Les yeux de Vergere brillèrent de joie.

— Vous êtes arrivé ici, n'est-ce pas ? (Elle désigna la Nurserie.) Ce lieu ne compte-t-il pour rien ?

Jacen ne répondit pas, las de cette conversation futile. Il se leva.

— Toutes les réponses restent en deçà de la vérité.

— Très bien ! dit Vergere en sautant de joie comme une marionnette montée sur des ressorts. Très bien, Jacen Solo ! Les questions sont plus vraies que les réponses : c'est le début de la sagesse.

— *Votre* genre de sagesse…

— En existe-t-il un autre ? La vérité arrive-t-elle en troupeau, comme les nerfs ? (L'air ravi, la Fosh parut lutter contre une envie folle de se lever et de danser.) Voilà une question d'un autre type. Facile, celle-là : une demande amicale, avec une réponse vraie et utile.

— Je n'ai pas de temps à perdre avec ces fadaises ! On rallumera bientôt le soleil…

Jacen se détourna et partit rejoindre les esclaves endormis. Il fallait changer les bandages avant le début de leur journée de travail.

— Si la Force est la vie, dit Vergere, comment la vie peut-elle exister sans la Force ?

— Quoi ?

— Vous êtes né pour devenir un jardinier. Souvenez-vous : choisir les fleurs plutôt que les mauvaises herbes n'est pas seulement votre droit, c'est aussi votre *devoir*.

Lesquelles sont des fleurs ? Lesquelles sont des mauvaises herbes ? A vous de choisir…

— Quoi ?

A cet instant, le soleil de la Nurserie s'alluma. Jacen sursauta et se protégea les yeux. Quand sa vision se fut éclaircie, Vergere sautait déjà de monticule en monticule au-dessus du marais de crabes vonduun.

Il la regarda disparaître à l'horizon.

Si la Force est la vie, comment la vie peut-elle exister sans la Force ?

Jacen continua à laver et agrafer des blessures, à réduire des fractures et à stériliser des plaies infectées. Certains esclaves guérirent et d'autres moururent.

Tout le monde travaillait sans relâche.

Le domaine du dhuryam s'épanouit. Les arbres se transformèrent en géants drapés d'épiphytes iridescents. Des herbes luxuriantes poussèrent sur les versants des collines, caressées par le souffle des veines de ventilation.

Jacen trouvait les terres de ce dhuryam plus sophistiquées et plus élégantes que celles de ses voisins. Mais son opinion n'était peut-être pas objective… Avait-il pris le parti de son équipe ?

Si la Force est la vie, avait dit Vergere, *comment la vie peut-elle exister sans la Force ?*

Chaque jour, Jacen regrettait la Force. Pas une minute ne passait sans qu'il y pense, constamment conscient de son absence. Et chaque gémissement de douleur qu'il aurait pu soulager grâce à la Force la lui rappelait.

Il s'en souvint quand il dut amputer le pied de Trask avec un bâton qu'il avait attiré hors de son bosquet, donnant à manger à son polype des morceaux d'un esclave mort jusqu'à ce qu'il libère ses bâtons, et qu'ils rampent dans l'herbe à la recherche d'un sol fertile où se planter.

Il s'en souvint quand la Bothane mourut quelques jours après.

Si la Force est la vie, comment la vie peut-elle exister sans la Force ?

La question le hantait. Vergere parlait peut-être de sa vie à lui. Comment pouvait-il exister sans la Force ?

La réponse semblait claire : il n'aurait pas pu. Mais la Force était toujours là. Simplement, il ne la percevait plus.

Selon Anakin, la Force était un outil semblable à un marteau. Si c'était vrai, comprit Jacen, il était un charpentier privé de bras. Et il n'arrivait plus à voir le marteau, ne se souvenant même plus de son aspect.

Mais…

Si j'appartenais à une espèce qui n'a pas de bras, je serais incapable de reconnaître un marteau. Et je ne pourrais pas l'utiliser, même si je devinais ce que c'est. Un marteau n'aurait aucun sens pour moi.

Comme la Force n'a aucun sens pour les Yuuzhan Vong.

Oui, c'était une moitié de la réponse. Mais l'autre moitié rampait dans son esprit comme un serpent.

La Force n'était pas seulement un outil.

Si les Yuuzhan Vong existaient *en dehors d'elle*, elle était moins puissante qu'on le lui avait appris. Et que ce qu'il pensait. Mais il *savait* avec une certitude inébranlable que la Force n'était pas moins que ce qu'on lui avait appris.

Elle était beaucoup plus.

Elle était *tout*.

Si la Force avait seulement été *liée* à la vie, comment aurait-on pu l'utiliser pour soulever un rocher, un sabre laser, ou une aile X ? Pour déplacer un objet avec la Force, il fallait le *percevoir*. Et un rocher avait plus de présence dans la Force qu'un Yuuzhan Vong.

Ce mystère le tourmentait sans cesse.

Heureusement pour lui, il disposait de beaucoup de temps pour y penser.

A mesure que les jours passaient, le dhuryam sembla mieux comprendre ce que Jacen faisait. Il lui avait envoyé, à travers la graine-esclave, de petits messages presque affectueux, plus semblables au pincement amical d'un camarade de jeu qu'au fouet qui claque devant un esclave. En suivant la direction de ces pincements, Jacen s'était aperçu qu'il pouvait découvrir un type de mousse doté de propriétés immunostimulantes ou une sécrétion de crabe vonduun qui fonctionnait comme un antiseptique naturel.

A croire que le dhuryam essayait de l'aider…

Peu à peu, l'idée qu'il se faisait de la créature changea. Au début, pendant ces premières semaines si difficiles, il y avait pensé comme à un monstre incompréhensible qui s'était infiltré en lui grâce à la graine-esclave. Désormais, quand il pensait au cerveau, il n'éprouvait plus d'horreur.

J'imagine qu'on s'habitue à tout, au bout d'un moment…

Mais il y avait plus que ça. Il commençait à tenir le dhuryam pour une forme de vie étrangère. Une espèce inconnue et dangereuse mais pas forcément hostile. Le cerveau était doté d'intelligence, de volonté et d'intentions. Voyant que Jacen faisait plus de bien que de mal, il avait consenti à une sorte de partenariat avec lui.

Si une espèce aveugle par nature en rencontrait une qui a toujours été sourde, comment communiqueraient-elles ? Pour Jacen, il y avait une seule possibilité : elles devraient improviser un langage *basé sur un sens qu'elles possédaient toutes deux.*

La douleur provoquée par la graine-esclave était une forme de communication, un langage primitif que Jacen commençait lentement à comprendre, même s'il n'avait pas encore appris comment répondre.

Si la Force est la vie, comment la vie peut-elle exister sans la Force ?

La réponse ne lui vint pas comme une révélation aveuglante, mais comme une lente prise de conscience. Un jour, en regardant l'île-ruche des dhuryams, il comprit et ne fut ni étonné ni surpris par sa nouvelle vision des choses.

La réponse, pour les Yuuzhan Vong, était la même que pour lui. Il n'existait pas de vie sans la Force.

L'œil humain ne pouvait pas enregistrer l'énergie électromagnétique en dehors de la minuscule bande de fréquences appelée la lumière visible. Pourtant, même invisibles, ces fréquences existaient. Les Yuuzhan Vong et leurs créatures devaient appartenir à un territoire de la Force situé au-delà de la portée des sens des Jedi.

Voilà tout.

Jacen continua à regarder l'île des dhuryams, toujours entourée de ses gardes.

Les Yuuzhan Vong ne sont pas les seules créatures relevant d'un territoire de la Force que les sens des Jedi ne perçoivent pas.

J'y suis inclus aussi.

Le jeune homme avait toujours eu un don particulier pour fraterniser avec les espèces étrangères. Il appelait cela « empathie », mais c'était bien davantage que des émotions partagées...

Il s'agissait un langage improvisé qui fonctionnait à travers un territoire de la Force que les autres Jedi ne percevaient pas.

Il pensa à l'éclair empathique qu'il avait perçu, provenant de Vergere. Il avait cru qu'elle l'avait projeté. Mais s'était-il trompé ? Cette empathie venait-elle d'un territoire de la Force qu'il était toujours capable de toucher ?

Jacen se concentra et chercha à l'intérieur de lui-même à localiser la présence de la graine-esclave – le lien entre le dhuryam et lui.

Il la sentit, enroulée le long de ses nerfs, tel un animal inconnu partageant son corps...

Bonjour, petite, lui dit-il. *Et si nous devenions amis ?*

L'araignée de visualisation se dressait sur les neuf pattes qui s'éloignaient en corolle de son noyau central et se courbaient pour soutenir son poids. Sous le noyau, un sac transparent assez grand pour contenir un Wookie était plein de gelée optique. Le noyau contenait aussi le cerveau de l'araignée, conçu pour absorber les signaux télépathiques émis par la série de graines-esclaves qui contrôlaient les créatures de la Nurserie. Il transformait ces signaux en images holographiques générées dans la gelée par les pulsions électromagnétiques d'un amas glandulaire placé à l'endroit où le sac de gelée s'accrochait au noyau.

Nom Anor étudiait l'image avec satisfaction. Comme Vergere, accroupie sur le sol de la salle, de l'autre côté de l'araignée de visualisation. Même s'il n'était pas enclin au fanatisme doctrinaire de Tsavong Lah, l'exécuteur devait reconnaître que les créatures bioformées des Yuuzhan Vong étaient supérieures à leurs contreparties mécaniques de la Nouvelle République.

L'araignée de visualisation, par exemple... Même sans être très intelligente, elle comprenait que son travail consistait à maintenir une image en temps réel de la Nurserie centrée sur un sujet spécifique qu'il fallait suivre en permanence.

Le sujet en question était Jacen Solo.

Nom Anor se dressa sur la pointe des pieds pour caresser le noyau de l'araignée de visualisation. Il fit ainsi apparaître autour de lui des zones de la Nurserie où travaillaient des esclaves.

Jacen était en train de poser une attelle sur le poignet d'un humain victime d'une mauvaise chute.

Mais Nom Anor estima qu'une bonne partie de l'attention du jeune homme était dirigée vers l'île-ruche...

— Donc, dit-il, la deuxième étape est accomplie. Le dhuryam est parvenu à le séduire.

— Ou c'est lui qui a séduit le dhuryam, dit Vergere. C'est la même chose. Pour créer un lien empathique, comme il l'a fait, il faut que les deux parties acceptent d'oublier les différences et de se concentrer sur ce qu'elles ont en commun. Oui, la deuxième étape est accomplie.

— Pour le moment, Jacen Solo bénéficie d'une liberté inquiétante.

— La liberté est toujours inquiétante, admit Vergere.

— D'autant plus qu'il *sait* qu'il en bénéficie. Je me demande si Tsavong Lah n'a pas été un peu trop hardi en autorisant cette phase du plan…

— Ne voulez-vous pas dire plutôt que *vous* avez été trop hardi ?

Nom Anor balaya l'objection d'un geste agacé.

— Lui donner la latitude d'agir est une chose. L'avoir fait à bord de ce vaisseau en est une autre.

— Vous pensez qu'il pourrait mettre le vaisseau en danger ? Comment ?

— Je l'ignore, reconnut l'exécuteur sans quitter la gelée optique du regard. Mais je n'ai pas survécu jusque-là en sous-estimant les Jedi, particulièrement ceux de la famille Solo. Un danger pour ce vaisseau, même minime, est encore un trop gros risque !

Nom Anor n'avait pas besoin d'en dire plus : Vergere savait que les matériaux génétiques utilisés pour la création du vaisseau-semence étaient irremplaçables. Les échantillons, venus du monde natal des Yuuzhan Vong, étaient conservés à bord des vaisseaux-mondes tout au long de leurs millénaires de voyage intergalactique.

Des échantillons prélevés sur un monde disparu depuis si longtemps que son véritable nom avait été oublié…

— Rassurez-vous, Nom Anor. Jusque-là, chaque étape s'est déroulée comme prévu.

— Je me méfie des victoires trop faciles.

— Ne sont-elles pas la preuve que nous avons l'assentiment des Vrais Dieux ? Ne pas croire à la victoire est un blasphème et un signe d'ingratitude.

Une fois encore, Nom Anor ne put pas décider si le tintement argentin de la voix de la Fosh était le signe d'une ironie délibérée.

— Faites attention à ce que vous dites ! Partez, maintenant. Et continuez à être vigilante. Les quelques jours qui viennent, avant l'ensemencement, seront les plus dangereux. Ne courez aucun risque.

— A vos ordres, exécuteur.

Vergere fit une révérence nonchalante puis ouvrit le sas-sphincter et sortit.

Nom Anor, toujours prudent, décida de suivre son propre conseil. Il envoya par villip une série d'ordres au commandant d'un détachement spécial de guerriers amenés à bord et formés pour une occasion de ce genre.

Avant la fin de la journée, ces guerriers, munis de masques oogliths, s'infiltreraient parmi les esclaves de la Nurserie. Puis, ils resteraient à distance de Jacen Solo et attendraient. Avant l'ensemencement, une centaine serait sur place.

Pendant qu'il y était, Nom Anor décida de faire nourrir, nettoyer et préparer son vaisseau personnel, histoire de pouvoir partir en urgence.

L'exécuteur ne prendrait aucun risque. Il n'avait pas survécu si longtemps en sous-estimant les Jedi.

D'accord... Je me suis peut-être trompé, pensa Jacen quand le Devaronien mourut.

Agenouillé sur la berge du lac-ruche, il regarda la foule d'esclaves blessés ou malades tendre vers lui leurs mains, leurs griffes ou leurs tentacules. Certains tiraient sur sa tunique-peau, qui avait absorbé une bonne quantité de sang avant qu'il ait réussi à faire un garrot au moignon de bras du Devaronien. Son sang à base d'argent était noir comme du bitume et sentait le soufre. A travers son lien avec le dhuryam, Jacen capta la satisfaction de la tunique, ravie de goûter un fluide à la saveur si particulière.

Au fil des semaines, Jacen et le dhuryam avaient appris à mieux communiquer via la graine-esclave. Peut-être parce que le dhuryam, comme son cousin le yammosk, avait des capacités télépathiques innées. Ou parce que Jacen avait une longue expérience des communications empathiques et télépathiques avec des créatures d'autres espèces. Ou encore parce que la graine-esclave faisait maintenant partie de son système nerveux.

Le jeune homme ne se posait plus ce genre de question.

Seuls les résultats comptaient.

Il pouvait maintenant échanger des informations avec le dhuryam sous la forme d'émotions ou d'images. Grâce à la combinaison des deux, le cerveau et lui avaient développé un vocabulaire commun. Mais la connexion allait encore plus loin. Jacen avait découvert qu'il était capable, en ce concentrant, de percevoir les différentes formes de vie de la Nurserie – comme le pouvait le dhuryam.

Pour rejoindre le Devaronien moribond, il avait dû se frayer un chemin à travers une horde d'esclaves en détresse. Ils étaient des centaines, espérant tous qu'il soignerait leurs blessures ou traiterait leurs maladies. Beaucoup avaient été poussés jusque-là par d'autres dhuryams qui avaient essayé de développer leur réseau de médics sans en produire un qui égalât Jacen. Son lien empathique avec la graine-esclave lui permettait d'utiliser les connexions mentales du dhuryam pour diagnostiquer la gravité des blessures ou des maladies, et les traiter avec une efficacité qui aurait ébahi un médic bien formé.

Au début, son dhuryam avait tenté de l'empêcher de soigner les esclaves envoyés par ses frères. Un jour entier, Jacen et le cerveau étaient revenus à leur relation antérieure : une douleur insupportable contre une volonté implacable. Pendant ces terribles heures, Jacen avait entendu les paroles de Vergere résonner dans son esprit.

Qui est une fleur, et qui est une mauvaise herbe ? A vous de choisir.

Jacen avait choisi.

Et les tourments infligés par le dhuryam ne le feraient pas changer d'avis.

Aucun d'eux n'est une mauvaise herbe.

A ses yeux, tous les esclaves étaient des fleurs. Et chaque vie était précieuse. Il utiliserait donc ses dernières forces à sauver tous ceux qu'il pouvait.

Ce ne sont pas des mauvaises herbes.

Il avait construit un poste de premiers soins près de la rive du lac qui entourait l'île-ruche des dhuryams. Les domaines partant du lac comme les rayons d'une roue, c'était l'endroit où les esclaves des autres « cerveaux » pouvaient venir en traversant la plus petite zone possible de territoire ennemi. Son dhuryam avait coopéré, allant jusqu'à lui permettre de temps en temps d'utiliser quelques membres de son groupe d'esclaves pour ramasser des herbes médicinales, des scarabées à pinces et de jeunes tuniques-peaux susceptibles de servir de bandages.

Le Devaronien faisait partie de ses assistants. Jacen l'avait envoyé dans les collines chercher une gerbe d'herbes à grains. Quand on les écrasait, on obtenait une substance hémostatique et antibiotique. Inclinant sa tête ornée de vestiges de cornes, le Devaronien lui avait souri, puis il était parti de son plein gré, sans être poussé par le dhuryam.

Avant qu'il revienne, la foule de blessés avait augmenté. Des conflits avaient éclaté, car les dhuryams rivaux poussaient leurs esclaves à se battre.

Jacen n'était pas parvenu à les calmer. Le Devaronien, pris dans une rixe, s'était trop approché de la berge du lac… et des guerriers qui en défendaient l'accès.

Cela lui avait coûté la vie.

Avait-il trébuché ou quelqu'un l'avait-il poussé ? Jacen l'ignorait.

Entendant un ordre lancé d'une voix rauque par un des guerriers, il avait levé les yeux à temps pour voir un bâton faire jaillir un flot de sang noir.

Jacen s'était frayé un chemin dans la foule jusqu'au Devaronien qui gisait dans son sang, serrant son moignon de bras avec la main qu'il lui restait.

Jacen avait fait tout ce qu'il pouvait…

Et ce n'était pas suffisant.

Le Devaronien, tombé dans le coma, était mort très vite.

Jacen avait juste eu le temps de sonder ses yeux rouge vif, y lisant une profonde surprise face à la mort injuste et arbitraire qui le frappait…

A ce moment, Jacen avait pensé qu'il s'était peut-être trompé.

Il y avait bien des mauvaises herbes en ce lieu…

Levant les yeux, il croisa le regard d'une de ces « mauvaises herbes ».

Le guerrier qui avait tué le Devaronien ne broncha pas, son bâton taché de sang noir fièrement brandi.

Souvenez-vous : choisir les fleurs plutôt que les mauvaises herbes n'est pas seulement votre droit, c'est aussi votre devoir. Lesquelles sont des fleurs ? Lesquelles sont des mauvaises herbes ? A vous de choisir…

Les paroles de Vergere reflétaient la vérité. Mais Jacen doutait que cette vérité, qu'il avait trouvée en lui, soit la même que celle de la Fosh.

Peu lui importait. Il avait choisi !

Impassible, il se leva, tourna le dos au guerrier et s'enfonça dans la foule.

Vous voulez que je fasse le choix du jardinier ? pensat-il. *Je vais vous montrer ce que c'est…*

Attendez un peu !

CHAPITRE IV

LA VOLONTÉ DES DIEUX

Un monde stérile et ravagé tournait autour de la lueur bleu blanc d'une grande étoile.

Au fil des millénaires, cette planète avait connu l'avènement et la chute de nombreuses nations, des simples Etats provinciaux jusqu'aux confédérations planétaires et aux empires interstellaires. Témoin d'innombrables batailles et de la destruction de plusieurs civilisations, il avait été ravagé par la guerre et reconstruit jusqu'à ce que son environnement d'origine survive uniquement sous les calottes glaciaires. Bref, le produit le plus artificiel d'une culture galactique consacrée à l'artifice.

La planète entière était devenue une machine.

Mais cela ne tarderait pas à changer.

Les nouveaux maîtres de ce monde commencèrent par lui voler ses lunes.

Les trois petites furent propulsées au loin par des basals dovin. La plus grande, elle, fut pulvérisée par les impulsions gravifiques d'autres basals dovin connectés à un yammosk. Ses débris devinrent ensuite un embryon d'anneau planétaire.

Et ce n'était qu'un début !

Des basals dovin avaient été implantés à la surface de la planète. Les effets de la gravité pouvant être décrits, en termes topographiques, comme une altération de la courbure du continuum espace-temps, ils modifièrent celle de la planète de manière à inverser son sens de rotation.

Bien entendu, la planète ralentit. Ce faisant, elle tomba vers son soleil. Et se réchauffa.

Au cours de sa longue descente vers le soleil, la planète fut bombardée par une série de petits météores, leur taille et leur angle de pénétration étant soigneusement calculés afin que l'échauffement dû à l'entrée dans l'atmosphère leur fasse atteindre une température suffisante pour vaporiser leur minéral de base sans le décomposer en molécules d'oxygène et d'hydrogène. En atteignant la surface réchauffée de la planète, ce minéral perdit sa structure cristalline et redevint de l'eau.

Pour la première fois depuis des milliers d'années, une pluie naturelle tomba sur le monde-machine.

Quand il eut atteint sa nouvelle orbite, les basals dovin cessèrent d'agir et la courbure de l'espace-temps redevint normale. Les trois lunes restantes furent alors poussées vers leurs nouvelles orbites, plus complexes, dont les effets gravifiques transformèrent le disque de débris en authentique anneau planétaire.

Quand le vaisseau-semence retourna dans l'espace normal et se plaça en position d'interception orbitale, la planète s'était transformée – en termes d'amplitude d'orbite, de sens de rotation, de lunes et d'anneau – en une copie presque parfaite du monde natal des Yuuzhan Vong, disparu depuis des temps immémoriaux.

Il suffirait de remodeler la surface de ce monde – et d'y amener la vie – pour qu'il mérite le nom qu'il porterait désormais : Yuuzhan'tar, la Crèche des Dieux.

Coruscant était prête pour l'ensemencement.

Dans la Nurserie, c'était le moment du *tizo'pil Yun'tchilat* : le Jour de la Compréhension de la Volonté des Dieux.

Durant les quelques heures qui précédèrent l'ensemencement, des équipes de modeleurs envahirent les domaines des dhuryams pour mesurer, calculer, indexer et évaluer. Chaque équipe était accompagnée de guerriers, armes à la main, qui évoluaient avec la lenteur menaçante des reeks à la saison des amours.

Quatre escouades gardaient le shreeyam'tiz, une espèce ultra-spécialisée de yammosk de la taille d'un speeder. Cette créature existait uniquement pour émettre un puissant signal d'interférence sur la bande télépathique utilisée par les yammosks classiques et les dhuryams. Les escouades avaient conduit le shreeyam'tiz dans la Nurserie pour le placer dans un grand bassin plein de fluide nutritif.

C'était le premier acte du *tizo'pil Yun'tchilat*. Les dhuryams savaient que ce jour déciderait de leur vie ou de leur mort. Le shreeyam'tiz était là pour s'assurer qu'aucun des dhuryams n'utiliserait ses esclaves pour exécuter un acte désespéré de sabotage ou d'autodéfense.

Les graines-esclaves disposaient d'un mécanisme de secours. Quand le contact avec le dhuryam était rompu, elles neutralisaient les esclaves en les poussant sans merci vers leur parent, l'arbre-corail basal sur lequel on les a conditionnés. Hurlant de douleur, les esclaves se dirigèrent vers l'arbre-corail de leur domaine. Seul un contact physique avec ce basal pouvait apaiser leurs souffrances.

Les blessés et les malades se traînèrent à travers les marais et au-dessus des collines en criant et en gémissant. Cette manœuvre de regroupement des esclaves permettrait de les tenir à l'écart jusqu'à ce qu'ils soient éliminés.

Pour eux, peu importait quel dhuryam gagnerait. D'ailleurs, ils n'étaient pas censés vivre assez longtemps pour le savoir.

Nom Anor jeta un regard mauvais à l'image reflétée par la gelée optique de l'araignée de visualisation.

— Pourquoi ne fait-il rien ?

Vergere se pencha pour mieux voir.

— Il fait quelque chose. Mais pas ce que vous escomptiez.

— Il a compris, n'est-ce pas ? Il sait que les esclaves seront tués.

— Il le sait, oui...

L'image était une ombre indistincte. Le shreeyam'tiz bloquait les transmissions de l'araignée de visualisation comme celles des dhuryams. Pour générer une vue de Jacen Solo, l'araignée avait été contrainte de reproduire une forme fantôme en utilisant les taches oculaires sensibles aux infrarouges des polypes du bosquet de bâtons.

— Il est là et ne bouge pas, grogna Nom Anor. Comment peut-il rester immobile ? La douleur... !

— Oui. Mais il a appris beaucoup de choses...

— Il se cache ? C'est ça ?

— Si c'est le cas, il a choisi l'endroit parfait.

Jacen Solo était debout au cœur du bosquet de bâtons.

— Et les polypes ne l'attaquent pas, marmonna Nom Anor en se mordillant une phalange. Ils ont tué tous ceux qui passaient à leur portée depuis des semaines : esclaves, guerriers ou modeleurs. Mais ce Solo... On dirait un oiseau-gâchette qui se pose en toute sécurité au milieu des tentacules nourriciers d'un beldon de Bespin.

— Les polypes et lui ont peut-être signé une sorte de pacte.

— Je ne trouve pas ça très rassurant.

— Vraiment ? Vous devriez, exécuteur, car c'est pour ça que j'ai formé Jacen Solo.

— Pour ça ?

— Bien sûr. En ce jour, celui de la Décision, Jacen Solo n'est pas parmi ceux de son espèce. Malgré la douleur, il a choisi de se tenir au milieu des formes de vie d'une galaxie étrangère. La *nôtre*, exécuteur. Il a plus en commun avec les maîtres qu'avec les esclaves, et il commence à s'en apercevoir.

— En êtes-vous sûre ?

— Il est peut-être assez loin sur la Vraie Voie pour que le sort des esclaves ne le concerne plus.

— Je n'y crois pas un instant. Vous ne connaissez pas les Jedi aussi bien que moi !

— Possible, reconnut Vergere, sa crête devenant d'un vert tendre – un signe d'amusement. Qui les connaît ?

Nom Anor glissa une main dans une niche murale et en tira un villip.

— Il y a un esclave dans le bosquet des bâtons, dit-il. Attrapez-le, ligotez-le et amenez-le sur mon vaisseau personnel.

Le villip répondit avec la voix du chef des guerriers équipés de masques ooglith.

— J'entends et j'obéis, exécuteur.

— Si vous accordez de l'importance aux os de vos ancêtres, n'échouez pas ! Cet esclave est un espion des Jedi. Il ne faut pas le laisser perturber le *tizo'pil Yun'tchilat*.

— Et s'il résiste ?

— Je préférerais qu'il survive, mais je n'en fais pas une obligation. Ne prenez pas le risque d'endommager le vaisseau-semence.

— J'entends et j'obéis, exécuteur.

Nom Anor ordonna au villip de reprendre son aspect amorphe, puis il se tourna vers Vergere.

— Bien. Le Projet Solo avance correctement. La Nurserie a rempli son rôle. De toute façon, nous aurions dû en retirer le *Jeedai* avant les exécutions. Autant agir tout de suite, au cas où il aurait toujours des illusions d'héroïsme. La cérémonie doit continuer sans encombre. Préparez l'étape suivante de sa formation. Vous la mettrez en œuvre dès qu'il sera à bord de mon vaisseau.

— Nom Anor, un proverbe de mon peuple dit qu'il est

inutile de compter les papillons tant qu'on a seulement des chenilles.

— Hein ? grogna Nom Anor. Qu'est-ce que ça signifie ?

Vergere désigna la gelée optique de l'araignée de visualisation.

— Je pense que vous allez bientôt le découvrir.

Caché dans le bosquet de bâtons, Jacen observe les événements.

La graine-esclave envoie du feu liquide dans ses nerfs. Elle lui ordonne de courir jusqu'à l'arbre-corail, à trente mètres de là.

Jacen brûle, mais il ne se laisse pas consumer.

Comme la blancheur un peu plus tôt, le feu engloutit tout et lui fait perdre la notion du temps. Pour le jeune Jedi, tout devient *maintenant*, et les flammes, en lui, alimentent son énergie.

Sortant des ombres et de la lueur bleu blanc du midi perpétuel de la Nurserie, quatre esclaves se détachent de l'arbre-corail le plus proche.

Ils regardent le bosquet de bâtons et ne semblent pas souffrir.

Jacen a déjà compris ce que ça signifie : ce ne sont pas vraiment des esclaves.

Il se demande si Anakin s'est senti aussi calme et prêt que lui. Conscient du prix qu'il allait payer et convaincu que ça en valait le coup.

Les quatre esclaves appuient à un endroit précis, sur leurs narines, et les masques ooglith tombent. Leurs filaments sortent de leur peau, faisant couler un peu de sang. Alors, les masques glissent le long du corps des guerriers pour disparaître dans l'herbe.

Les Vong avancent vers le bosquet.

Jacen ferme les yeux. Un court instant, il se retrouve au sein de sa famille. Il sent la main de son père lui ébouriffer les cheveux et le bras de sa mère se poser sur ses épaules. Il entend Jaina et Lowie grommeler et MT2 lâcher un commentaire sarcastique tandis que Jacen lui-même essaie, pour la énième fois, de raconter une blague à Tenel Ka…

Mais il ne voit pas Anakin. Ni Chewbacca.

Les quatre guerriers s'arrêtent à la lisière du bosquet. Les jeunes bâtons zèbrent rageusement l'air, et la bouche du polype s'ouvre en grand, espérant un festin.

— Esclave *Jeedai, crie un guerrier*, sortez de là !

Jacen ne bouge pas et se contente d'ouvrir les yeux.

— Esclave *Jeedai* ! Obéissez !

Les guerriers ne portant pas d'armure, ils ne survivraient pas longtemps à l'attaque des bâtons.

Jacen se livre à un exercice de méditation Jedi pour plonger au plus profond de lui-même, au-delà de la douleur cuisante infligée par la graine-esclave, dans des souvenirs de ce qu'il a acquis grâce à son lien mental avec le dhuryam. Des souvenirs si clairs qu'ils ressemblent à un rêve éveillé.

Les guerriers qui gardent le shree-yam tiz ont remarqué le manège de leurs collègues. Certains se dirigent vers le bosquet des bâtons. Ceux qui gardent la mare-ruche ont l'air mal à l'aise et préparent leurs armes.

— Esclave *Jeedai* ! Si vous nous obligez à venir vous chercher, ce sera pire pour vous !

Plongé dans sa méditation, Jacen sent des émotions rudimentaires courir dans le cerveau des polypes des bâtons. Il sait qu'ils ont soif de sang.

Le guerrier se tourne et lance un ordre dans sa langue. Deux autres faux esclaves se détachent d'un arbre-corail et se débarrassent de leurs masques ooglith. Puis ils s'emparent d'un véritable esclave.

L'un d'eux le ceinture pendant que l'autre, d'une manchette, lui écrase la trachée-artère.

Puis tous deux reculent. L'esclave tombe sur le sol. Les deux guerriers le regardent étouffer dans son sang.

— Esclave *Jeedai* ! Sortez, ou un autre de vos compagnons mourra, et un autre encore, jusqu'à ce qu'il ne reste que vous. Sauvez-leur la vie, *Jeedai*. Sortez !

La méditation de Jacen se mêle maintenant au souvenir d'un rêve inspiré par la Force, si réel qu'il sent toujours les bourgeons de coraux skippers et voit encore les visages scarifiés des guerriers et les corps mutilés par le corail des esclaves.

Il a fait ce rêve deux ans auparavant, sur Belkadan.

Un rêve où il libérait des esclaves de l'emprise des Yuuzhan Vong.

Il s'était senti tellement désespéré quand cela ne s'était pas réalisé ! Sa tentative ayant tourné à la catastrophe, il avait pensé être abandonné par la Force.

Maintenant, il sait que ce n'était pas le cas. Il n'a pas été abandonné.

Il a seulement été *impatient*.

— Esclave *Jeedai* ! Sortez !

Jacen soupire et émerge de sa transe de méditation.

— D'accord, dit-il doucement. Si vous insistez…

Il se déplace comme une ombre et slalome entre les polypes assoiffés de sang. Puis il s'arrête à la lisière du bosquet, les bâtons dressés derrière lui comme une garde d'honneur.

— Me voilà.

— Sortez *complètement* du bosquet ! ordonne un guerrier.

— Obligez-moi, dit Jacen.

Le guerrier se tourne vers un autre Vong.

— Tuez-en encore un, ordonne-t-il.

— Vous n'êtes pas un guerrier digne de ce nom, dit Jacen.

— Comment ? hurle le Yuuzhan Vong.

— Les *guerriers* gagnent les batailles sans assassiner les faibles, laisse tomber Jacen d'une voix méprisante. Comme tous les Yuuzhan Vong, vous affrontez uniquement des adversaires sans défense. Vous êtes un lâche, fils d'une espèce composée de couards !

Le guerrier avance, les yeux brillant de haine.

— Vous osez me traiter de lâche ? Un gamin *Jeedai* ? Un esclave caché dans sa tanière !

— L'esclave *Jeedai* crache sur les ossements de votre grand-père ! crie Jacen.

Le guerrier se rue sur lui, ses doigts griffus prêts à lui arracher les yeux. Jacen soupire et se laisse tomber sur le dos. Dans le même mouvement, il saisit les poignets tendus du guerrier et le projette vers le bosquet, où l'attendent les bâtons.

Jacen reste un moment allongé, couvert de sang et de morceaux de chair. Puis il se retourne et regarde les jeunes bâtons traîner des morceaux de cadavre vers la gueule béante des polypes.

Ensuite, il se lève pour affronter les trois autres guerriers.

— Alors ?

Les Vong ne bougent pas et appellent des renforts.

Deux escouades abandonnent le shreeyam'tiz et approchent. Ces Vong avancent lourdement. Leurs bâtons prêts à l'attaque, ils ont des insectes-tonnerre et d'autres armes plus inhabituelles. Leurs armures en crabe vonduun, capables de résister à un sabre laser, peuvent aussi parer les coups d'un bâton.

Un des trois guerriers du premier groupe montre les dents à Jacen. Longues et acérées, elles sont incurvées vers l'intérieur comme les crocs d'un félin.

— *Nal'tikkin Jeedai hr'zlat sor trizmek sh'makk !* crache-t-il. *Tyrok jan trizmek, Jeedai.*

Jacen n'a pas besoin de parler le vong pour comprendre : rien ne sauvera un homme seul et sans arme de la colère de deux escouades de guerriers, qu'il soit un Jedi ou pas.

Le guerrier lui a conseillé de se préparer à mourir.

Jacen sourit tristement, presque résigné, puis il hoche la tête.

Dans une zone reculée de son esprit, loin de la douleur, du sang et de la lueur aveuglante du pseudo-soleil, il sent la satisfaction sinistre des polypes qui digèrent instantanément le guerrier dépecé. Il capte leur espoir de faire d'autres repas qui leur permettraient de se reproduire.

Les polypes ont un mode de reproduction asexué et les bâtons sont leurs « enfants ». Quand ils se détachent de leur nodule, ils partent à la recherche d'un terrain où se planter, afin de se transformer à leur tour en polypes. A travers leur connexion empathique, Jacen leur suggère un endroit particulier.

Faisant confiance à leur ami, les bâtons suivent son conseil.

Jacen tend les bras. Les guerriers le regardent, stupéfaits, tandis que les bâtons se détachent des polypes et glissent dans l'herbe.

Ils s'enroulent autour des chevilles de Jacen et grimpent sur lui, comme des lianes qui enveloppent une antique idole oubliée dans la forêt. Ils l'entourent complètement, y compris le crâne. Les guerriers ralentissent, ne sachant plus comment passer à l'attaque.

Car le crabe vonduun n'est pas la seule créature capable de résister à la lame d'un bâton !

Jacen croise les mains et s'incline solennellement devant les guerriers. Quand il rouvre les mains, il brandit un bâton adulte, ses glandes à venin actives. Comme celles des dix-sept autres bâtons qui composent son armure.

— J'aimerais vous présenter quelques-uns de mes amis, dit Jacen.

Nom Anor jeta à travers la salle le ver-outre qui s'écrasa contre le mur et mourut en lâchant un petit soupir.

L'exécuteur retrouva son calme et s'essuya la bouche d'un revers de main.

— C'est terminé, dit-il, sinistre. Nous avons échoué. *Vous* avez échoué !

Réussira-t-il à s'éloigner assez, avec son vaisseau personnel, pour échapper à la colère de Tsavong Lah ? Il pourrait peut-être se rendre à la Nouvelle République, s'il arrive à persuader les Jedi survivants de ne pas le tuer. Il connaît encore tant de secrets *monnayables*…

Vergere interrompit ses réflexions.

— Exécuteur, laissez-moi le rejoindre.

— Il n'en est pas question ! Je ne peux pas vous laisser saboter le *tizo'pil Yun'tchilat*, stupide créature ! Vous avez oublié que le Projet Solo est *secret* ? Le resterait-il si vous vous précipitiez dans la Nurserie pour sauver la vie inutile du *Jeedai* ?

— Elle n'est pas inutile, exécuteur. Comme je l'ai déjà dit, son éducation s'est très bien passée. Même si je reconnais que ça pourrait aller mieux, dans l'immédiat…

— Que ça pourrait aller mieux ? s'étrangla Nom Anor. (Il désigna la silhouette de Jacen Solo à travers la gelée optique.) Il n'a rien appris du tout ! Il est sur le point de se sacrifier à cause d'une bande d'*esclaves* ! Il est aussi faible que les autres *Jeedai*. Et même encore plus faible qu'eux !

— Il n'est plus un Jedi, dit Vergere, imperturbable. Et ce n'est pas *sa* vie qui m'inquiète.

— Vous êtes folle ? grogna Nom Anor, furieux.

Il fit les cent pas autour de l'araignée de visualisation, qui se contorsionna pour mettre ses pieds délicats à l'abri des bottes de l'exécuteur.

— Il ne peut pas gagner cette bataille ! Comment vaincrait-il deux escouades de guerriers ? Même s'il retourne se cacher dans le bosquet…

— Gagner, dit Vergere, n'équivaut pas toujours à se battre. Regardez.

Dans la gelée optique, la scène se troubla. L'araignée de visualisation chercha d'autres sources d'images.

— Que se passe-t-il ? demanda Nom Anor. S'est-il enfui, comme le misérable gamin qu'il est ?

Vergere saisit le coude de l'exécuteur avec une force étonnante.

— Jacen Solo n'a plus accès à la Force, mais elle n'était pas sa seule arme. C'est un guerrier-né, le fils aîné et l'héritier d'une longue lignée de combattants. Il s'entraîne depuis l'enfance aux arts martiaux et il a mené de nombreuses batailles…

— C'est un maudit *gamin* ! cria Nom Anor. Avez-vous perdu la tête ? Je le connais ! Les humains n'honorent pas leurs ancêtres. Sa lignée n'est rien. Il n'est rien !

— Je vous l'affirme, exécuteur, dit Vergere, même si sa famille et lui ne le savent pas, c'est le plus grand de tous les Jedi. Jacen Solo est le rêve Jedi incarné. Même sans la Force, il est plus dangereux que vous l'imaginez. Laissez-moi y aller. Il faut l'empêcher de…

— L'empêcher de quoi ? Souiller sa tunique-peau en s'enfuyant ?

— L'empêcher de détruire le *tizo'pil Yun'tchilat*. Et, probablement le vaisseau-semence !

Nom Anor en resta bouche bée. La calme certitude de Vergere le frappant comme une manchette à la gorge, il eut du mal à reprendre son souffle.

— Détruire le *vaisseau* ? dit-il enfin.

— N'avez-vous pas compris, exécuteur ? Le jeune Solo n'essaie pas de fuir.

Vergere désigna le sac optique de l'araignée de visualisation, qui avait trouvé assez de sources pour diffuser l'image de la silhouette solitaire qui chargeait les guerriers vong.

— Il contre-attaque, dit Vergere.

CHAPITRE V

ENSEMENCEMENT

Jacen Solo passe à l'attaque.

Pendant qu'il court, il fabrique une image dans son esprit. Le bâton qu'il porte s'y accorde et s'enroule à demi autour de son avant-bras. Une impulsion de sa chaîne de glandes énergétiques génère un champ de force qui rigidifie sa structure semi-cristalline, le fixant dans cette forme : un mètre du bâton dépasse du poing droit de Jacen, se terminant par une lame large comme deux paumes. Ce même champ d'énergie s'étend une fraction de millimètre au-delà de la lame, lui conférant un tranchant pas plus épais que le diamètre d'un atome.

Quand un des guerriers sans armes bondit pour barrer le chemin à Jacen, la lame traverse sa chair et ses os avec une facilité étonnante. Le bras du Vong s'envole dans une cascade de sang et sa jambe coupée tombe sur le sol.

Le Jedi n'a même pas eu besoin de s'arrêter.

Les deux autres guerriers désarmés, décidant qu'intervenir n'est pas une bonne idée, ils cèdent la place à leurs camarades mieux équipés.

Des insectes-tonnerre fendent l'air autour de Jacen, mais les nodes oculaires des bâtons enroulés autour du corps du jeune homme sont sensibles aux infrarouges et aux mouvements. Jacen intègre leur réaction empathique dans un champ de perception étrangement semblable à celui de la Force. Depuis des années, il s'entraîne à éviter les coups de ses adversaires, même quand il peut à peine les voir. Les impacts fleurissent tandis que Jacen plonge, esquive, exécute une roulade, se relève et continue de courir.

Des dizaines d'insectes-tonnerre le frôlent.

Jacen court vers les guerriers armés. Le premier brandit son bâton, que le jeune homme esquive en plongeant sous la pointe de l'arme. Après un nouveau tonneau, il se relève et frappe. Son arme pénètre dans la jointure de l'armure, entre le pelvis et la cuisse. Les insectes-tonnerre qui le poursuivent explosent, balayant les guerriers comme un enfant qui joue avec des soldats de plomb.

Jacen se dresse sur un genou et enfonce la lame vers le haut, à travers les entrailles et la poitrine du guerrier.

Seuls les champs d'énergie identiques au sien peuvent supporter le tranchant d'un bâton vong. La carapace du crabe vonduun est composée d'un cristal structuré renforcé par un champ protecteur très semblable à celui des bâtons. Mais il protège seulement la carapace. Dedans, les crabes vonduun sont mous. Quand la lame de Jacen coupe le réseau de fibres nerveuses du crabe à partir de l'intérieur, on dirait que l'armure du guerrier est composée de beurre.

Un insecte à détonations multiples explose, renversant le guerrier. La lame de Jacen traverse son épine dorsale et son armure avant de ressortir dans son dos. Le coup tranche aussi la cartouchière d'insectes explosifs du Yuuzhan Vong. Jacen se laisse tomber, se dégage du cadavre et s'empare de la cartouchière. Puis il se relève et fonce devant lui, titubant, assourdi et à demi assommé par les explosions.

Derrière lui, les escouades se reforment.

Jacen les ignore.

Toute son attention est rivée sur la cartouchière d'insectes explosifs qu'il a récupérée.

La cartouchière saigne à l'endroit où elle a été coupée.

La créature agonise. Son unique souhait est de libérer ses enfants, les insectes explosifs encore logés dans ses cellules germinales hexagonales, pour qu'ils accomplissent leur destin. Grâce à son talent empathique, Jacen promet à la moribonde d'exaucer son ultime désir, si elle accepte d'attendre son signal.

Les deux escouades se sont regroupées – une formation triangulaire dont la pointe est dirigée vers Jacen, et la base vers le réservoir qui contient le shreeyam'tiz. D'autres insectes explosent autour de Jacen. Il lève la cartouchière au-dessus de sa tête et la lance devant lui.

Par empathie, il envoie une poussée d'adrénaline mentale à la cartouchière. Le message est clair : *vas-y* !

La cartouchière atterrit près de la base du triangle à l'instant où les insectes explosifs atteignent Jacen, frappant sans discrimination leur cible, le sol et les guerriers les plus proches de lui.

Les ondes de choc les secouent, jusqu'à ce que le Jedi, soulevé par la force des explosions, s'envole dans les airs.

Alors que le monde tourbillonne autour de lui, Jacen a le temps de sentir diminuer la douleur émise par le réseau nerveux de la graine-esclave.

D'une voix mentale fatiguée, il lui envoie un message empathique.

Maintenant, à toi de jouer, mon amie !

Puis l'obscurité le submerge avant qu'il n'atteigne le sol.

— Vous voyez ? lâche Nom Anor en désignant Jacen, qui gît sur le sol, ensanglanté et toujours enveloppé de son armure de bâtons. Votre « plus grand Jedi de tous les temps » a réussi à tuer un ou deux guerriers. Ce n'est qu'un imbécile et un faible !

— Vous n'avez pas bien regardé, dit Vergere. Je vous le demande encore : laissez-moi le rejoindre avant que nous perdions tout.

— Ne soyez pas ridicule ! Où est le danger ? Nous regarderons la fin du spectacle tranquillement. Il est inconscient. Les guerriers le ligoteront et nous l'amèneront, comme prévu.

Vergere tendit une main vers l'image, redevenue distincte.

— Alors, pourquoi ne l'ont-ils pas déjà fait ?

Nom Anor fronça les sourcils.

— Je l'ignore…

— Peut-être parce qu'ils ont des soucis plus pressants…

— Plus *pressants* qu'obéir à mes ordres ?

— Exécuteur, vos yeux sont ouverts, mais vous ne voyez rien.

Sur l'image reflétée dans la gelée optique, la qualité de la lumière avait changé. Le midi perpétuel de la Nurserie était passé du blanc bleuté au rouge or, la lumière jouant sur les cheveux, le visage et la tunique-peau gorgée de sang de Jacen.

Nom Anor regarda sans comprendre, jusqu'à ce qu'un nuage de fumée noire brouille l'image.

Cette fumée montait d'un feu invisible pour le moment.

Nom Anor sursauta, la colère et la peur formant une boule dans sa gorge.

— Que se passe-t-il ? Vergere, dites-moi ce qui est arrivé !

Deux guerriers en armure de crabe vonduun titubaient dans le champ visuel de l'araignée, brûlés et couverts de blessures. L'un d'eux passa trop près de Jacen. Un des bâtons jaillit, coupant l'armure du guerrier au niveau du genou. Son compagnon continua à courir sans regarder derrière lui.

Une foule déchaînée brandissant des armes improvisées se jeta sur le guerrier blessé et le réduisit en bouillie.

— Ce sont des *esclaves* ! cria Nom Anor. Comment ont-ils échappé à tout contrôle ?

La crête de Vergere, orange vif, fut soudain traversée par des éclairs verts.

— Selon vous, Nom Anor, pourquoi l'image transmise par l'araignée de visualisation est-elle redevenue si claire ?

L'exécuteur ne cacha plus son affolement.

— Jacen Solo n'avait pas l'intention de tuer les guerriers, dit la Fosh, comme si elle donnait la solution d'un mystère à un enfant.

Nom Anor comprit enfin et son sang se glaça.

— Il a tué le shreeyam'tiz !

— Oui.

— Comment a-t-il pu ? Pourquoi n'avez-vous pas empêché ça ?

— Je vous ai prévenu, ne l'oubliez pas !

— Vergere… Vous… Je croyais que vous…

La Fosh soutint sans trembler le regard de l'exécuteur.

— N'avez-vous pas encore compris, Nom Anor, que tout ce que je vous dis est vrai ?

Le *tizo'pil Yun'tchilat* se transforma en un atroce massacre.

Les dhuryams, coupés de tout lien télépathique par le shreeyam'tiz, avaient été obligés d'attendre, sourds et aveugles, chacun espérant que sa prochaine sensation, celle d'un réveil des sens et du pouvoir, indiquerait qu'il avait choisi pour devenir le *pazhkic Yuuzhan'tar al'tirrna* – le Cerveau Planétaire de la Crèche des Dieux.

Mais tous étaient rongés par la terreur de sentir la lame d'un bâton amphi lui injecter le venin qui le priverait de la vie et le condamnerait aux souffrances éternelles que les dieux réservaient à ceux qui n'étaient pas dignes d'eux.

Quand la cartouchière d'insectes explosifs avait libéré sa progéniture, des dizaines de créatures explosives étaient tombées dans le réservoir du shreeyam'tiz. Le fluide nourricier avait amplifié la force des explosions, faisant jaillir une gerbe de sang et de chair déchiquetée vers le soleil artificiel de la Nurserie.

Les dhuryams ne comprirent pas ce qui se passait.

Sauf un.

Tous les dhuryams furent horrifiés de découvrir qu'ils percevaient de nouveau les esclaves et que leurs frères avaient repris conscience dans une Nurserie plongée dans le chaos et peuplée de modeleurs terrorisés et de guerriers en armes.

Tous, sauf un.

Le seul dhuryam qui comprenait la situation n'était pas terrorisé, perturbé ou paniqué. Seulement désespéré et impitoyable.

Les dhuryams, des êtres pragmatiques, ne connaissaient pas la notion de confiance. En conséquence, ils ignoraient le concept de trahison. Ce dhuryam-là, comme les autres, savait que sa vie dépendait de l'issue du *tizo'pil Yun'tchilat*, et que ses chances n'étaient pas meilleures que celles de ses frères.

Une sur douze…

Aucun des cerveaux n'avait vraiment apprécié cette idée. Et celui-là avait décidé de faire quelque chose.

Il avait passé un marché avec Jacen Solo.

Quand les interférences télépathiques du shreeyam'tiz cessèrent, le dhuryam sut exactement ce qui était arrivé, qui l'avait fait, et pour quelle raison.

Et il sut aussi ce qui lui restait à faire.

Alors que les échos de l'explosion de la cartouchière résonnaient encore dans la Nurserie, le dhuryam libéra ses esclaves de l'emprise des arbres-corail et les envoya vers des tertres à ooglith. En effleurant ces créatures à un certain endroit, elles se rétractaient, comme la variété domestique qui servait de déguisement. Mais ce qui se cachait sous ces oogliths sauvages était différent…

Des armes potentielles.

Certains outils étaient stockés à cet endroit depuis plusieurs jours : des pelles très lourdes et des maillets blindés capables de briser des cailloux d'un seul coup.

Les oogliths dissimulaient aussi des vers-outre remplis de miel d'abeilles-étincelle. Ces abeilles étaient la souche-mère des insectes-tonnerre, à qui elles avaient donné naissance des années auparavant. Avant qu'on les remplisse de miel d'abeilles-étincelle, les vers-outre avaient reçu une injection d'enzymes digestives produites par les crabes vonduun. En se servant d'une bêche catapulte, les esclaves pourraient expédier ces outres à une distance considérable.

Pas besoin de précision ! Les vers-outre explosaient en frappant le sol et projetaient des jets de miel autour d'eux.

Le miel d'abeille-étincelle, activé par l'enzyme, s'enflammait au contact de l'air.

En quelques secondes, les flammes envahirent tout.

Les guerriers brûlèrent vifs dans leurs armures en crabe vonduun, incapables de se défendre, et encore moins de protéger les modeleurs qu'ils escortaient.

Les modeleurs essayèrent de fuir. Mais beaucoup moururent, engloutis par les flammes ou écrasés par des maillets.

A la surface du lac-ruche, le miel enflammé se répandait comme de l'huile.

Tous les dhuryams, sauf un, étaient obsédés par une idée : rassembler autour d'eux leurs esclaves pour bénéficier d'un mur de chair protecteur.

Leur seul espoir de survivre…

Sauf pour l'un d'eux.

Quand les esclaves se ruèrent vers l'île-ruche pour rejoindre leur maître, submergeant le cercle de gardes, ceux de ce dhuryam-là n'en firent rien.

Ils se rassemblèrent par équipes de cinq. Un des groupes entoura Jacen Solo et attendit qu'il se relève. Saignant d'une dizaine de blessures, il avança maladroitement, comme pris de vertige, puis se dirigea vers le lac, toujours accompagné par ses cinq esclaves. Les autres coururent à travers les flammes et la fumée, sautèrent par-dessus les cadavres et atteignirent les arbres-corail.

Quelques secondes plus tard, attaqués par le miel, les arbres s'enflammèrent. Mais les esclaves n'attendirent pas que le feu les détruise : ils les attaquèrent à coups de bêches, de maillets et de bâtons pris à l'ennemi.

Les arbres-corail, déchiquetés, ne tardèrent pas à mourir.

Horrifié, Nom Anor regardait le carnage.

— Que se passe-t-il ? murmura-t-il.

— Exécuteur. Nous perdons du temps.

— Du temps ? Qu'importe ! Vous avez vu ce désastre ? Nous sommes *morts* ! Tsavong Lah nous tuera !

— Un bel optimisme, dit Vergere. Vous pensez vraiment que nous survivrons assez longtemps pour ça ?

Nom Anor la foudroya du regard.

Elle posa une main sur son bras.

— Ordonnez aux guerriers qui gardent cette salle de m'accompagner à la Nurserie. Et appelez votre commandant, s'il est encore en vie. Il me faut quelqu'un d'assez gradé pour ordonner aux gardes de me laisser aller sur l'île-ruche. En supposant qu'il y reste des survivants.

— L'île-ruche ? demanda Nom Anor, qui ne comprenait rien. De quoi parlez-vous ?

Vergere désigna le sac de gelée optique de l'araignée de visualisation.

— Pensez-vous qu'il en ait fini, exécuteur ? Notre avatar des Jumeaux cherche-t-il seulement à semer la confusion et la mort ? Ou s'en sert-il comme d'une diversion ?

— Une diversion ? Dans quel but ?

Enfin, Nom Anor comprit. Dans la gelée optique, il vit Jacen et les cinq esclaves entrer dans l'eau trouble du lac-ruche et se frayer un chemin vers l'île. Un des compagnons du Jedi tomba, embroché sur le bâton d'un guerrier. Un autre fut entraîné sous l'eau par un esclave d'un domaine rival.

Les trois survivants décochèrent de grands coups de

bêches ou de pelles pour tenir à distance les guerriers et les autres esclaves, et écarter les flammes qui crépitaient à la surface du lac.

Jacen avança inexorablement, sans un regard pour les braves qui l'accompagnaient. Les guerriers et les esclaves ennemis qui se dressaient sur son chemin tombant sous les coups de ses bâtons, il ne prit même pas le temps d'essuyer le sang qui coulait d'une coupure, sur son front.

Il avançait et il tuait.

Approchant toujours du centre de l'île.

— Les *dhuryams* ! dit Nom Anor, horrifié.

— Ce sont les cerveaux de ce vaisseau, exécuteur. Jacen a déjà détruit le *tizo'pil Yun'tchilat*, et il n'a aucun espoir de fuir. Quelle autre cible serait digne du sacrifice de sa vie ?

— On dirait que vous êtes *fière* de lui !

— Je le suis… Il a dépassé tous mes espoirs.

— Sans cerveau pour diriger la séparation et l'insertion dans l'atmosphère, le vaisseau pourrait être détruit ! Alors, le Jedi mourra en même temps que tout le monde !

Vergere sourit.

— Wurth Skidder, dit-elle simplement.

L'estomac de Nom Anor se souleva. Skidder avait sacrifié sa vie pour tuer un yammosk. Et les dhuryams étaient bien plus importants !

— Impossible, haleta Nom Anor. Il ne peut pas faire ça ! Les formes de vie présentes à bord de ce vaisseau sont *irremplaçables*…

— Oui. C'est vrai pour toutes ces créatures, et particulièrement pour lui.

— Il ne peut pas vouloir… Il ne ferait pas ça, n'est-ce pas ?

— Exécuteur, l'univers serait un lieu bien plus plaisant si on pouvait répondre facilement à toutes nos questions.

Vergere désigna le sac de gelée optique. Jacen Solo était arrivé sur la rive du lac-ruche. D'une main, il enfonça sa lame dans la poitrine d'un modeleur enragé, l'autre éventrant un esclave... ou peut-être un guerrier masqué.

Il lui restait seulement deux alliés, qui essayaient de repousser au bord de l'eau une foule d'esclaves suicidaires. Ils furent obligés de reculer pendant que Jacen grimpait sur la cellule de maturation la plus proche.

Il s'arrêta un instant, debout sur le bouchon en cire hexagonal de la cellule. Il hésita, au bord de l'évanouissement. En contrebas, les pelles et les bêches taillaient en pièces les esclaves.

Jacen sursauta, comme s'il se souvenait soudain de la raison de sa présence ici.

Puis il enfonça les lames des deux bâtons dans le bouchon.

— La question la plus difficile, dit Vergere, est la suivante : *pouvons-nous l'arrêter* ?

Nom Anor tituba, les doigts recourbés comme s'il pensait pouvoir saisir Jacen à la gorge à travers le sac de gelée optique.

— Est-il devenu fou ?

Vergere ne répondit pas. Elle regarda le Vong, attendant sa décision.

— Allez-y ! Tuez-le s'il le faut. Mais sauvez le vaisseau.

— A vos ordres, exécuteur !

Nom Anor entendit le sas s'ouvrir et se refermer.

Une lueur calculatrice dans les yeux, il caressa le villip, aboya une série d'ordres puis le laissa tomber sur le sol. Après avoir ouvert le sas, il s'assura d'un coup d'œil que le couloir était vide.

Nom Anor courut vers son vaisseau comme s'il avait des dragons krayt à ses trousses.

Il n'avait pas survécu jusque-là en sous-estimant les Jedi.

Surtout ceux de la famille Solo !

Après le premier, tuer les dhuryams devint très facile.

Mais cela restait un meurtre.

En frappant, Jacen l'avait *senti*.

Debout sur le bouchon de cire tiède qui fermait la salle de maturation, il avait capté la terreur aveugle du jeune dhuryam prisonnier à l'intérieur. Frappée de claustrophobie, la créature n'avait nulle part où fuir et aucune possibilité de se cacher.

Elle le supplia de l'épargner. Percevant sa peur et son désespoir, Jacen avait eu conscience qu'il s'apprêtait à supprimer une vie aussi pleine de promesses que la sienne. Une vie qu'il détruirait d'un coup de lame empoisonnée…

Tous ses instincts se rebellaient devant cette perspective. Sa formation, ses idéaux de Jedi et sa conscience lui interdisaient d'assassiner un être effrayé et sans défense.

Il tituba et mesura à cet instant la gravité de son état. Du sang coulait sur son visage et ses côtes cassées le faisaient souffrir à chaque inspiration. Sa jambe droite, engourdie, menaçait de céder sous lui. Sans se souvenir de cette blessure, il se rappelait que le choc subi lors de l'explosion des insectes-tonnerre lui avait brouillé la vue.

Jacen avait atteint l'île dans une frénésie semblable à la rage guerrière d'un Yuuzhan Vong : la douleur et les blessures ne comptaient pas plus que la couleur du ciel. Des guerriers, des modeleurs fous de peur – et peut-être même des esclaves qu'il voulait sauver – avaient péri sous ses coups…

Le jeune homme regarda vers la plage. A côté du modeleur qu'il avait tué gisait un autre corps.

Apparemment humain.

Jacen ne saurait jamais si c'était un esclave ou un guerrier masqué. Cet être s'était dressé contre lui, et cela suffisait à justifier sa mort. Un guerrier ? Ou un esclave forcé de se battre contre son gré ?

En un sens, ça n'avait pas d'importance…

Cette idée le terrorisa davantage que la perspective de sa fin prochaine.

Si c'est ce que je suis devenu, il vaut sans doute mieux que je meure.

Avant de tuer d'autres innocents.

Chaque fois que les deux compagnons qui le protégeaient frappaient un de leurs semblables, Jacen sentait la souffrance qu'ils éprouvaient.

Sur l'île, la marée d'esclaves avait repoussé les gardes. Dans quelques instants, les dhuryams survivants pousseraient leurs esclaves à lutter les uns contre les autres. Des centaines avaient déjà perdu la vie en affrontant les guerriers. Quand les dhuryams se battraient entre eux, des centaines d'autres mourraient.

Pour le dhuryam que Jacen allait tuer, ces gens étaient des outils. Et qui porte le deuil d'un outil cassé ?

Les paroles de Vergere lui revinrent en mémoire.

Le choix du jardinier.

Levant ses deux bâtons, Jacen se laissa tomber sur un genou et les enfonça dans le bouchon.

Il sentit les lames déchirer la chair du jeune dhuryam comme si elles s'étaient enfoncées dans son propre ventre. Puis il suivit le chemin du venin à travers le corps du dhuryam, souffrant autant que s'il envahissait ses propres veines.

Après avoir dégagé ses bâtons, le jeune homme courut vers la deuxième cellule de maturation.

Tuer ce dhuryam doubla la douleur empathique qu'il éprouvait. Car le premier, encore vivant, se débattait et hurlait son désespoir et sa terreur.

Quand il tua le troisième, Jacen tomba à genoux, des nuages rouges traversant son champ de vision.

Derrière lui, les esclaves poussés à la folie suicidaire par les graines s'arrêtèrent, haletant, puis s'entraidèrent au lieu de se tuer. Des groupes entiers réagirent ainsi pendant que les dhuryams mouraient dans d'atroces convulsions qui faisaient craquer les cellules de maturation comme des coquilles d'œufs.

Jacen continua son œuvre destructrice.

Un brouillard rouge l'entourait, brume sanglante qui était peut-être de la fumée dans le monde réel, ou qui existait seulement dans sa tête.

Ou un peu des deux.

L'île-ruche devint pour Jacen une montagne de cauchemar hantée par la mort. Il continua pourtant sa lutte acharnée pour atteindre un sommet invisible. Des silhouettes tentèrent de s'interposer, se jetant sur lui à travers le brouillard rouge. Il frappa, tua et continua à grimper.

Le jeune homme se laissait tomber à quatre pattes dès qu'il arrivait devant un bouchon, puis y enfonçait ses bâtons. Quand leur venin était épuisé, il les jetait, sortait de nouvelles armes de son armure vivante et frappait ses ennemis avec une précision mortelle.

Il approchait du sommet, ignorant sa position exacte, mais conscient d'être en haut d'une montagne – ou en haut de la galaxie, au-delà de l'atmosphère et des lunes, plus loin que les étoiles…

Il leva son dernier bâton amphi comme une bannière. Mais avant qu'il puisse le planter dans le bouchon, une supernova éclata dans son esprit.

Elle consuma l'univers, n'en laissant qu'une infinie blancheur.

Une blancheur avide qui avala tout ce qu'était Jacen.

En ayant déjà été prisonnier, il connaissait ses secrets. Elle ne pouvait pas l'arrêter.

La source du phénomène se dissimulait sous le bouchon hexagonal. Jacen sentit les tentacules baignés de boue et fous de terreur. Il pouvait faire cesser la douleur. Un coup de plus et tout se terminerait à jamais.

Pour tout le monde.

Il leva son bâton.

— *Jacen, non ! Ne fais pas ça !*

Le jeune homme se retourna, aveuglé par la blancheur.

C'était la voix de son frère !

— Tu ne peux pas tuer celui-là, Jacen, dit la voix d'Anakin, derrière la blancheur. C'est ton ami.

La voix d'Anakin provoqua un changement dans l'esprit de Jacen. La blancheur se condensa, devint cristalline, puis translucide et enfin transparente.

Invisible.

La douleur était toujours là, mais elle ne le touchait plus, passant à travers lui comme la lumière dans le vide de l'espace.

Jacen fut de nouveau capable de voir. Clairement.

Il aperçut des lambeaux de chair déchiquetée – tout ce qui restait de trois modeleurs surpris avant d'avoir pu se mettre à l'abri dans une veine de la soufflerie d'air, de l'autre côté du faux soleil de la Nurserie.

Il vit le cercle fumant d'arbres-corail, autour du lac-ruche, et le sang qui coulait le long de ses bras et tombait sur le sol.

Il vit aussi les bouchons des cellules de maturation, partout sur l'île, qui laissaient suinter le fluide vital bleu des dhuryams.

Enfin, il vit les cadavres des guerriers, des esclaves et des modeleurs…

Un monde de terreur, de douleur, de carnage…

Il avait fait tout ça.

Tout !

Puis il vit Vergere.

Elle gravissait les derniers mètres qui menaient à la ruche des dhuryams. Au-dessous, des guerriers en armure tentaient de contenir une foule d'esclaves ensanglantés. Jacen les perçut à travers le dhuryam sur lequel il se tenait et sentit que la créature les poussait à escalader.

Et qu'elle leur avait ordonné de le tuer.

Un grognement sauvage retentit, rappelant celui d'un rancor acculé dans une arène.

Ce son sortait de sa propre gorge.

— C'était *vous* ! souffla Jacen.

Vergere s'arrêta, hors de portée du dernier bâton.

— Je l'ai entendu. Anakin m'a dit d'arrêter. Mais ce n'était pas lui. C'était vous !

La crête de Vergere s'aplatit.

Il n'y avait aucune joie dans ses yeux.

— Jacen, dans l'histoire de votre vie, est-ce la fin que vous souhaitez ? C'est ça, votre rêve ?

Mon rêve…

Il se souvint vaguement de ses espoirs de libérer les esclaves. Du marché conclu avec le dhuryam qui avait accepté de les épargner et de les transporter sur la planète, en sécurité, si Jacen l'aidait à détruire ses frères. Mais au milieu du carnage qu'il avait provoqué dans la Nurserie, ce souvenir semblait aussi indistinct que son rêve de Belkadan : un vague espoir agréable mais intangible.

Irréel.

La réalité, c'était le chaos, la douleur, le sang et la mort que Jacen avait déchaînés sur la Nurserie. La lumière crue qui inondait son esprit lui montrait les ombres de cette réalité. Il vit ce qu'il avait fait et comprit ce qu'il lui restait à faire.

Il leva son bâton amphi, la lame dirigée vers le bas.

— Jacen, arrêtez ! cria Vergere en avançant d'un pas. Tueriez-vous votre ami ? Etes-vous un monstre ?

— Cette *créature* n'est pas mon amie. C'est elle, le monstre !

— Et vous, qui êtes-vous ? A-t-elle trahi votre confiance ? Qui est le monstre, entre vous deux ?

— Je peux tuer ce cerveau. Ainsi, je détruirai le monde natal des Yuuzhan Vong. (Le bâton se contorsionna et Jacen le serra jusqu'à ce que ses paumes le brûlent.) Le laisser vivre serait une infamie ! Je trahirai la Nouvelle République. Et tous ceux que les Yuuzhan Vong ont tués. Tous les Jedi tombés… Et mon… mon…

Il s'interrompit, incapable de prononcer le nom d'Anakin. Mais il ne frappa pas.

— Vous avez le choix, Jacen Solo, dit Vergere. Trahir votre peuple ou un ami…

— Un ami ? (Jacen brandit de nouveau le bâton amphi.) Ce monstre ignore le sens du mot *ami*.

— Peut-être, dit Vergere. Mais vous, vous le connaissez.

Jacen vacilla comme si elle l'avait frappé. Des larmes coulèrent sur ses joues.

— Alors, dites-moi ce que je dois faire ! Dites-le-moi !

— Je ne me le permettrais pas… Mais je peux vous prédire une chose : en tuant ce dhuryam, vous vous condamnez à mort. Ainsi que tous les passagers de ce vaisseau : les guerriers, les modeleurs, les Honteux et *les esclaves*. N'essayiez-vous pas de *sauver* des vies, Jacen Solo ?

— Comment savoir ? demanda Jacen en secouant la tête pour se débarrasser des larmes qui lui brouillaient la vue. Comment savoir si vous dites la vérité ?

— Vous ne le pouvez pas. Mais si je dis vrai, cela vous ferait-il changer d'avis ?

— Je…

Une terrible fureur s'empara du jeune homme. Il en avait trop supporté ! A présent, il n'en était plus au stade des questions, mais à celui des réponses.

Il voulait que tout ça se termine.

— Tout ce que vous me dites… est faux.

Vergere écarta les mains.

— Alors, choisissez. Et agissez.

Jacen choisit.

Il brandit le bâton amphi. Avant qu'il ait eu le temps de l'abattre sur sa cible, Vergere se jeta sur la trajectoire de l'arme.

Pour tuer le dhuryam, Jacen devrait d'abord la transpercer. Il hésita un instant. Cela suffit : Vergere leva une main et lui caressa la joue, comme le jour où ce contact l'avait sorti de l'Etreinte de la Douleur.

Les paumes de Vergere étaient humides.

— Que...

Jacen n'eut pas le temps d'en dire plus.

Il eut juste le temps de penser « *ses larmes* » avant que le poison paralysant obscurcisse son cerveau. Tout disparut, la Nurserie, le dhuryam et Vergere, pendant qu'il tombait dans un gouffre intérieur infini et éternel.

Celui-là était noir...

Cette planète était autrefois la capitale de la galaxie. Coruscant... Une immense cité, haute de plusieurs kilomètres, couvrait sa surface d'un pôle à l'autre.

C'était un monde froid et très éloigné de son soleil. Autour de lui orbitaient quatre lunes et une multitude de plates-formes réfléchissantes qui focalisaient la lumière de l'astre pour empêcher la planète de geler.

Les choses avaient changé.

Plus proche du soleil, Coruscant avait maintenant un climat tropical. La ville était en ruine. De nouvelles mers s'étendaient là où se dressaient naguère des tours résidentielles ou des bureaux.

Trois lunes tournaient autour de la planète, traversant un anneau de toutes les couleurs de l'arc-en-ciel.

Au-dessus de ce monde qui avait été une capitale, une étoile filante se matérialisa : une boule géante de corail yorik qui pénétra violemment dans l'atmosphère.

Expédiant des débris de météores sur toute la planète, elle explosa au contact de la surface.

Les météorites s'enracinèrent et commencèrent à pousser.

La planète n'était plus Coruscant.

Elle se nommait désormais Yuuzhan'tar.

Mais elle redeviendrait très bientôt la capitale de la galaxie.

DEUXIÈME PARTIE

LA CAVERNE

CHAPITRE VI

RETOUR AU BERCAIL

Des milliers d'années s'écoulèrent avant que Jacen n'ouvre les yeux.

Il avait passé ce temps infini dans un unique cauchemar, incapable de bouger et de parler. Ou de voir, car ses yeux refusaient de s'ouvrir. Il ne pouvait plus avaler non plus, ni respirer.

Impuissant, il étouffa dans les ténèbres pendant un millénaire.

Puis il sentit un muscle frémir au milieu de son dos. Cela lui prit un siècle, mais il s'aperçut qu'il pouvait bouger ce muscle à volonté. Au cours des dizaines d'années qui suivirent, il découvrit d'autres muscles, et les força à se contracter dans ses cuisses ou dans ses bras… Alors, le cauchemar se transforma en un rêve plein de possibilités… et plus encore de terreur.

Dans ce rêve, il attendit que sa chrysalide s'ouvre, pour qu'il puisse enfin déployer ses ailes et entendre leurs nervures tinter harmonieusement pendant qu'il s'envolerait dans le ciel, sous les quatre lunes…

Quand il ouvrit enfin les yeux et comprit qu'il s'agissait d'un songe, un soulagement immense l'envahit. Un moment, il crut que *tout* avait été imaginaire : la Nurserie, l'Etreinte de la Douleur, la reine voxyn, Anakin…

Duro. Belkadan. Et Sernpidal !

Oui. Ou tout ça avait été une illusion, ou il était toujours en train de rêver. Parce qu'il n'avait plus mal nulle part.

Il était allongé sur quelque chose de doux et de confortable – une couchette d'accélération qui aurait été tapissée de mousse écarlate aux senteurs de fleurs et de fruits mûrs. Des insectes invisibles bourdonnaient, cachés derrière des fougères deux fois de sa taille. D'autres plantes se mêlaient aux fougères, couvertes de fleurs jaune vif, bleu et orange au dessin complexe et délicat. Au loin, on entendait les cris de prédateurs en chasse. Au-dessus de lui, une créature inconnue chantait d'une voix aussi pure que celle d'un oiseau manullien qui appelle sa compagne dans la jungle-mère d'Ithor.

Ithor, pensa amèrement Jacen. Il se souvenait trop bien de ce que les Yuuzhan Vong avaient fait à cette planète.

Au nom des neuf cercles de l'Enfer corellien, où suis-je ?

Les rayons du soleil qui filtrait entre les fougères avaient une couleur familière. Et la légère nuance rouge de la pénombre... Oui, cette lumière était de la même couleur que le « soleil » de la Nurserie.

— Oh, murmura-t-il. Je comprends, maintenant...

Les Yuuzhan Vong avaient réglé leur soleil artificiel sur la même longueur d'onde que celle de l'astre naturel du monde où ils avaient décidé de faire pousser les formes de vie du vaisseau-semence.

Il était sur Yuuzhan'tar.

Pourtant, quelque chose, dans cette lumière, lui faisait un effet bizarre. Celle de la Nurserie ne l'avait pas affecté ainsi, peut-être à cause des brumes qui virevoltaient toujours dans l'atmosphère. Ou était-ce dû à la couleur pourpre bleuté du ciel ?

Aucune planète n'avait un ciel exactement de la même teinte qu'une autre. La couleur du ciel était le résultat d'une interaction complexe entre le spectre solaire et la composition atmosphérique de la planète. Celle-là lui paraissait connue. Elle éveillait des souvenirs chez Jacen, mais pas assez pour qu'il identifie la planète qu'elle lui rappelait.

Le jeune homme s'assit et étouffa un gémissement. Tout son corps était endolori. Ses côtes, même adroitement bandées, protestaient au moindre mouvement, envoyant dans son flanc des éclairs de douleur qui remontaient jusqu'à son cou.

Bon. Ça n'est pas un rêve…

Il posa lentement les jambes sur le sol. Cela lui fit mal, mais il n'eut pas de vertiges. Après quelques instants, il se leva. Une tunique-peau soigneusement pliée était posée près du lit. La personne qui avait bandé ses côtes lui avait aussi fabriqué une sorte de pagne qui préserverait sa pudeur.

Jacen laissa la tunique-peau où elle était.

Au-delà des fougères qui entouraient la tonnelle où il s'était réveillé, il découvrit une petite colline couverte de mousses épaisses. Un épiphyte s'y accrochait avec ses griffes végétales noueuses. Il était entouré de racines si fines qu'elles évoquaient des perruques pendues à des crochets.

Jacen enfonça les doigts dans la mousse pour voir si elle supporterait son poids. Ainsi, il pourrait grimper et jeter un coup d'œil aux alentours. Mais les plantes cédèrent, laissant échapper une sève pourpre à l'odeur de thé qui lui tacha les doigts.

Quant à la surface où les mousses s'étaient accrochées…

Même craquelée et tachée de sève, Jacen la reconnut. Du permabéton.

Sa « colline » était en réalité un mur.

— Oh…

Il recula. Comme dans son cauchemar, il eut de nouveau l'impression de ne plus pouvoir respirer.

— Oh non, c'est impossible…

Il suivit le mur sur quelques mètres vers la gauche et aperçut un pan de ciel à travers un autre écran de fougère. Les écartant, il avança.

Pour déboucher dans un monde inconnu.

Jacen se tenait au bord d'un précipice de plus d'un kilomètre qui plongeait vers une jungle envahie de fougères similaires à celles qui composaient sa tonnelle. Il y avait du rouge vif, du pourpre, du noir zébré d'éclairs argentés… La végétation passait par toutes les couleurs de l'arc-en-ciel en ondulant d'une manière que Jacen n'arriva pas à identifier. Des créatures volantes chassaient au-dessus des frondaisons, trop lointaines pour qu'il distingue des détails.

La topographie du terrain semblait étrange – trop *jeune* pour être réelle. Les vallées, des gouffres sans fonds enveloppés de brume, étaient reliées par des crêtes abruptes qui ne correspondaient à aucun schéma géologique connu. D'immenses montagnes se dressaient au loin, leurs sommets effilés comme s'ils n'avaient jamais été érodés par le vent et la pluie. Certaines pentes étaient si raides que la végétation ne parvenait pas à s'y accrocher. Sur les flancs nus de la montagne, Jacen repéra des motifs réguliers : des carrés et des rectangles disposés en bon ordre les uns sur les autres. Il fronça les sourcils : cette précision mathématique ne pouvait pas être naturelle. Il avait déjà vu quelque chose de ce genre…

Puis il leva les yeux, et oublia tout le reste.

Il venait de voir le Pont.

Naissant à l'horizon, une rivière de couleurs éblouissantes s'élevait au-dessus de sa tête. Jacen tendit le cou pour suivre le trajet de l'arc-en-ciel, qui emplissait un tiers du ciel avant de se perdre de l'autre côté de l'horizon.

Plusieurs mondes de la Nouvelle République possédaient un anneau planétaire. Mais aucun ne ressemblait à celui-là. Vite devenu légendaire, il aurait attiré des foules de touristes ! Et s'il brillait autant en plein soleil, à quoi ressemblait-il la nuit ?

A l'inimaginable…

Devant ce spectacle, Jacen comprit une nouvelle chose

au sujet des Yuuzhan Vong. Les espèces primitives des mondes dotés d'un anneau planétaire le prenaient souvent pour un pont magique construit par les dieux. Même Jacen, qui connaissait bien les lois de la physique, ne pouvait s'empêcher de se sentir impressionné.

S'il avait appartenu à une espèce primitive, il n'aurait eu aucun doute : ce Pont devait être l'œuvre des dieux. Impossible de nier leur existence, avec cette route qui conduisait à leur demeure divine, suspendue au-dessus de sa tête. Ce Pont était magique, car on pouvait le suivre des yeux tout autour de la planète et ne jamais atteindre son extrémité. Il aurait été si facile d'imaginer les dieux y déambulant pour observer leur création.

Et d'en tirer une conclusion.

Si le monde est plein de violence, de sauvagerie et de torture, ce doit être ainsi que les dieux souhaitent qu'il soit !

Oui, il commençait à comprendre un certain nombre de choses sur les Yuuzhan Vong.

— Magnifique, n'est-ce pas ?

La voix de Vergere venait de derrière Jacen. Il ne l'avait pas entendue approcher, perdu dans son émerveillement et sa méditation. Mais il savait de toute éternité qu'elle viendrait, ayant perçu sa présence pendant les milliers d'années qu'avait duré son rêve.

— Vous m'avez dit la même chose en m'emmenant dans la Nurserie.

— Vraiment ? Vous vous souvenez de tout ce que je vous dis ?

— Jusqu'au moindre mot !

— Quel enfant intelligent ! Est-il étonnant que j'aie tant d'affection pour vous ?

Jacen s'assit, les pieds pendant dans le vide, au-dessus des cimes de la jungle.

— Je suppose que j'étais salement esquinté, dit-il, une

main posée sur ses côtes bandées. Vous m'avez guéri. Avec vos larmes…

— Oui.

Il ne la remercia pas, mais fit un petit signe de tête.

— Je ne m'attendais pas à survivre.

— Bien entendu. Comment auriez-vous pu espérer vous en tirer ? Vous avez découvert le pouvoir du désespoir. J'ai été – et je suis toujours – très fière de vous.

Jacen la regarda et vit son reflet distordu dans les grands yeux noirs de la Fosh.

— Fière ? Et tous les gens qui sont morts à cause de moi…

— Et tous les gens, ici, qui ont survécu grâce à vous ?

Elle lui raconta rapidement que les modeleurs avaient été obligés de laisser le dhuryam contrôler le vaisseau-semence. Il l'avait si vite décomposé en une myriade de « navettes »-semences que les esclaves déchaînés n'avaient pas pu être rassemblés. Le dhuryam s'était servi de leurs graines pour les conduire en sécurité, respectant ainsi le marché passé avec Jacen.

— Oui, des centaines d'esclaves sont morts dans la bataille. Mais des milliers d'autres ont pris place à bord des navettes-semences et ils sont arrivés à la surface. Ces esclaves auraient été exécutés pendant le *tizo'pil Yun'tchilat*. Vous avez été splendide, Jacen Solo. Un véritable héros.

— Je n'ai pas vraiment l'impression d'être un héros.

— Non ? Que vous faudrait-il pour penser le contraire ?

Jacen détourna le regard. Vergere s'assit à côté de lui, battant des pieds comme une petite fille perchée sur une chaise trop haute.

Jacen soupira et haussa les épaules.

— J'imagine que les héros ont le sentiment d'avoir accompli quelque chose.

— Et vous ne l'avez pas ? Je connais des milliers d'esclaves qui ne seraient pas d'accord avec vous…

— Vous ne comprenez pas !

Il revit le cadavre, sur la plage de l'île-ruche, celui d'un esclave ou d'un guerrier masqué, mort à côté d'un modeleur incapable de se battre, et qui avait pourtant tenté de s'interposer entre les jeunes dhuryams et la machine à tuer qu'était devenu Jacen.

— Dans la Nurserie, quand j'ai commencé le massacre…, dit-il doucement, je n'avais plus envie de m'arrêter. Je crois que c'est ça, le Côté Obscur. Je ne voulais plus m'arrêter !

— Mais vous l'avez fait.

— Parce que *vous* m'avez forcé !

— Qu'est-ce qui vous empêche de continuer, maintenant ?

Jacen en resta bouche bée.

Vergere tendit sa main à quatre doigts vers lui, la paume vers le haut.

— Vous voulez tuer ? La vie grouille autour de vous, Jacen Solo ! Prenez-la, si vous le désirez. Même la mienne. Mon espèce a un cou particulièrement vulnérable. Il suffit de saisir ma tête et de tourner un peu, comme ça… (Elle inclina la tête en arrière comme si un poing invisible l'avait frappée.) … Et vous aurez satisfait votre « désir obscur ».

— Je ne veux pas vous tuer, Vergere. (Jacen posa ses coudes sur ses cuisses comme s'il voulait se réchauffer.) Je ne désire tuer personne. Au contraire, je vous suis *reconnaissant*. Vous m'avez sauvé. Je ne me maîtrisais plus…

— C'est faux ! Ne vous cherchez pas d'excuses.

— Quoi ?

— « Ne plus se maîtriser » est une manière de dire : « Je ne veux pas reconnaître que je suis le genre de personne capable d'agir ainsi. » C'est un mensonge.

Jacen lui fit un demi-sourire.

— Tout ce que je vous dis est faux…

La Fosh accepta cette citation ironique avec un hochement de tête.

— Mais tout ce que vous vous dites *à vous-même* devrait être vrai. Vous avez fait tout ça à cause de ce que vous êtes. Le contrôle de soi, ou son absence, n'a rien à y voir.

— Le contrôle de soi a *tout* à y voir ! C'est ça, être un Jedi…

— Vous n'êtes pas un Jedi, dit Vergere.

Jacen détourna le regard. Au souvenir de ce qu'elle lui avait infligé, il sentit la fureur monter en lui. Refermant les doigts sur la mousse luxuriante, il en arracha deux poignées. Une partie de lui-même aurait aimé tenir le cou de Vergere, pas une plante. Mais des années de formation Jedi l'avaient blindé contre la colère.

— Etre un Jedi ne signifie pas seulement accéder à la Force, déclara-t-il d'une voix plus ferme. C'est l'engagement d'agir d'une certaine manière et de considérer les choses sous un certain angle. De respecter la vie, pas de la détruire.

— Etre jardinier exige la même approche.

— Dans la Nurserie, je n'essayais pas de sauver des vies. Au début, c'était ce que j'avais *prévu*… Mais quand vous m'avez rejoint, sur l'île-ruche, sauver, c'était devenu le dernier de mes soucis. J'aurais voulu avoir une massue assez grosse pour écraser les Yuuzhan Vong et les contraindre à quitter notre galaxie. Je souhaitais leur *faire du mal*.

— C'est une mauvaise chose ?

— Pour moi, oui. Le Côté Obscur. Voilà exactement sa *définition*. Et vous m'en avez sauvé.

— Je vous ai sauvé la vie, Jacen Solo. C'est tout. Votre éthique vous concerne.

L'histoire de sa famille démontrait à Jacen que le Côté Obscur menaçait absolument *tout le monde*. Mais il refusait d'en discuter avec Vergere.

— Vous ne comprenez pas.

— Peut-être ! Vous vous obstinez à me dire que ce que

vous faites ne compte pas, car seules les motivations sont importantes.

— Ce n'est pas du tout ça…

— Non ? Jacen Solo, si vous aviez tenté de sauver tous ces gens à la manière d'un véritable Jedi, auriez-vous agi différemment ? Ou éprouveriez-vous seulement des *sentiments* différents au sujet de vos actes ?

— Je… Ça n'est pas ce que je voulais dire…

— Un dhuryam noblement tué est-il moins mort ? Pensez-vous qu'il est important, pour les dhuryams, que vous les ayez tués dans un accès de rage ou avec le détachement d'un Jedi ?

— Pour *moi*, ça compte !

— Je comprends. Vous pouvez donc faire tout ce que vous voulez, tant que vous gardez votre calme de Jedi ? Tant que vous croyez *respecter la vie* ? Vous avez le droit de tuer à condition de ne pas vous mettre en colère ? (Vergere eut l'air écœuré.) Ça ne vous paraît pas un peu malsain ?

— Aucune de ces questions n'est nouvelle, Vergere. Les Jedi se les posent depuis la chute de l'Empire.

— Depuis bien plus longtemps que ça, croyez-moi !

— Et nous n'avons toujours pas la bonne réponse…

— Vous ne l'aurez jamais, Jacen Solo.

Vergere se pencha vers le jeune homme et lui posa une main sur l'épaule. Le contact était chaud et amical, mais les yeux de la Fosh étaient aussi froids que l'espace interstellaire.

— Vous pouvez *être* la réponse, Jacen !

— Ça n'a aucun sens.

— Rien n'en a.

— Si vous le prenez comme ça… Je me suis aussi posé cette question.

— Regardez autour de vous… Contemplez ce monde, la forêt de fougères, les ondulations du terrain, les couleurs fantastiques de l'anneau, au-dessus de nous… C'est très beau, non ?

— Je n'ai jamais rien vu de semblable, avoua Jacen.

— Cela a un « sens », n'est-ce pas ?

— Si on peut dire… Parfois, en admirant les étoiles, ou un paysage, j'ai le sentiment qu'il existe vraiment un sens…

— Savez-vous ce que je vois, quand je regarde ce monde ? Je vous vois, *vous* !

— Moi ?

— Ce qui nous entoure est le résultat de votre colère, Jacen Solo. Vous avez créé tout ça.

— C'est ridicule !

— Vous avez retiré le contrôle du *tizo'pil Yun'tchilat* aux modeleurs du vaisseau-semence. Et vous avez choisi à leur place le dhuryam qui est devenu le *pashkic Yuuzhan'tar al'tirrna*, le Cerveau Planétaire. En détruisant ses rivaux, vous lui avez offert la suprématie sur ce monde. Il est modelé d'après les intentions de votre ami, le dhuryam que vous avez sauvé, et d'après sa personnalité, qui a été formée en partie par votre amitié. Toute cette beauté existe grâce à vous.

— Ce n'est pas ce que j'avais prévu…

— Mais c'est ce que vous avez fait. Je pensais que nous étions d'accord : le *pourquoi* de vos actes, voilà la seule question qui intéresse uniquement les Jedi.

— Vous détournez toujours le sens de mes paroles ! Ça rend les choses encore plus compliquées qu'elles ne le sont.

— Au contraire. Je les simplifie. Ce que vous voyez autour de vous est un reflet de vous-même : un monde artificiel de la Nouvelle République transformé par les Yuuzhan Vong en quelque chose de plus beau.

— Que voulez-vous dire par « monde artificiel » ? Où sommes-nous ?

Jacen éprouva de nouveau l'épouvante qu'il avait connue en découvrant le mur de permabéton, sous la mousse.

— Yuuzhan'tar, dit Vergere. Vous ne l'aviez pas compris ?

— Je sais. Je voulais dire, quelle planète était-ce, *avant* ?

— Vous avez des yeux, mais vous êtes aveugle. Vous le savez et vous vous forcez à l'ignorer. Regardez bien ! Alors, vous trouverez la réponse à votre question.

Jacen fronça les sourcils et regarda la forêt de fougères, puis l'ombre des montagnes lointaines. Les créatures volantes qu'il avait repérées étaient plus nombreuses au crépuscule et elles montaient de plus en plus haut, comme si elles poursuivaient des insectes nocturnes. Elles avaient de grandes ailes parcheminées, leurs corps allongés terminés par une queue reptilienne.

Quand une des créatures s'éleva dans les airs non loin de lui, il lui fut impossible de ne pas la reconnaître.

Un chauve-faucon.

— Oh…

Jacen savait maintenant à quoi correspondaient les étranges schémas géométriques des montagnes lointaines. Et la topographie étrange de la jungle prenait tout à coup un sens.

— Non. Oh, non, murmura Jacen.

Des gratte-ciel, voilà ce qu'étaient ces formes.

Jacen contemplait les vestiges d'une cité planétaire couverte par une jungle étrangère.

Longtemps après le coucher du soleil sur Yuuzhan'tar, Jacen, toujours assis au même endroit, observait la jungle. Des étincelles bioluminescentes se pourchassaient au-dessus de la forêt. Le Pont céleste semblait incroyablement brillant et proche, comme s'il avait suffi de tendre la main pour le toucher ou se hisser dessus… Les couleurs de l'anneau se modifiaient selon le moment de la journée. Ainsi, il jetait sur le paysage une lueur plus douce et plus chatoyante que les lunes de Coruscant…

Le plus bel endroit que Jacen ait jamais vu.

Et il le haïssait de tout son cœur.

Fermer les yeux ne le soulageait pas, parce que savoir *où* il était le faisait bouillir de rage. Il aurait voulu brûler la planète entière !

Il comprit soudain que la guerre, depuis Sernpidal, ne lui avait jamais semblé réelle. Il avait gardé la conviction irrationnelle que tout s'arrangerait, les choses redevenant comme avant.

La mort de Chewbacca avait été une sorte d'erreur cosmique. Jaina ne se laisserait jamais entraîner par le Côté Obscur. Le mariage de ses parents n'avait jamais été en danger, son oncle Luke arriverait toujours à point nommé pour sauver la famille et chacun rirait de la frayeur qu'ils avaient tous éprouvée…

L'Anakin qu'il avait vu mourir était un clone ou un droïd déguisé en humain. Son véritable frère était vivant, à l'autre bout de la galaxie. Voyageant en compagnie de Chewbacca, un jour ou l'autre, il reviendrait à la maison avec le Wookie…

Voilà pourquoi il détestait tant ce monde.

Cette planète ne serait plus jamais son foyer…

Même si la Nouvelle République parvenait à repousser les Yuuzhan Vong, voire si elle reprenait Coruscant, ce ne serait plus jamais le même monde.

Les Yuuzhan Vong étaient venus et ils ne repartiraient jamais.

Et même si Jacen avait trouvé une massue assez grande pour les renvoyer au-delà de la barrière galactique, rien n'aurait jamais pu effacer les cicatrices qu'ils laisseraient derrière eux.

Rien ne guérirait non plus son cœur brisé.

Non, rien ne referait de lui le Jacen Solo d'antan, gai et insouciant, qui poursuivait Zekk dans les niveaux inférieurs de la cité. Ou le Jacen exaspéré qui tentait une fois de plus de faire sourire Tenel Ka.

L'apprenti Jedi Jacen, né avec la Force, mais encore impressionné par la légende de son oncle Luke et par le pouvoir que son enseignement lui insufflait.

Le jeune Jacen qui se décomposait sous le regard sévère de sa mère, mais qui échangeait des clins d'œil entendus avec son père et sa sœur dès que Leia tournait les talons…

J'ai passé tellement de temps à vouloir être adulte ! Puis à essayer d'agir comme si je l'étais. Maintenant, j'aimerais redevenir un enfant. Un seul jour.

Une seule petite heure…

Etre adulte, comprit-il, c'était surtout voir les choses changer autour de soi… et découvrir que ces changements étaient permanents.

Rien ne redevenait jamais comme avant.

Le foyer de son enfance était perdu à jamais.

La beauté inhumaine de Yuuzhan'tar le lui rappelait à chaque instant.

Rien ne dure éternellement. La seule permanence, c'est la mort.

Il resta assis, maussade, sous le ciel nocturne.

Longtemps après, à en juger par le mouvement des constellations familières, au-dessus de ce paysage étranger, Jacen demanda à voix haute :

— Et maintenant ?

Vergere lui répondit d'une voix claire.

— Je me posais la même question…

— Ne dormez-vous jamais ?

— Peut-être m'assoupirais-je en même temps que vous…

Conscient qu'elle n'en révélerait pas plus sur ce sujet, Jacen n'insista pas.

— Que se passera-t-il ensuite ?

— A vous de me le dire, répondit Vergere.

— Ne vous moquez pas de moi. Et ne me racontez plus d'histoires d'ombres-phalènes, d'accord ?

— Ce qui est arrivé est un tel mystère pour vous ?

— Ne me croyez pas complètement idiot ! Je sais que vous me formez. (Il eut un geste exaspéré.) Avec vous, j'apprends plus de tours qu'un singe-lézard ! Ce que j'ignore, c'est à quoi vous me formez.

— Agir ou ne pas agir, vous êtes libre de choisir… Comprenez-vous la différence entre former et enseigner ? Entre apprendre à faire et apprendre à être ?

— On en revient à votre histoire d'ombre-phalène…

— Préféreriez-vous en entendre une autre ?

— Je voudrais que vous me disiez quel but vous poursuivez… Ce que vous désirez de moi. Savoir à quoi m'attendre…

— Je ne désire rien de vous. En revanche, je veux des choses *pour* vous. Et attendre est une distraction nuisible. Prêtez attention au moment présent.

— Pourquoi ne pas m'expliquer ce que vous essayez de m'enseigner ?

— L'important, c'est ce que le professeur veut enseigner à l'élève, ou ce que l'élève apprend ?

Jacen se souvint de la première fois qu'elle lui avait posé cette question. A ce moment, il était brisé par la douleur. Elle l'avait guidé, lui permettant de se guérir lui-même. Comme un os brisé, il était devenu plus fort à l'endroit de la fracture.

Il se leva et gagna l'étendue de mousse située à la lisière des ombres jetées par les murs en ruine, derrière les fougères frémissantes.

Il ramassa la tunique-peau soigneusement pliée, la regarda un moment, puis haussa les épaules et l'enfila.

— Combien de temps avant que les Yuuzhan Vong arrivent ?

— Regardez autour de vous. Ils sont déjà là.

— Je voulais dire : avant que quelque chose se passe ?
Combien de temps pouvons-nous rester ici ?

— Ça dépend, fit Vergere. Vous avez très soif ?

— Je ne comprends pas…

— Il paraît qu'un humain peut vivre trois jours standard
sans eau, et quatre ou cinq s'il fait très attention. Serait-il
absurde de suggérer que nous nous mettions à la recherche
d'un peu d'eau avant que vous soyez trop faible pour
marcher ?

Jacen sonda les ténèbres.

— Vous dites donc que ça dépend de moi…

— Regardez plutôt par là.

Un objet irrégulier de la taille du poing de Jacen flottait
dans les airs. Par réflexe, il le saisit.

Dans la lumière reflétée par le Pont, il vit que l'objet,
tout bosselé, ressemblait à un fragment de calcaire. A plusieurs endroits, il présentait des parties plates – peut-être
des zones où des morceaux avaient été arrachés. Une sécrétion noire gélatineuse en sortait. L'objet était blanc cassé,
comme un os blanchi au soleil, mais les creux et les bosses
étaient couverts d'une substance sombre…

Du sang séché !

— Qu'est-ce que c'est ? demanda Jacen, une boule dans
la gorge.

Parce qu'il avait compris.

C'était une graine-esclave adulte.

La sienne.

Voilà pourquoi il ne souffrait plus depuis son réveil.

Il aurait dû la jeter dans le précipice, écœuré. Ou l'écraser avec une pierre.

Il aurait dû la haïr.

Mais ce n'était pas le cas.

Il la regarda, stupéfait par le sentiment de perte qu'il
éprouvait.

Sans réfléchir, il souleva sa tunique-peau et enleva les

bandages qui entouraient sa poitrine. A l'endroit où Vergere avait implanté la graine-esclave, des semaines plus tôt, il portait maintenant une marque plus grande de la longueur de son doigt et du rose vif d'une blessure récemment cicatrisée. La Fosh avait dû le guérir instantanément avec ses larmes…

— Vous l'avez extraite…, soupira-t-il.

— Pendant que vous dormiez. Vous avez été inconscient un bon moment. (Vergere approcha et s'assit à côté de lui.) Ça va ?

— Je suppose que je dois vous remercier…

— Vous ne vouliez pas qu'on vous l'enlève ?

— Bien sûr… En fait, je ne sais pas… (Jacen leva la graine-esclave, la faisant miroiter sous la lumière.) Elle est morte, n'est-ce pas ?

— Quand une graine adulte a déployé ses vrilles dans le système nerveux d'un hôte, elle cesse d'être un organisme indépendant. Elle est morte dans la minute qui a suivi son extraction.

— Oui, murmura Jacen. J'ai l'impression que… Je ne sais pas. Je la détestais. Je voulais qu'on me l'enlève ! Je désirais sa mort… Pourtant, quand elle était en moi, elle m'a fait *participer* à quelque chose. Comme dans la Nurserie… Pendant la bataille, c'était presque comme si j'avais de nouveau eu accès à la Force. Et maintenant…

— Vous vous sentez vide, dit Vergere. Seul. Presque effrayé, mais fort, n'est-ce pas ?

Il la regarda, stupéfait.

— Comment savez-vous… ?

— Ce que vous découvrez s'appelle la « liberté », dit Vergere avec un petit sourire.

Jacen ricana.

— Drôle de liberté !

— Qu'attendiez-vous ? Vous êtes libre, Jacen Solo. Cet état s'accompagne souvent d'un sentiment de vide et de solitude et il peut être effrayant. Mais il confère aussi un grand pouvoir.

— Vous appelez ça la liberté ? D'accord, je suis libre... Sur une planète occupée par l'ennemi. Sans amis, sans vaisseau, sans arme. Et sans la Force. (Il ne put s'empêcher d'ajouter mentalement *sans graine-esclave*.) Quel bien me fait une telle *liberté* ?

Vergere replia les jambes et les bras sous son corps, comme un félin.

— Eh bien, souffla-t-elle, voilà au moins une question intéressante.

— Oh, fit Jacen, le souffle court. C'est ça que vous vouliez dire à l'instant ? Quand je vous ai demandé ce qui arriverait ensuite ?

— Vous êtes libre, répéta Vergere. Allez où vous voulez. Faites ce que vous voulez. Devenez qui vous voulez.

— Et *vous*, que ferez-vous ?

— Ce que je voudrai.

— Je peux donc partir ? Agir comme je veux ? Personne n'essaiera de m'arrêter ?

— Je ne vous fais aucune promesse.

— Comment suis-je censé savoir ce que je dois faire ?

— Ah, dit Vergere, nous voilà revenus à l'épistémologie.

Jacen baissa la tête. Il avait perdu le peu d'intérêt qu'il avait jamais eu pour une conversation qu'il jugeait futile.

Il s'aperçut que cette saillie, au sommet d'un bâtiment en ruine, avec Vergere assise près de lui, ressemblait beaucoup à l'Etreinte de la Douleur. Il avait le choix : rester là à ruminer ses malheurs ou faire quelque chose.

Mais quoi ?

Rien ne semblait avoir d'importance. Sur cette planète brisée, une direction en valait une autre. Il ne pouvait rien tenter qui marquerait une différence pour quelqu'un d'autre que lui.

Mais qui a décrété que je dois être utile ?

Il découvrit qu'il restait pour lui un acte qui avait un sens.

Il se leva.

Vergere ouvrit les yeux.

Ecartant les fougères, il se fraya un chemin vers le mur couvert de mousse. Il le suivit sur toute sa longueur, arrachant une grande bande de mousse qui se détacha facilement et révéla le permabéton noir qu'elle dissimulait.

Jacen regarda Vergere, qui l'observait en silence.

Il haussa les épaules, revint à son point de départ et découvrit une fente verticale rectiligne bordée par des bandes de métal. De l'autre côté de la fente, le mur était en duracier, pas en permabéton. Jacen tâtonna et trouva finalement ce qu'il cherchait : un système d'ouverture manuelle.

Il tourna et poussa : la porte en duracier coulissa avec un grincement.

— Que faites-vous ?

Jacen ne répondit pas.

Derrière la porte, s'ouvrait un couloir faiblement éclairé par des lichens phosphorescents. Le sol était couvert d'une moquette à demi mangée par les insectes. Cela faisait des années qu'il avait exploré les niveaux inférieurs de la cité avec Jaina, Lowie, Tenel Ka et Zekk, mais il reconnut l'odeur.

Des portes numérotées s'alignaient dans le couloir. Cet endroit était un des anciens niveaux résidentiels. Au bout du couloir, une arche menait à escalier de secours.

Sans un regard pour Vergere, Jacen en approcha.

— Où allez-vous ? demanda la Fosh.

Mais Jacen ne lui devait pas de réponse.

Il descendit lentement les marches. La cage d'escalier était tapissée de fibroplâtre transparent terni par l'âge. A travers le réseau de craquelures, il distingua une passerelle, beaucoup plus bas, qui conduisait au mur noirci d'un bâtiment voisin.

Arrivé à la moitié de la première volée de marches, Jacen se retourna.

— Vous venez ?

— Bien sûr, dit Vergere en souriant de toutes ses dents. J'attendais votre invitation !

CHAPITRE VII

LE CRATÈRE

— C'est *Jacen Solo* ?

Le maître modeleur Ch'Gang Hool, horrifié, regardait l'image reflétée par le sac de gelée optique de l'araignée de visualisation naine. Les tentacules implantés au coin de sa bouche frémirent, puis se tendirent vers le haut et nettoyèrent avec un soin maniaque la coiffure en forme d'étoile du maître modeleur.

— Le Jacen Solo de Duro ? Celui qui a tué la reine voxyn ? Le *Jeedai* recherché par Tsavong Lah ?

— En personne.

— C'est bien lui qui a déclenché la révolte d'esclaves qui a failli détruire le vaisseau-semence ? L'émeute qui a tué des centaines de membres de notre caste sacrée ? Celle qui a peuplé ma planète d'esclaves infidèles ?

— *Votre* planète, maître modeleur ?

— La formation de ce monde est mon honneur et ma mission ! rugit Ch'Gang Hool. Jusqu'à ce que ce travail soit terminé, tout être vivant présent dans ce système stellaire est à mes ordres. Même la flotte de guerre. Et même le Cerveau Planétaire ! Si je décide de dire que cette planète est à moi, qui oserait me contredire ? *Vous* ?

— Pas moi, non…

Un doigt allongé terminé par des griffes incurvées

chatouilla le node de commande de l'araignée de visualisation, agrandissant l'image de Jacen Solo, dont la tête occupa bientôt la totalité du sac optique.

— Mais vous devriez lui en parler, à *lui*.

— Comment est-il arrivé là ? Et comment a-t-il survécu ? Des semaines ont passé depuis l'ensemencement ! Et ce *Jeedai* est en liberté sur la planète ! Où était-il ? Pourquoi n'ai-je pas été informé ?

De l'autre côté de l'araignée de visualisation, l'exécuteur Nom Anor sourit.

— Le maître de guerre a ordonné que vous mobilisiez toutes les ressources disponibles pour le capturer.

— Il a *ordonné*…, dit Ch'Gang Hool, sa coiffure se hérissant agressivement. Jusqu'à ce qu'il vienne prendre possession de ce monde, je suis l'autorité ultime ! Nous verrons qui donne les ordres !

— Disons alors que c'est une suggestion, fit Nom Anor, conciliant. Vous êtes le responsable de la formation de Yuuzhan'tar. Je vous ai informé qu'un Jedi exceptionnellement dangereux est en liberté à sa surface. Un Jedi qui a failli détruire le vaisseau-semence…

Nom Anor se réinstalla dans le siège vivant, appréciant la manière dont ses muscles bougeaient pendant que la créature s'adaptait à la nouvelle position. Ces modeleurs se la coulaient vraiment douce ! Un peu trop, se dit-il. C'était peut-être pour ça qu'il prenait tant de plaisir à faire marcher celui-là.

— La manière dont vous déciderez de réagir à cette menace est, bien entendu, de votre seul ressort.

— Vous ne m'avez pas expliqué comment ce *Jeedai* s'est trouvé à bord du vaisseau-semence.

— Demandez des explications au maître de guerre. Je suis sûr qu'il sera *ravi* de gaspiller son temps, si précieux, à répondre à vos questions futiles et stupides, au lieu de faire la guerre !

— Estimez-vous *futile* que le *Jeedai* qui a tué notre reine voxyn soit en liberté sur notre planète natale ? dit Ch'Gang Hool. Est-il *stupide* de s'inquiéter parce que notre nouveau monde est infiltré par notre ennemi le plus dangereux ?

— Entre nous, dit Nom Anor, très aimable, ce qui est stupide, c'est votre réaction de fierté blessée ! Au lieu de vous demander comment Jacen Solo est arrivé sur la planète, vous devriez vous inquiéter de ce qu'il y fait en ce moment !

Le maître modeleur blêmit de colère.

— Où est-il ? Vous le savez, n'est-ce pas ?

— Bien entendu. J'attendais simplement que vous me posiez la question.

Il y avait un problème avec ce cratère.

Jacen s'en éloigna. Quelques pas devant lui, Vergere s'arrêta quand elle sentit qu'il ne la suivait plus, et le regarda, l'air interrogateur.

— J'ai un mauvais pressentiment au sujet de cet endroit, dit-il.

La pente qui conduisait au cratère était un monticule de débris où se dressaient les vestiges d'un bâtiment qui avait autrefois été des bureaux gouvernementaux. Cette partie du cratère était un mur porteur de plusieurs kilomètres de haut. Les fougères multicolores et les mousses l'avaient recouvert, mais leurs racines, trop minces, ne tenaient pas les gravats solidement en place.

Ils avaient été forcés de grimper lentement, Vergere en tête. Jacen ne savait pas où poser les pieds pour éviter de déloger un bloc de permabéton ou de traverser une fibrotuile et de tomber dans un trou.

Vergere ne lui expliqua pas comment, mais elle réussissait à trouver le chemin le plus sûr. Jacen supposa qu'elle utilisait la Force.

Le défilé où ils avançaient était jadis une voie de circulation, ou peut-être une station de taxis aériens. Trois mètres de murs renforcés avaient survécu à la destruction du bâtiment. Jacen s'assit sur un bloc de permabéton couvert de lichen, à un endroit où il voyait la pente intérieure du cratère.

Un cratère assez profond pour engloutir un destroyer… Le vaisseau-semence lui-même aurait pu s'y engouffrer. Et le fond se perdait très loin au-dessous d'eux, dans l'obscurité projetée par une colonne de nuages au sommet bizarrement plat.

Le nuage devenait de plus en plus sombre en s'enfonçant dans le cratère. Plus bas, le tonnerre grondait et l'air était chargé d'ions négatifs.

— Oui, ce lieu me fait vraiment une mauvaise impression…

— A juste titre, dit Vergere en s'asseyant à côté de Jacen. C'est l'endroit le plus dangereux de la planète !

— Dangereux… Comment le savez-vous ?

— Je le sens dans la Force. (La Fosh croisa les doigts et posa son menton dessus.) La question est plutôt : comment l'avez-*vous* su ?

Jacen regarda Vergere, puis sonda de nouveau le cratère. Oui, comment avait-il su ? Assis dans l'ombre de la voie de circulation en ruine, il réfléchit.

Des semaines de voyage sur la planète l'avaient aminci et durci. Tout en muscles et en tendons, son corps était désormais tanné comme du cuir. Ses cheveux avaient poussé, striés de blond par les rayons ultraviolets du soleil blanc bleu. Sa barbe d'adolescent, plus drue, était désormais plus foncée que ses cheveux. Il aurait probablement réussi à dénicher une crème dépilatoire dans les décombres d'une cabine de douche sonique – ou une lame assez affûtée pour se raser – mais il avait préféré garder sa barbe, qui lui évitait les coups de soleil.

Jacen aurait pu récupérer des vêtements, s'il l'avait

voulu. Il portait bien des bottes découvertes dans les débris, mais rien n'était aussi solide et utile qu'une tunique-peau. Chaude la nuit, fraîche dans la journée, elle se réparait toute seule quand on la déchirait. Après avoir déniché les bottes, il s'était fabriqué, avec un fragment de tunique, une paire de chaussettes autonettoyantes et inusables.

Au fil du temps, il avait découvert d'autres usages à la tunique-peau, lui arrachant d'autres fragments pour se fabriquer un sac à dos de bonne taille qui semblait, tel un muscle, se renforcer à mesure qu'il l'utilisait. Il transportait dedans autant de nourriture que possible. Au début, ils avaient voyagé pendant trois jours sans rien trouver à manger. Une mésaventure qui l'avait rendu prudent...

Il y avait de la nourriture, mais il fallait la chercher ! Dans les décombres, on trouvait le pain, les conserves et les carrés de protéines séchées qui constituaient l'essentiel du régime des habitants des niveaux inférieurs. Pas très savoureux, ces aliments ne se gâtaient jamais. Et contrairement à l'époque où la planète se nommait Coruscant, l'eau abondait. Une journée se passant rarement sans averse, il était facile de trouver des flaques d'eau propre dans les décombres.

Ils avaient parfois avancé dans les niveaux inférieurs obscurs, rampant le long de passerelles ou de couloirs où subsistaient les traces gluantes du passage des limaces du granit.

Cela ressemblait tant à la planète où Jacen avait grandi !

Le plus souvent, les niveaux inférieurs s'ouvraient sur des abîmes où des bâtiments écroulés étaient devenus des vallées grouillantes de vie étrangère.

Si les Yuuzhan Vong avaient modifié l'orbite de la planète – puisque le soleil, naguère une tête d'épingle à l'éclat éblouissant, était désormais un disque de la taille d'un ongle – ils semblaient ne pas avoir touché à sa rotation. Le rythme circadien de Jacen, acquis au fil des années passées dans la cité galactique, s'accordait bien au cycle des jours et des nuits de Yuuzhan'tar.

Vergere avait accepté de laisser le Jedi diriger le voyage et décider de son rythme. Elle ne demandait jamais où ils allaient.

Ils mangeaient quand Jacen avait faim et se reposaient quand il était fatigué.

Le reste du temps, ils marchaient.

Jacen aurait été incapable de dire si Vergere dormait. De temps en temps, elle semblait se replier sur elle-même et rester immobile pendant des heures. Mais dès qu'il parlait, elle était aussi lucide que si elle avait monté la garde.

Le jeune homme transportait aussi dans son sac à dos quelques objets utiles : une lampe torche, une paire de jumelles électroniques, quelques batteries d'alimentation et un databloc MDS. Ce modèle ancien, de la série 500, contenait surtout des jeux éducatifs, un générateur d'images simplifié et d'autres programmes pour enfants, mais il avait un programme très utile : une carte holographique interactive de Coruscant.

Jacen trouvait de-ci, de-là un terminal APD intact enterré dans les décombres d'un bâtiment écroulé ou niché derrière un mur à demi démoli. Les terminaux publics étant forcément très résistants, certains fonctionnaient encore ou pouvaient être remis en marche. Ensuite, il lui suffisait d'utiliser la fonction « Vous êtes ici » du programme pour repérer sa position.

Jacen ignorait ce qu'il ferait quand il arriverait à destination, car il n'en resterait probablement qu'un immense tas de débris. Il ignorait pourquoi il voulait aller à cet endroit.

Il n'avait aucun plan, seulement un objectif.

Et c'était suffisant.

Jacen sortit les jumelles électroniques de son sac à dos et les activa. Quelque chose le dérangeait, au sujet des formes de vie vong qu'il apercevait au fond du cratère. Il n'était pas sûr de ce que c'était. Après des semaines dans la Nurserie et plusieurs autres sur Yuuzhan'tar, il n'était toujours pas un expert dans ce domaine.

Chaque fois que c'était possible, il avait évité le contact avec les formes de vie inconnues, car elles avaient des propriétés désagréables. La sève pourpre de la mousse qui poussait sur le permabéton lui avait donné des cloques – purulentes pendant trois jours !

Au fil des semaines, il avait découvert que les formes de vie vong se développaient selon un schéma précis : elles poussaient par grandes touffes entourées de décombres totalement dénudés. Au centre, on trouvait généralement un des dispositifs d'écogénération que le vaisseau-semence avait éparpillés sur la planète pour créer des spores, des graines et même des animaux.

Vergere et Jacen avaient passé une journée à regarder un troupeau d'étranges bestiaux sortir de la bouche caverneuse d'un de ces systèmes. Des équivalents de bovins à six pattes, lents et stupides, qui commençaient aussitôt à brouter. Grossissant très vite, ils étaient devenus adultes avant la fin de la journée.

Dès qu'il avait produit une centaine de bovins, le dispositif fabriquait un prédateur : des grands lézards bipèdes armés de tentacules faciaux tranchants ou des essaims d'insectes chasseurs minuscules mais féroces…

Jacen et Vergere avaient aussi aperçu des Yuuzhan Vong. Pas seulement des modeleurs, mais aussi des guerriers qui patrouillaient en jetant des regards dégoûtés aux carcasses désossées des machines de la Nouvelle République.

Un moment, Jacen se demanda s'ils le cherchaient. Puis quelques indices lui indiquèrent qu'il n'était pas le seul fugitif réfugié dans les niveaux inférieurs de la cité. Il avait trouvé des traces de pas dans la poussière, des caches de nourriture où quelqu'un s'était récemment servi et des débris maquillés pour avoir l'air abandonné depuis longtemps, alors que des cachettes y étaient aménagées. Trois ou quatre fois, il avait aperçu des silhouettes humaines qui couraient d'un abri à l'autre en essayant de ne pas trop s'exposer à la lumière du Pont.

Il s'agissait peut-être de réfugiés oubliés lors de l'évacuation. Ou de gens qui avaient toujours vécu dans les niveaux inférieurs et évitaient d'instinct le monde de la surface. Ou encore d'esclaves échappés du vaisseau-semence. Jacen l'ignorait et il n'avait pas l'intention de chercher à le savoir. Il fuyait ces gens, car ils attiraient l'attention des Yuuzhan Vong.

Jacen ignorait si les Vong utilisaient les esclaves qu'ils capturaient ou s'ils les exécutaient immédiatement. Et il préférait ne pas le découvrir !

Les formes de vie vong qui tapissaient la courbe intérieure du cratère étaient différentes de celles qu'il avait rencontrées jusque-là. Curieux, Jacen régla l'autozoom de ses jumelles électroniques pour passer d'une vue générale à des plans rapprochés. Les plantes, bizarres et peu abondantes, poussaient par endroits sur un fond de duracier rouillé et de débris, comme si les végétaux avaient du mal à survivre en ce lieu. Ici, les mousses étaient grisâtres et brunes, pas d'un vert vif, comme partout ailleurs. Et les fougères, petites et tordues, semblaient sur le point de se faner.

Jacen suivit avec ses jumelles le nuage qui sortait du milieu du cratère. Sa base d'un noir grisâtre était aussi plate que son sommet, d'un blanc éclatant et la colonne de brume semblait tourner lentement sur elle-même.

Tout ça était inquiétant, pensa Jacen, mais pas assez pour expliquer sa terreur à l'idée de descendre dans le cratère.

— D'accord, j'abandonne ! Pourquoi est-ce si dangereux ?

Vergere effleura le bras de son compagnon et désigna un bosquet de conifères, dont le plus petit, d'après l'écran des jumelles, mesurait dix mètres de haut. Sur la pente, autour du bosquet, un petit troupeau de créatures reptiloïdo-caprines sautait de rocher en rocher. Au passage, elles broutaient nerveusement la mousse. Jacen comprit la raison de leur nervosité quand un des prédateurs bipèdes bondit du bosquet à une vitesse stupéfiante. Il saisit le reptiloïde le plus proche entre ses pattes avant et le dépeça en quelques secondes. Le reste du troupeau s'éloigna rapidement tandis que le prédateur s'installait tranquillement pour déguster son repas.

— Voilà pourquoi cet endroit est si dangereux, dit Vergere avec un sourire ironique. Il regorge de ce que vous appelleriez le Côté Obscur. Et il est très puissant à cet endroit, plus que sur le reste de la planète. Peut-être plus que dans le reste de cette galaxie…

Jacen baissa les jumelles.

— Ce n'est pas le Côté Obscur, dit-il. Un prédateur chasse pour manger et nourrir ses petits. La loi de la nature…

— Le Côté Obscur n'est-il pas naturel ? Je le croyais si dangereux pour cette raison. C'est à cause de ça qu'il est plus facile à suivre que le Côté Lumineux, non ?

— C'est vrai, mais…

— Ce que vous venez de voir n'est-il pas le symbole du Côté Obscur ? Ce que vous craignez tellement : l'agression, la violence, la passion ?

— Vous voulez savoir ce qu'est *réellement* le Côté Obscur ? Sous son emprise, le prédateur aurait exterminé le troupeau pour le plaisir de tuer !

— Croyez-vous qu'il ne prend pas plaisir à tuer ?

Jacen regarda un moment le chasseur se repaître de sa proie.

Il ne répondit pas.

— S'il en tue une, c'est la nature, s'il les tue toutes, c'est le Côté Obscur, continua Vergere. La différence entre la nature et le Côté Obscur est-elle une affaire de degré ? Et si ce prédateur avait tué la *moitié* du troupeau ?

Jacen reposa ses jumelles.

— Le Côté Obscur est présent dès qu'il tue plus qu'il ne lui en faut pour se nourrir et subvenir aux besoins de sa famille ! C'est ça, la différence : tuer plus que nécessaire.

Vergere inclina la tête.

— Et comment définissez-vous le concept de *nécessité* ? A quel niveau se situe la différence ? Quand le prédateur est sur le point de mourir de faim, ou s'il a juste un petit creux ? Le Côté Obscur est-il impliqué quand il mange seulement la moitié de l'animal ? Ou si ses petits ont quelques kilos de trop ?

— Nous ne parlons pas de ça…

— Alors, de quoi parlons-nous ? Des motivations ? L'intention prime-t-elle toujours sur l'action ? Si j'ai bien compris, le prédateur n'est pas poussé par le Côté Obscur s'il tue tout le troupeau et le laisse pourrir sur place – à condition qu'il ait cru en avoir besoin pour se nourrir ?

— Ce n'est pas si simple, dit Jacen. Et pas si facile à décrire…

— Mais vous reconnaissez le Côté Obscur quand vous le voyez ?

— Oui.

Vergere désigna le prédateur, sur la pente du cratère.

— Mais vous ne l'avez pas reconnu, cette fois…

Jacen n'eut pas le temps de répondre, en étant empêché par une explosion qui lui donna le sentiment que le ciel s'était écroulé.

Il s'aplatit contre la paroi, derrière lui. Des débris déplacés par l'onde de choc glissèrent, provoquant une avalanche de fragments de permabéton et de poutres de soutien qui s'écrasa sur le sol à quelques centimètres de lui. Un autre grondement retentit, suivi par un troisième.

Jacen se tourna vers la paroi, se protégeant le cou avec les bras.

Il y eut d'autres explosions, mais le cratère n'en fut pas ébranlé.

— Qu'est-ce que c'était ? demanda Jacen en levant les yeux.

Vergere désigna le ciel pourpre, au-dessus du Pont.

— Ça venait de là.

— Je ne vois rien…

Vergere désigna les jumelles, qui pendaient toujours au cou du Jedi.

Il les porta à ses yeux et regarda. La mise au point automatique s'activa, et un juron corellien qu'il avait appris de son père lui échappa. Ces explosions n'étaient pas l'effet du tonnerre ou d'un autre phénomène naturel.

Il s'agissait de détonations soniques.

Des vaisseaux en corail yorik de la taille du *Faucon Millenium* tournaient autour du cratère, décrivant un ballet incroyablement complexe. Tous crachaient un jet continu de gros bulbes semblables à des cosses de graines.

L'une d'entre elles s'ouvrit comme une fleur-étoile ithorienne caressée par le soleil. Des filaments blancs s'en échappèrent, lestés de grappes de « graines ».

Jacen augmenta le zoom et une des graines devint clairement visible.

C'était un guerrier yuuzhan vong !

Les filaments soyeux se déployèrent pour former un parachute. Les autres cosses lâchèrent chacune une dizaine de guerriers. En tout, il devait y en avoir des centaines, et peut-être des *milliers* !

— Super, dit Jacen. Nous sommes au milieu du camp d'entraînement de leur infanterie aéroportée. Je suppose que ça aurait été pire si nous avions déboulé par mégarde sur leur champ de tir…

— Jacen…

146

Il se tut, s'avisant que Vergere parlait d'une voix qu'il ne lui avait jamais entendue : dure et glaciale.

— Ça n'est pas un exercice. Ils sont à votre recherche.

— Je ne me laisserai pas reprendre ! Pas question de retourner dans l'Etreinte de la Douleur. J'en ai eu assez pour trois vies !

— Inutile de craindre ça, souffla Vergere, un demi-sourire relevant les coins de ses lèvres. Vous torturer ne les intéresse pas, Jacen Solo. Ce sont les soldats du maître modeleur. S'ils vous trouvent, ils vous tueront. Tout simplement, et sans délai.

Jacen regarda les milliers de guerriers qui descendaient lentement vers le sol.

— Tant de soldats ? murmura-t-il. Pour moi seul ?

— Vous commencez à mesurer votre importance.

— Quelqu'un me juge essentiel, en tout cas... Vous avez une suggestion ?

Vergere regarda une dernière fois vers le haut.

— Un courant ascendant sort du cratère. Il a peut-être un lien avec cet orage. En tout cas, il pousse les soldats aéroportés loin d'ici.

— Et alors ?

— Si vous voulez échapper aux soldats, il y a une seule direction possible. Le bas !

CHAPITRE VIII

DANS LES TÉNÈBRES

Des éclairs jaillirent et un roulement de tonnerre fit trembler le sol du cratère. Frissonnant, Jacen se blottit dans l'alcôve qui était autrefois l'intérieur d'une élégante cabine de douche sonique. Une pluie glacée dégoulinant le long de son dos, il serra les mâchoires pour éviter de claquer des dents.

Les Yuuzhan Vong arrivaient.

Des centaines de guerriers avaient atteint la lisière du cratère avant que Jacen et Vergere aient parcouru la moitié de la pente intérieure. Les Vong étaient descendus à toute allure malgré le terrain accidenté. Jacen n'avait aucune chance d'aller plus vite qu'eux : pour un Vong, être blessé, estropié ou tué au service des Vrais Dieux était un but enviable.

Jacen ignorait depuis combien de temps il était caché là, à frissonner sous la pluie glaciale. Vergere lui avait dit d'attendre, affirmant qu'elle trouverait un chemin de fuite. A l'en croire, elle devait d'abord le localiser et elle irait plus vite si elle était seule. Elle n'avait rien ajouté, mais il lui faisait confiance.

Quel autre choix avait-il ?

Je suis libre, pour sûr, pensa-t-il amèrement. *Drôle de liberté !*

La pluie et l'attente étaient pénibles. Mais pire que tout, il *sentait* les Yuuzhan Vong approcher.

Au milieu de sa poitrine, un trou béait à l'endroit où était jadis nichée la graine-esclave. Dès qu'il fermait les yeux et se concentrait, pensant à ce *vide*, un nouveau sens s'éveillait en lui.

Il lui aurait été impossible de décrire ce sentiment, faute de mots nécessaires. La graine-esclave avait envoyé des fibres dans tout son corps, se mêlant à son système nerveux jusqu'à devenir une part de lui-même. Mais ces fibres réagissaient à une forme de vie inconnue de cette galaxie.

Et Jacen *savait...*

Il percevait l'approche des guerriers yuuzhan vong, les sentant passer à travers l'orage, au centre de la dépression. Il sentit même un des guerriers retenir son souffle en se glissant de l'autre côté d'un mur qui aurait pu dissimuler un Jedi fugitif.

Il capta la colère d'un autre guerrier, qui pensait à ses camarades morts dans la Nurserie, puis la soif de vengeance d'un autre. Il éprouva la « non-douleur » d'un Vong qui s'était cassé la cheville, puis la frustration d'un autre guerrier, contraint de rester en arrière pour s'occuper de l'imbécile qui s'était blessé.

Il sentit tout ce que les Vong éprouvaient.

Comme s'il était tous les guerriers en même temps... et que tous étaient lui.

Pire encore, il sentit la douleur des feuilles écrasées sous les talons des bottes et la détresse d'une étendue de mousse lorsqu'un guerrier en arracha un grand morceau en trébuchant contre une porte.

Il capta aussi la terreur d'une petite famille de mammifères tapie dans son terrier, quand elle entendit le vacarme que produisaient les pieds des guerriers.

Submergé par les sentiments des Vong, leurs émotions et

leurs sensations, Jacen ne sentit plus le froid, car le métabolisme des Yuuzhan Vong transformait la pluie glaciale en une douche rafraîchissante.

Et il n'avait plus peur…

Non qu'il eût redouté la mort. Cette angoisse, il l'avait laissée derrière lui, en orbite de Myrkr, dans le vaisseau-monde. Mais son corps sursautait quand même, imaginant les bâtons ou les insectes-tonnerre qui pourraient le frapper.

Un réflexe biologique indépendant de son courage.

Mais maintenant…

Jacen éprouva une joie de prédateur quand un guerrier leva son bâton et se glissa vers un humain vêtu de blanc caché à la jonction de deux murs brisés. Lorsqu'il vit l'ombre du guerrier se dresser devant lui à travers le rideau de pluie, Jacen comprit à retardement que l'humain qui allait mourir était… lui-même.

Un éclair illumina l'espace au-dessus de sa tête. Il se jeta sur le côté. La lame du bâton lui roussit les côtes puis s'enfonça dans le mur en permabéton, derrière lui. Dans l'obscurité revenue, il laissa tomber son sac à dos et saisit une des bretelles. Pendant que le guerrier récupérait son bâton, Jacen lui propulsa dans la figure quinze kilos de boîtes de conserve et de matériel.

Le guerrier tituba. Jacen se jeta sur lui, frappa de nouveau et le fit tomber à genoux.

Il refit tournoyer le sac, se préparant à expédier le guerrier au tapis.

Le Vong para avec son bâton amphi et coupa le sac en deux. Les barres de protéines et les outils roulèrent sur le sol. Ses jumelles électroniques, fendues en deux, suivirent le même chemin, ainsi que le databloc éventré qui explosa dans une gerbe d'étincelles. Ces flammèches illuminèrent les ténèbres et grimpèrent le long du bâton pour roussir la main du guerrier.

Le Yuuzhan Vong jura quand sa main se contracta. Le

bâton, probablement mort, tomba sur le sol entre Jacen et lui. Le Jedi grimaça quand il sentit la douleur envahir aussi sa main et monter le long de son bras. Mais ce n'était pas ses nerfs qui la sentaient.

C'étaient ceux du guerrier !

Quand le Vong désarmé lui sauta dessus, Jacen pivota légèrement pour qu'il le rate de quelques centimètres. Le guerrier dérapa, se redressa, se tourna et décocha un coup de poing en direction de la tempe de Jacen… qui inclina imperceptiblement la tête.

Le coup lui ébouriffa les cheveux.

— Si vous n'arrêtez pas, dit le jeune Jedi, je serai obligé de nous faire du mal à tous les deux.

Le guerrier grogna et frappa des deux poings.

Jacen esquiva le premier coup et para le deuxième avec sa paume. Puis il leva les bras et la main du guerrier percuta son coude. Le guerrier hurla quand ses doigts se brisèrent. Une onde de douleur incroyable se diffusa dans le bras de Jacen.

Il sentit les os brisés traverser la chair brûlée au troisième degré…

— Je peux continuer comme ça toute la journée, dit-il.

Il ne mentait pas. Le Vong étant quasiment une partie du corps de Jacen, il lui devenait aussi impossible de ne pas parer une attaque que de ne pas trouver sa main gauche avec sa main droite, même dans l'obscurité. Il sentirait toute la douleur qu'il infligerait au guerrier, mais qu'importait ? La souffrance n'était rien…

Il se battit sans efforts, les parades s'imposant naturellement à son esprit comme quand il s'exerçait au sabre laser avec Jaina ; à ces moments, leur aptitude à utiliser la Force et leur lien gémellaire faisaient pratiquement d'eux une seule personne.

D'autres guerriers arrivèrent et lancèrent une série d'insectes-tonnerre vers Jacen.

Le jeune homme eut le sentiment qu'il aurait dû s'excuser auprès du guerrier quand il le déséquilibra puis le projeta sur le trajet des insectes-tonnerre, qui le frappèrent avec une force colossale. Son armure en crabe vonduun lui sauva la vie, mais l'impact fut suffisant pour lui faire perdre conscience.

Jacen aussi faillit sombrer dans le néant.

Quand sa vision s'éclaircit, trois guerriers le cernaient.

Savoir comment ils l'attaqueraient ne l'aida pas : personne n'était assez rapide pour esquiver les coups simultanés de *trois* Vong.

Ils se jetèrent sur lui, leurs bâtons levés s'allongeant en un clin d'œil.

Aucune des lames ne le toucha.

Jacen n'avait pas bougé un cil.

Pour les grappes de cellules nerveuses qui constituaient les cerveaux primitifs des bâtons, il avait pris l'apparence d'un polype – petit, bizarrement mal formé, mais malgré tout reconnaissable. Et des millénaires d'évolution les avaient conditionnés à ne jamais couper les polypes.

Voilà un truc qui a rudement bien marché, pensa Jacen. *Mais si les guerriers lâchent les bâtons et m'attaquent à mains nues, je suis cuit.*

En conséquence, il attaqua le premier.

Il courut pour prendre un peu d'élan et se projeta en l'air, devant le guerrier de gauche. La réaction instinctive du Vong – lever son bâton et frapper – ne lui fut d'aucune utilité, parce que son arme se ramollit d'un coup dans sa main. Stupéfait, le guerrier regarda Jacen lui flanquer dans la poitrine un coup de pied qui le renversa comme s'il avait été percuté par un speeder.

Jacen se réceptionna souplement, continua à courir et ne jeta pas un regard en arrière.

Grondant de fureur, les Vong le suivirent comme des gundarks affamés. Il fonça à l'aveuglette dans l'orage, tête baissée, se fiant à la sensation qu'il éprouvait au cœur de sa poitrine, et qui lui indiquait où les Yuuzhan Vong n'étaient *pas*.

Il capta leurs émotions quand ils le virent et perçut leur colère et leur soif de sang.

Les guerriers le virent passer tel un fantôme à travers la pluie et la grêle. Jacen perçut la joie féroce qu'ils éprouvaient quand ils l'apercevaient à la lumière stroboscopique des éclairs. Des insectes-tonnerre le cherchaient, arrachant aux murs de gros morceaux de mousse détrempée.

Des cris jaillirent autour de lui dans une langue gutturale comportant trop de consonnes. Même s'il ne la parlait pas, Jacen comprit ce qui se passait.

Les vong l'avaient encerclé et ils avançaient vers lui.

Le moment idéal pour que Vergere revienne…, se dit Jacen.

Une main surgie du néant le bouscula et le fit plonger vers la gauche. Avant qu'il ait repris son équilibre, une corde invisible s'enroula autour de ses chevilles et le précipita au sol…

… Qui s'effondra sous son poids, la fibrotuile pourrie cédant avec un bruit mat. Quatre mètres plus bas, il atterrit lourdement sur de la pierre humide. A demi assommé, il resta allongé, incapable de reprendre son souffle, les yeux rivés sur les « étoiles » qui tournaient soudain autour de sa tête.

Une partie du mur coulissa, révélant une autre pièce faiblement éclairée par des globes lumineux en mode d'économie d'énergie.

— Jacen Solo, c'est le moment de vous mettre à l'abri de l'orage, dit une voix guillerette.

Le Jedi leva la tête et regarda le trou qu'il avait fait dans le plafond.

— Vergere… ?

— Oui.

Jacen capta la confusion des chasseurs, au-dessus de lui. Pour eux, il avait tout simplement disparu.

— Euh, merci… enfin, je crois…

— De rien.

— Mais…

— Oui ?

Le jeune homme se leva lentement. Il n'avait apparemment rien de cassé, mais il avait mal partout.

— Vous auriez peut-être pu dire simplement : « Jacen, courez vite par là ! »…

Vergere inclina la tête et sa crête devint orange foncé.

Elle tendit une main vers son compagnon.

— Jacen, courez vite par là ! dit-elle.

Après un dernier coup d'œil au trou, dans le plafond, et aux nuages d'orage, le jeune homme obéit.

Ils s'enfoncèrent dans les ténèbres et traversèrent au pas de course une enfilade de couloirs et de salles désertes.

La sueur qui coulait dans les yeux de Jacen brouillait l'image de Vergere, devant lui. Elle filait comme le vent, plongeait à travers des portes, descendait des escaliers, sautait dans des ascenseurs abandonnés pour glisser le long des rails de guidage…

Et il la suivait.

De plus en plus loin dans la planète et dans l'obscurité.

Le creux calme et vide, au centre de sa poitrine, disparut au cours de leur fuite. Jacen ne percevait plus les Yuuzhan Vong. A bout de souffle, il perdit cent fois Vergere de vue et la retrouva par miracle.

Sa course devenant de plus en plus incertaine, il ignorait si les Yuuzhan Vong gagnaient du terrain sur eux ou en perdaient. Dans son imagination, les couloirs s'emplissaient de guerriers féroces. Mais il n'osait pas se retourner, de peur de perdre Vergere de vue – définitivement.

Ses poumons étaient en feu et des taches noires dansaient devant ses yeux.

Soudain, elles grandirent et il sombra dans les ténèbres…

Jacen se réveilla couché sur le sol. Quand il s'assit, une pluie tiède coula le long de ses joues. Une de ses paumes était à vif. Une goutte d'eau touchant ses lèvres, il sentit le goût du sang.

Accroupie non loin de là, Vergere était à peine visible dans la pénombre créée par l'unique globe lumineux du couloir. Elle le regardait avec une patience de félin.

— Jusqu'à ce que votre crâne devienne très dur, je vous conseille de ne pas le cogner contre ces murs.

— Je...

Jacen ferma les yeux et les rouvrit au prix d'un effort surhumain. Dans sa tête, le tonnerre grondait. Le couloir tournait comme un manège autour de lui, et l'obscurité menaçait d'envahir son cerveau.

— Je ne peux pas... reprendre mon souffle.

— Vraiment ?

— Pas question pour moi de continuer comme ça, Vergere. Il m'est impossible de puiser dans la Force comme vous le faites...

— Pourquoi pas ?

— Vous savez bien pourquoi !

Jacen se leva d'un bond, stimulé par la rage, et fondit sur elle.

— C'est *vous* qui me l'avez volée ! J'en ai assez de vos questions ! Et de votre *enseignement* !

Il la souleva du sol, la tenant si près de son visage qu'il la voyait trouble.

— Et plus que tout, j'en ai assez de *vous* !

— Jacen..., dit la Fosh d'une voix étouffée.

Ses bras pendaient de chaque côté de son corps, immobiles...

Jacen s'aperçut qu'il lui serrait la gorge.

La voix de Vergere devint un sifflement presque inaudible.

— Cette... torsion...

Mon espèce a un cou particulièrement vulnérable.

Jacen lâcha la Fosh et recula d'un pas. Puis d'un deuxième, et encore d'un autre, jusqu'à ce que son dos heurte le mur de pierre humide de la salle. Il se couvrit le visage. Le sang qui coulait de ses mains lui macula les joues, la sueur irritant la peau à vif de ses paumes.

Sa poitrine se souleva, mais il ne parvenait toujours pas à prendre une inspiration satisfaisante. Ses forces le quittèrent en même temps que la colère et il se laissa glisser le long du mur, les yeux fermés derrière ses doigts.

— Que…, murmura-t-il.

La voix lui manqua.

Que m'arrive-t-il ?

— Je vous l'ai dit, Jacen, le Côté Obscur est très puissant, ici.

— Le Côté Obscur ? répéta le jeune homme en levant la tête.

Ses mains tremblaient. Il les croisa et les serra entre ses genoux.

— Vergere… Je suis désolé…

— De quoi ?

— Je voulais vous *tuer*. J'ai failli le faire !

— Mais vous ne l'avez pas fait…

Toujours tremblant, Jacen éclata d'un rire sans joie.

— Vous auriez dû me laisser où j'étais. J'avais probablement moins à craindre des Yuuzhan Vong que du Côté Obscur !

— Vraiment ?

— Les Yuuzhan Vong peuvent seulement me tuer. Mais le Côté Obscur…

— Pourquoi le craignez-vous tant ?

— Mon grand-père était un Seigneur de la Sith…

— Comment ? Un *Sith* ?

Vergere le dévisagea, stupéfaite. Puis elle inclina la tête,

156

comme si elle s'attendait à ce que Jacen change d'apparence selon son angle de vision.

— Je croyais, dit-elle enfin, que vous étiez du sang des *Skywalker*.

Jacen se balança d'avant en arrière. Pourquoi ne pouvait-il toujours pas respirer ?

— Je le suis. Mon grand-père était Anakin Skywalker. Il est devenu Dark Vador, le dernier Seigneur de la Sith…

— Anakin ? (Vergere se rassit, visiblement bouleversé.) Le petit *Anakin* ? Un Seigneur de la Sith ? Quelle horreur ! Les choses n'auraient-elles pas pu tourner autrement ? Quelle tragédie… Quel gaspillage !

Jacen la regarda, lui aussi troublé.

— Vous dites ça comme si vous l'aviez bien connu…

— Non. J'ai surtout entendu parler de lui. Et je l'ai rencontré une fois. Ici même, cinq cents mètres au-dessus de l'endroit où nous sommes. Il avait douze ou treize ans. Il était si *vivant*… Il brûlait…

— Que faisait Dark… – je veux dire, mon grand-père – sur Coruscant ? Et vous, pourquoi y étiez-vous ? Qu'y avait-il cinq cents mètres au-dessus de nous ?

— Vous l'ignorez ? Cela aussi a-t-il été perdu ?

Vergere se leva et tendit une main à Jacen pour l'aider à se remettre debout. Ensuite, ses doigts effleurant le mur, elle dessina un motif complexe.

Une dalle rectangulaire pivota, révélant un couloir qui donnait sur une salle obscure.

— Par là, dit Vergere.

Ses mots résonnèrent comme si elle avait parlé à côté d'un tambour.

Ne sachant pas à quoi s'attendre, Jacen entra dans la salle obscure.

— Ce lieu était notre tour de garde, notre forteresse contre les ténèbres. C'était le temple des Jedi.

— Le temple… ? répéta Jacen. Alors… Alors vous êtes une Jedi !

— Non. Ni un seigneur de la Sith.

— Qu'êtes-vous ?

— Je suis Vergere. Et vous, qui êtes-vous ?

Dans l'obscurité, la voix de la Fosh semblait venir de partout en même temps. Jacen se tourna, cherchant où elle était.

— Plus de jeux, Vergere.

— Ça n'a jamais été un jeu, Jacen Solo.

— Dites-moi la vérité…

— Tout ce que je vous dis est la vérité.

La voix de la Fosh semblait si proche que Jacen tendit la main, s'attendant à la toucher.

— Je croyais que tout ce que vous me disiez était faux.

— Oui. Et c'est aussi la vérité.

— Quel genre de vérité est-ce donc ?

— Y en a-t-il plusieurs ? Pourquoi demander ? Vous ne trouverez aucune vérité en moi.

Cette fois, la voix venait de derrière lui. Il pivota, tendit les mains, mais ne trouva rien.

— Plus de jeux ! répéta-t-il.

— Tout est un jeu, répondit Vergere. Un jeu sérieux, certes. Un jeu permanent. Mortel, parfois. Un jeu si grave qu'on le joue mieux quand on est insouciant.

— Mais vous avez dit que…

— Oui. Ça n'a jamais été un jeu et ça l'a toujours été. De toute façon, pour vous, mieux vaut jouer pour gagner.

— Comment puis-je jouer si vous ne me donnez même pas les *règles* ?

— Il n'y a pas de règles.

Un bruit de pas venant de sa droite, Jacen se déplaça dans sa direction.

— Mais le jeu a un nom, continua Vergere, parlant à

présent du côté opposé de la salle. Nous y jouons depuis Myrkr. Cela s'appelle : « Qui est Jacen Solo ? ».

Jacen pensa avec regret à sa lampe torche, perdue quand le sac à dos avait été coupé en deux dans le cratère. Par association, cela lui rappela son sabre laser. Il imagina que sa lueur verte éclairait la salle, bannissant les ombres. Ses mains brûlaient du désir de le manier de nouveau. Quand il avait fabriqué cette arme, il s'était construit une identité et un destin.

Il s'était construit lui-même.

— Si c'est ça, le jeu, nous pouvons en finir tout de suite. Je *sais* qui je suis, Vergere. Peu importe ce que vous me ferez ou quelle nouvelle torture vous inventerez. Même si je dois ne plus jamais être en contact avec la Force, je *sais* !

— Le savez-vous pour de bon ?

— Oui ! Je suis un Jedi.

— Sans blague ? dit la Fosh d'une voix triste, déçue et presque résignée. Alors, le jeu est terminé.

— Vraiment ?

— Oui. (Elle soupira.) Et vous avez perdu.

La pièce s'illumina. Après un si long séjour dans les ténèbres, Jacen eut l'impression d'être aveuglé par un soleil éclatant. Il sursauta et leva un bras pour se cacher les yeux.

Sa vision s'éclaircit peu à peu. La salle, plus grande qu'il aurait cru, était éclairée par des globes lumineux de la taille du cockpit du *Faucon*. Suspendus à des chaînes en bronze, ils se balançaient doucement au-dessus du sol dallé et des murs couverts de runes.

La pièce était pleine de Yuuzhan Vong.

Jacen se tourna vers Vergere. Derrière une rangée de guerriers, elle se tenait à côté d'un mâle de taille moyenne vêtu d'une longue tunique-peau noire.

Ils conversaient amicalement, mais Jacen n'entendit pas leurs paroles, car ses oreilles bourdonnaient trop.

Le Yuuzhan Vong parla d'un ton sec et Jacen ne comprit

pas ce qu'il disait. Il ne pouvait pas comprendre. Il n'avait aucun *besoin* de comprendre !

Il avait déjà rencontré ce Yuuzhan Vong !

Sur Duro, avec le sabre laser de Leia à la ceinture. Il l'avait vu sur le vaisseau-monde. Il connaissait son nom, et il tenta de le prononcer.

Il essaya de dire…

Avant qu'il ait le temps d'ouvrir la bouche, une marée brûlante et rouge déferla en lui et fit disparaître le monde sous ses flots.

Dans cette marée rouge, Jacen ne nageait pas : il dérivait dans les courants, roulait dans les vagues puis remontait à la surface.

Quand la marée reflua, il se retrouva allongé sur le sol, haletant.

Ses mains lui faisaient mal.

Il les regarda, mais sans les voir, ou plutôt, sans comprendre, tant sa vision était brouillée. Sa main droite retomba mollement sur les carreaux glacés du sol. Il se demanda pourquoi la marée rouge l'avait laissé si froid et si sec. Une odeur de chair brûlée planait dans l'air, comme si son père avait encore bricolé le cuisinier automatique…

Mais ça ne pouvait pas être ça. Il n'y avait pas de cuisinier automatique et Yan n'était pas là. Il ne serait plus jamais là. Et cette *odeur*… Rien n'avait de sens. Comment était-il arrivé ici ? Quel phénomène avait généré ce nuage de fumée et de poussière ? Un monticule de débris occupait les trois quarts de la salle. D'où venaient-ils ?

Il était incapable de répondre à ses questions.

Mais il avait toujours mal à la main. Il leva la gauche, forçant ses yeux à focaliser.

Au milieu de sa paume, il vit un cercle noirci et craquelé de la taille d'une batterie d'alimentation. Du sang noir et épais en suintait, et de la fumée sortait des craquelures.

Oh, pensa-t-il, *voilà qui explique l'odeur.*

— Quel effet cela fait-il, Jacen Solo, de percevoir de nouveau la Force ? demanda faiblement une voix.

Il la connaissait.

Elle appartenait à Vergere.

La Fosh gisait sur le sol à quelques mètres de lui, de l'autre côté d'une entrée entourée de pierres déchiquetées, comme si une créature gigantesque l'avait piétinée après être passée à travers le mur. Le sol était couvert de fragments de pierre. Les vêtements de Vergere fumaient et des étincelles rouges les parcouraient, éclairant la chair brûlée, au-dessous.

— Vergere !

Jacen arriva près d'elle sans savoir comment il s'était déplacé.

— Que s'est-il passé ? Est-ce *moi* qui…

Sa voix mourut.

Il se souvint…

Des images lui revinrent à l'esprit. Il revit la pièce pleine de Yuuzhan Vong, Vergere debout à côté de Nom Anor comme s'ils étaient des camarades de travail. Des amis.

Nom Anor s'était adressé à Vergere et elle lui avait répondu. Le sentiment de trahison que Jacen avait éprouvé avait tout balayé de son esprit, l'empêchant de comprendre.

Il avait pris une profonde inspiration, fou de rage et de haine…

Il se souvint d'avoir dirigé sa fureur le long de ses bras et de l'avoir expédiée vers Vergere.

Il se souvint de l'avoir vue se tordre dans l'arc électrique produit par sa haine, et entendit de nouveau le crépitement brûlant, dans ses paumes, quand la décharge d'énergie en était sortie.

Cette douleur avait augmenté sa haine.

Surtout, il se souvint du plaisir qu'il avait éprouvé.

Plus de questions difficiles, plus de débat entre le bien et le mal ! Tous les problèmes compliqués de l'éthique Jedi s'était évanouis dans une gerbe éblouissante qui avait failli lui griller le cerveau.

Dès qu'il avait renoncé à la complexité philosophique, Jacen avait découvert que *tout* était simple. Sa haine était devenue l'unique loi universelle. Sa colère seule avait un sens et la réponse à toutes les questions était la douleur.

Celle de quelqu'un d'autre !

Peu importait qui.

Même maintenant, alors qu'il avait pris conscience des événements, et qu'il en était horrifié, Jacen entendait encore résonner l'écho sublime de cette rage pure et limpide. Il entendait son chant de sirène. Elle se lovait en lui comme un parasite… amical.

Que suis-je devenu ?

Vergere gisait sur le sol comme une poupée brisée, les yeux vides et vitreux, la crête d'un gris terne.

— Vergere, murmura Jacen.

Il avait été si facile de lui faire du mal !

Si simple, pensa-t-il, des larmes coulant sur ses joues.

— Je vous avais prévenue, dit-il. Le Côté Obscur…

— Ne… vous cherchez pas d'excuses…, souffla Vergere.

— Je n'oserais pas…

Il n'y avait aucune excuse possible. Personne ne connaissait mieux que lui les dangers du Côté Obscur.

Ils l'obsédaient depuis toujours.

Et il avait cédé si aisément !

Il était tombé si bas…

Des décombres occupaient les trois quarts de la salle : les débris des murs en permabéton, tombés d'un incroyable nombre d'étages. La seule lumière, dans ce qui restait de la grande pièce, venait des globes lumineux du couloir.

Le plafond s'était effondré, Jacen s'en souvenait. Il se rappela le grondement, revit la poussière et les fragments de pierre soulevés par sa chute…

Mais le plafond ne s'était pas écroulé tout seul.

Il l'avait fait tomber !

Il se souvint de la marée rouge où il flottait et revit Vergere perdre connaissance. A ce moment, il avait cherché une nouvelle cible – une autre *victime*.

Il avait voulu atteindre Nom Anor avec un deuxième éclair.

Et il ne l'avait pas trouvé.

Il *voyait* l'exécuteur yuuzhan vong, il l'*entendait* crier des ordres aux guerriers, mais il était incapable de le toucher avec l'énergie. Il manquait un circuit quelque part : l'éclair se dispersait dans le sol ou dans le mur sans toucher personne, ou retournait vers le corps inconscient de Vergere, qui tressautait sous l'impact.

L'éclair né de sa rage pouvait seulement traverser l'espace entre deux pôles de la Force. Nom Anor et ses guerriers n'étaient pas « conducteurs » de ce courant.

La frustration augmentait la fureur de Jacen, il avait cherché autour de lui quelque chose qui réagirait à l'énergie qu'il émettait, un vecteur capable de faire du mal à ces créatures…

Le tonnerre qui grondait au-dessus du cratère lui avait répondu.

Il se souvint de sa joie sauvage quand la puissance de la tempête s'était déversée à travers lui. Elle était devenue un cyclone dans la salle souterraine, soulevant les briques et les fragments de permabéton et les projetant sur les guerriers yuuzhan vong. Quelle joie de les bombarder avec des morceaux de la planète qui avait été le foyer de Jacen !

Un coup de vent avait poussé les guerriers dans un des coins de la salle. Jacen se souvint de son rire ravi, transformé en cri de victoire quand il avait levé les mains et fait tomber le plafond.

Le jeune homme se balança d'avant en arrière, le visage caché derrière les mains. Etait-ce possible ? Il les avait tous enterrés vivants ! Tous, jusqu'au dernier. Et il n'éprouvait rien.

Faux ! Il éprouvait quelque chose, et ce n'était pas mieux.

Il les avait enterrés vivants et il était *content* de l'avoir fait.

Le Côté Obscur l'appelait, tel un ver fantôme lui murmurant des promesses d'extase alors qu'il se frayait un chemin en direction de son cœur. Il lui chuchotait de douces paroles, sur l'éternité qui l'attendait au-delà des ombres du doute et du remords.

Il se secoua et se leva d'un bond.

— Il faut que je sorte d'ici !

— Jacen…, dit Vergere, levant une main comme si elle lui demandait son aide.

Ou si elle voulait le retenir.

— Non, Vergere. Non ! Je dois partir. Tout de suite ! Je suis désolé de vous avoir fait du mal, vraiment…

Menteur, ricana le ver fantôme. *Attends un peu et tu verras qu'elle nous donnera une bonne raison de recommencer.*

Les yeux de Vergere s'éclaircirent un peu. Une ombre de sourire flotta sur ses lèvres.

— Le Côté Obscur ?

— Il est trop fort pour moi, ici… Je vous l'avais dit. Je vous ai prévenue de ce qui risquait d'arriver.

La Fosh posa une main sur la jambe de Jacen.

Il recula vivement pour rompre le contact et le bras de Vergere retomba sur le sol.

— Vous avez des yeux, Jacen, mais vous ne voyez pas… Pourquoi le Conseil des Jedi aurait-il bâti son temple sur un nexus de Force Obscure ?

— Vergere, je… Je dois partir. Avant de…

Avant de vous faire du mal de nouveau, acheva Jacen mentalement.

Il n'aurait pas pu prononcer ces mots à haute voix. Pas en ce lieu.

— Je n'ai pas le temps de jouer aux devinettes.

— Ce n'est pas une devinette, souffla Vergere. La réponse est simple : ils ne l'auraient pas fait.

— Que voulez-vous dire ? Je *sens* le Côté Obscur autour de moi. Je l'ai touché, il m'a touché, et…

— Non. Ce que vous sentez, c'est la *Force*. (Vergere se hissa péniblement sur les coudes, et chercha le regard étonné de Jacen.) C'est ça, le secret honteux des Jedi. *Le Côté Obscur n'existe pas*.

Comment pouvait-elle mentir alors que de la fumée sortait encore de ses vêtements ? Espérait-elle qu'il la croirait ?

— Vergere, je sais que c'est faux ! Qu'est-il arrivé ici, à votre avis ?

— La Force est *une*, Jacen Solo. La Force est tout, et tout est la Force. Je vous l'ai déjà dit : la Force ne choisit pas un côté ou un autre.

— Ce n'est pas vrai ! Non !

La marée rouge déferla de nouveau en Jacen, cherchant son cœur.

Tout ce que je vous dis est faux.

Un autre mensonge de Vergere ! Il le fallait ! Car si ça ne l'était pas…

Il n'osait même pas y penser.

— C'est un *mensonge*…

— Non. Analysez ce que vous ressentez. Vous savez que c'est la vérité. La Force est une.

Pourtant, Jacen *sentait* le Côté Obscur, si fort qu'il redoutait de s'y noyer.

— Le Côté Obscur et le Côté Lumineux sont des mots destinés à décrire le peu que nous comprenons.

Vergere parvint lentement à s'asseoir.

— Ce que vous désignez par *Côté Obscur*, c'est la Force à l'état brut. Vous appelez ainsi ce que vous trouvez quand vous vous y abandonnez totalement. Etre un Jedi implique de contrôler ses émotions. Mais ce contrôle limite votre pouvoir. La grandeur – la véritable grandeur, quelle qu'elle soit – exige l'abandon du contrôle. L'émotion *guidée*, pas réprimée. Renoncez à vos limites !

— Mais… le Côté Obscur…

Vergere se leva, la fumée montant de ses vêtements comme un halo.

— Si cet abandon conduit à un massacre, ce n'est pas parce que la Force a un Côté Obscur. C'est parce que *vous* en avez un.

— Moi ?

La marée rouge vira au noir, tel un poison qui le brûlait de l'intérieur.

— Non ! Non, vous ne comprenez pas ! Le Côté Obscur, c'est lui qui… C'est lui… C'est le *Côté Obscur* !

Jacen ne connaissait pas de concepts pour décrire la vérité, ni de mots pour exprimer l'horreur qui montait en lui, parce qu'il percevait de nouveau la Force.

Et il sentait que Vergere avait raison.

Mais ça ferait de moi… ça fait de moi…

Ses genoux se dérobant, Jacen se retint au mur pour garder l'équilibre. Il lui fallait sous la main quelque chose de solide qui ne se transformerait pas en fumée et en brume et ne le laisserait pas errer à jamais dans les ténèbres…

Vergere avança, impitoyable.

— Le seul Côté Obscur que vous devez craindre, Jacen Solo, c'est celui de votre cœur.

Dans les yeux de la Fosh, Jacen trouva la certitude et la fermeté dont il avait besoin : la vérité permanente, immuable, qui lui permettrait de tenir debout.

Son propre reflet.

Distordu, malveillant, mal formé… Une illusion de lumière flottant dans les yeux de Vergere, au-dessus d'un puits d'une infinie noirceur.

On dit que la vérité fait mal, pensa-t-il en riant comme un dément. *Si seulement les gens savaient à quel point c'est exact !*

A côté, l'Etreinte de la Douleur n'était rien, une égratignure, et la graine-esclave une banale rage de dent...

Son rire se transforma en sanglots étouffés. Il dépassa Vergere et s'enfuit le long du couloir.

Chaque fois que Nom Anor regardait le mur de débris qui aurait si facilement pu devenir sa tombe, une main spectrale lui tordait le cœur.

— Vous m'aviez *garanti* qu'il n'y aurait aucun danger, grommela-t-il.

Il parlait en basique, pour que les guerriers ne sachent pas qu'il se plaignait. Il serra aussi les dents et raidit les muscles, car les soldats ne devaient pas le voir trembler.

— Nom Anor, dit Vergere, au bord de l'épuisement, vous êtes vivant, et intact à part quelques bleus. De quoi vous plaignez-vous ?

En parlant, elle baignait ses brûlures avec ses propres larmes.

Nom Anor regarda de nouveau l'éboulis. Il se souvint de la panique qu'il avait éprouvée en se sentant projeté si facilement vers l'angle de la salle, puis en entendant le bruit sourd du plafond qui s'écroulait, avant qu'un nuage de poussière envahisse la pièce, suivi par des ténèbres absolues.

— Vous auriez dû me prévenir que le pouvoir des Jedi Obscurs est terrifiant, insista l'exécuteur, vexé.

— Regardez autour de vous. Une dizaine de guerriers, vous et moi, tous vivants. Au lieu de manier le *pouvoir obscur* dont vous me rebattez les oreilles, si Jacen Solo avait été calme, concentré, et armé de son sabre laser... (Elle haussa les épaules, un geste plus éloquent que des mots.) Vous avez vu ce qu'il a fait dans la Nurserie. Il y aurait peut-être eu des survivants, mais ni vous ni moi n'en aurions fait partie.

— Pour tout dire, grogna Nom Anor, je ne comprends pas le sens de ces âneries Jedi sur le « Côté Obscur ». Quel besoin y avait-il de déclencher cette crise ? Sur votre insistance, me voilà en train de mentir au maître modeleur, de manipuler ses troupes, caché dans cet endroit hideux, sans parler d'avoir mis ma vie en danger, pour déclencher... quoi ? Quel rapport avec la conversion de Jacen Solo à la Vraie Voie ?

Vergere leva la tête.

— Avant de pouvoir apprendre la vérité, on doit désapprendre le mensonge.

— Vous voulez dire *notre* vérité. La Vraie Voie ? demanda Nom Anor.

— *Notre* vérité, exécuteur ? En existe-t-il une autre ?

CHAPITRE IX

LE VENTRE DE LA BÊTE

De plus en plus profondément dans les ténèbres, de plus en plus loin du souvenir de la lumière…

A bout de souffle, Jacen déboula en titubant d'un escalier des niveaux inférieurs et déboucha sur une passerelle.

Courait-il depuis des heures ? Des jours ? Ses jambes refusaient d'exécuter un pas de plus et il ne voyait aucune bonne raison de les y contraindre.

Peu importait combien de temps il courait, ou à quelle vitesse. Il n'arriverait jamais à s'éloigner assez de lui-même !

Le sol en permabéton de la passerelle, rongé par l'âge et le manque d'entretien, s'effondra sous son poids. Jacen se raccrocha à une rambarde couverte de lichen et se retrouva pendu par une main au-dessus d'un précipice de cent mètres. Ce puits avait dû être une décharge de taxis aériens accidentés : en contrebas gisaient des carcasses de métal tordues et rouillées hérissées de pointes de métal déchiquetées.

Il resta là un moment, imaginant sa longue chute dans le puits, l'impact déchirant, un éclair de lumière aveuglante…

Ferait-il mieux de lâcher prise ? N'était-ce pas la seule réponse à l'obscurité qui se tapissait en lui ? Peut-être ne crierait-il même pas en tombant…

Il y avait un seul moyen de le savoir.

Lentement, il desserra les doigts.

— Jacen ! Hé, Jacen, par là !

Il connaissait cette voix. Elle lui était aussi familière que la sienne. Mais c'était une ruse. Il avait déjà été trompé de cette manière. Pourtant, ignorer la voix était impossible.

Avec la prudence d'un alpiniste expérimenté, il tendit sa main libre et saisit la rambarde pour assurer suffisamment sa prise avant de regarder.

Sur un balcon noirci de brouillard, au-dessous de l'extrémité de la passerelle, Anakin l'attendait.

— Tu n'es pas réel, marmonna Jacen.

— Viens par là ! cria son frère en lui faisant de grands signes. Par là ! Viens ! Tu seras en sécurité.

Jacen ferma les yeux. Pour lui, la *sécurité* n'existait plus.

— Tu n'es pas réel.

Quand il rouvrit les yeux, Anakin était toujours là, vêtu d'une tunique et d'un pantalon corelliens, son sabre laser accroché à la ceinture. Il sautillait d'excitation.

— Jacen, *viens* ! Dépêche-toi, grand frère ! Allons-y !

— Je t'ai vu mourir, dit Jacen.

Il s'ouvrit à la Force. La marée rouge déferla dans sa poitrine, mais il la repoussa, et étendit ses perceptions.

Son oncle Luke avait parfois été guidé par son maître mort, le légendaire Obi-Wan Kenobi. Il avait vu et entendu son maître, percevant sa présence dans la Force longtemps après sa mort…

Jacen voyait et entendait Anakin. Mais quand il chercha son frère dans la Force, il ne sentit rien.

— Je parie, grogna-t-il entre ses dents serrées, que tu es un *Vong* !

— Jacen ! Qu'attends-tu ? Viens !

Jacen pouvait supporter beaucoup de choses. Et il en avait supporté pas mal. Mais voir un Yuuzhan Vong se déguiser en *Anakin*…

La marée rouge se déchaîna, lui faisant exécuter un saut périlleux impeccable qui l'emmena au-dessus de la passerelle pourrie. Il atterrit en équilibre sur la rambarde, sans vaciller, les bras en croix. Grâce à son pouvoir, il ne tomberait pas.

Le ver fantôme, au centre de sa poitrine, hurla sa soif de sang.

Je parie que tu seras bientôt mort.

— D'accord, cracha le ver fantôme à travers la bouche de Jacen. Attends-moi. J'arrive !

Il courut souplement sur la rambarde. L'envie de meurtre, dans son cœur, lui fit oublier le précipice et il arriva au bout de la passerelle en un clin d'œil.

Anakin était déjà entré dans le bâtiment. Jacen ouvrit les bras et laissa la rage le porter. Il flotta dans les airs, au-dessus du précipice, et se laissa tomber gracieusement de l'autre côté.

Il atterrit sur le balcon couvert d'un fluide visqueux qui glissa sous sa main. Des chauves-faucons s'envolèrent par la porte en poussant des cris perçants, comme un nuage ailé de chair tannée, de fourrure et de griffes.

Jacen ferma le poing. Une tempête miniature jaillit de sa main, dispersant les chauves-faucons dans les ténèbres. Il sauta en avant, dévora le sol comme une panthère des sables et courut dans le bâtiment noir comme l'encre, la Force présente pour le guider et éviter les obstacles.

Des pieds bottés apparurent devant une porte qui donnait sur un couloir éclairé par des globes lumineux. Il les suivit et arriva à destination en un seul bond.

Incroyable ! Anakin était déjà cent mètres devant lui, à l'autre bout du couloir, et il regardait par-dessus son épaule.

— Dépêche-toi, Jacen ! Cours ! Suis-moi !

— Comptes-y, grogna Jacen.

Il sprinta. La Force lui donnant des ailes, il couvrit les cent mètres en un éclair. Anakin, toujours loin devant, lui faisait signe et l'appelait.

Jacen courut.

La poursuite se transforma en une sorte de rêve – une série de bonds sans effort, ses pieds touchant à peine le sol.

La Force coulait en lui tel un fleuve écarlate qui l'emportait au-delà du sinistre décor de l'intérieur du cratère. La rivière de Force lui procurait de l'énergie et une petite voix lui décrivait la topologie du bâtiment. Il sentait les tournants, les portes et les couloirs, devant et derrière lui, et devinait quand son chemin risquait d'être bloqué par des décombres, ou quand le sol risquait de ne pas soutenir son poids.

La Force lui indiquait l'emplacement des poutres et des étais, du transpacier et du permabéton, sous les formes de vie vong qui poussaient partout sur les murs, le sol et le plafond. Ces formes de vie que Jacen percevait, mais qui n'étaient pas réelles pour lui, parce qu'il ne pouvait pas les laisser l'influencer.

Elles ne coulaient pas dans le flot du fleuve écarlate. Inconnues dans la Force, pour Jacen, elles n'existaient tout simplement pas.

Jusqu'à ce qu'il arrive dans un couloir qui se referma derrière lui comme la gueule d'une limace de l'espace.

Il s'arrêta net. Le sol et les murs, tièdes, étaient couverts d'excroissances circulaires cartilagineuses d'un vert bioluminescent maladif. Les extrémités du couloir paraissaient ouvertes, la Force enregistrant uniquement de l'espace vide autour de lui.

Mais pour ses yeux physiques, le couloir était fermé aux deux bouts par des volets de chair striée ressemblant à des sphincters.

Anakin n'était nulle part en vue.

Haletant de colère, Jacen tourna ses pensées vers le vide, au centre de sa poitrine, où la graine-esclave s'était autrefois enracinée. La Force disparut de sa conscience, remplacée par la perception des formes de vie vong. Alors que la véritable nature du couloir s'imposait à son esprit, il ne trouva toujours pas trace d'Anakin.

Des chauves-faucons s'étaient éparpillés, paniqués, quand il avait sauté sur le balcon. Pourquoi n'avaient-ils pas réagi à la présence d'Anakin ? Le fluide qui couvrait le sol ne portait pas d'empreintes de pas…

Je me suis fait avoir.

Il avait permis la marée rouge de submerger son esprit.

Avec un craquement de cartilage qui se déformait, l'anneau le plus proche de l'entrée du couloir se contracta et se ferma. Puis les autres l'imitèrent.

Jacen fronça les sourcils, essayant d'analyser ce qu'il percevait à travers les vestiges du réseau de la graine-esclave : pas de méchanceté, rien d'agressif, pas de soif de sang, seulement une vague satisfaction. Puis la contraction de l'anneau suivant l'écrasa contre la paroi, le faisant avancer comme du dentifrice dans un tube…

Alors, il comprit.

La contraction des anneaux n'était pas une attaque mais un mouvement péristaltique.

Il était dans la gorge d'une créature.

Agenouillé, frissonnant, les yeux fermés, Jacen posa les mains sur le sol tiède comme de la chair. Après s'être dilaté pour le laisser passer, le sphincter du bout du couloir s'était refermé derrière lui avec un bruit mou.

Jacen essaya de ne pas entendre les hurlements.

Par pitié, que quelqu'un m'aide… Je vous en prie.

Ces cris étaient encore une ruse.

Sans doute.

Par pitié je vous en prie, je ne veux pas faire ça, je ne veux pas je ne VEUX pas… quelqu'un peut-il m'aider je vous en prie…

Il s'agissait forcément d'une ruse.

Le sol, gris brun et lisse comme du calcaire usé par les

eaux, était tacheté de dépôts minéraux dissous par les fluides qui suintaient du plafond, sortant de stalactites coniques. Des excroissances bioluminescentes poussaient par groupes irréguliers, jetant autour d'elles une pâle lueur vert-jaune. Il aurait pu s'agir de mousses ou de lichens.

Si on n'y regardait pas à deux fois, cet endroit aurait pu être une caverne de calcaire ordinaire, creusée par l'érosion d'une rivière souterraine disparue.

Voilà pourquoi Jacen avait fermé les yeux. Parce qu'il savait que ce n'était pas une caverne.

Mais un estomac !

Il était dans le ventre de la bête qui l'avait avalé.

Quand il gardait les yeux ouverts, la discordance entre ce qu'il voyait et ce qu'il percevait lui valait de terribles nausées. Même avec les yeux fermés, concentré sur le vide, au centre de sa poitrine, cette discordance le perturbait.

Il percevait la bête comme s'il *était* la bête. Il sentait sa gorge, son estomac, sa satisfaction glaciale et semi-intelligente d'avoir attiré une proie de plus. Mais il sentait aussi son propre corps, les meurtrissures laissées par la contraction des anneaux cartilagineux, la brûlure de son coude là où il l'avait éraflé en glissant le long du pylore de la créature, la douleur dans son genou, qu'il ne se souvenait pas d'avoir tordu pendant qu'il poursuivait l'Anakin fantôme, le souffle chaud de sa respiration – et le vide étrangement plein, dans son estomac, qui était en réalité celui de la bête, parce que l'animal et lui ne faisaient plus qu'un.

Il s'était avalé lui-même.

Je vous en prie, par pitié, pourquoi pourquoi POURQUOI je ne veux pas mourir comme ça vous devez m'aider par pitié... aidez-moi vous devez m'aider...

La voix, humaine, était celle d'une femme. Elle sanglotait de terreur et d'épuisement.

Elle avait l'air réelle.

Aussi réelle qu'Anakin.

Jacen ne se laisserait pas prendre une deuxième fois.

De nombreuses espèces vong utilisaient des formes de télépathie, des yammosks jusqu'aux villips. Même les coraux skippers avaient un lien mental avec leurs pilotes. A l'évidence, la grande caverne-bête était un prédateur vong qui avait développé une variété particulière de télépathie pour attirer ses victimes.

L'apparition d'Anakin était un effet secondaire : chaque proie voyait quelqu'un en qui elle avait confiance et suivait. Et au bout du chemin, elle serait digérée.

Une amère ironie : le ver fantôme, dans sa poitrine, l'avait défendu contre cette illusion, tandis que la rage qui nourrissait le ver l'avait précipité tête baissée dans la gueule de la caverne-bête.

Ce sera une façon assez désagréable de mourir, pensa Jacen, lucide pour la première fois depuis le début de sa fuite.

Mais peu importait. Mourir ne le gênait pas. Mieux valait ça que vivre avec cette obscurité en lui. Au moins, ce serait *terminé*. Il pouvait rester agenouillé là et attendre la fin…

Si seulement il n'y avait pas eu les cris.

Je vous en supplie aidez-moi aidez-moi… AAAAA !

Le passage de la terreur à la douleur, dans la voix, obligea Jacen à ouvrir les yeux. Il se leva en titubant. Il ne voulait pas écouter ça, illusion ou pas. Il en savait trop long sur la souffrance.

— Tais-toi, gronda-t-il. Tais-toi, tais-toi, tais-toi !

Les hurlements venaient d'une bouche-galerie qui s'ouvrait à quelques mètres sur sa gauche et donnait sur un tunnel qui descendait vers des ténèbres vert-jaune. Jacen avança à l'aveuglette en direction de la pente.

Les cris continuaient, hurlements indistincts de terreur et de désespoir.

Le tunnel décrivait une longue spirale et aboutissait dans une caverne encore plus grande que la précédente, humide et sombre. La bioluminescence qui éclairait la gorge et la salle supérieure se réduisait ici à une faible lueur.

D'autres tunnels partaient des murs et des tourbillons de brume blanchâtre dérivaient dans l'air. Non, ce n'était pas de la brume, découvrit Jacen en entrant dans la caverne, mais une fumée âcre, brûlant les yeux et à l'odeur atrocement acide.

Le sol de la caverne arborait des rides qui laissaient penser qu'il s'agissait seulement d'une peau fine couvrant des cratères assez grands pour qu'on puisse y nager.

Visibles à travers cette surface, les cratères se terminaient en entonnoirs, monticules de chair semblable à de la pierre qui évoquaient les lèvres d'une bouche géante.

Jacen toussa, chassa la fumée et tituba vers l'endroit d'où venaient les hurlements, le long d'un chemin étroit, entre les cratères, qui se rencontraient presque sur leurs bords.

Au plus profond de la caverne, une des bouches s'était refermée sur une jeune fille.

Jacen s'arrêta au-dessus d'elle, en équilibre sur le bord du cratère.

La fille avait l'air aussi réelle qu'Anakin. Les cheveux trempés de sueur, des larmes sillonnant ses joues couvertes de suie… Sa tête et un bras émergeaient du cratère. Quand elle vit Jacen, elle tendit la main vers lui, désespérément, les yeux révulsés de douleur et de terreur.

Je vous en prie qui que vous soyez… Aidez-moi ! Cette chose me dévore VIVANTE !

Jacen comprit alors ce qu'étaient les lèvres plissées qui entouraient le cratère. La première caverne était un jabot ou un gésier. Les véritables estomacs se situaient derrière ces bouches. Voilà pourquoi la caverne-bête lui montrait une jeune fille en détresse.

Un appât.

— Taisez-vous, dit Jacen. Vous n'êtes pas réelle. Taisez-vous !

Il désirait seulement trouver un endroit où mourir en paix. Etait-ce trop demander ? N'avait-il pas gagné ce droit ? Pourquoi tout devait-il être si hideux, si révoltant, si pourri, *en permanence* ? Ne pouvait-il pas crever en paix ?

L'univers entier le haïssait-il à ce point ?

Il y a une seule réponse, quand l'univers te hait, murmura le ver fantôme. *Renvoie-lui sa haine.*

Il le fit.

C'était facile.

Il haït l'univers. Toutes les souffrances dépourvues de sens, les morts inutiles, les lois stupides et mécaniques, les formes de vie ignorantes et couvertes de sang... Il détesta de tout son cœur la pierre-chair, sous ses pieds, et l'air qu'il respirait. Il se détesta lui-même et abhorra même la haine qu'il éprouvait.

Soudain, il ne sentit plus la fatigue. Il n'était plus perturbé et confus. Tout était simple, limpide et avait un sens, parce que la haine était tout, et que tout était haine. Du coup, il n'avait plus envie de mourir.

Il voulait seulement faire du mal à *quelqu'un*.

Il regarda la jeune fille et la détesta. Elle n'était même pas réelle ! Un rêve. Il pouvait faire ce qu'il voulait. Tout ! Son cœur battit plus fort et son souffle s'accéléra.

Tout !

Le pouvoir déferla en lui comme si un barrage s'était rompu. Souriant, il tendit la main et ferma le poing.

La Force étouffa les cris de la jeune fille.

Dans la Force, il sentit sa terreur et la brûlure des acides digestifs qui dissolvaient lentement sa peau. Dans la Force, il reconnut le pouvoir, le véritable pouvoir, suffisant pour faire éclater son crâne comme un œuf de ptérosaurien, un pouvoir assez dévastateur pour...

Un instant, s'ordonna-t-il, utilisant les derniers lambeaux de sa santé mentale.

Il la *percevait* ? Dans la *Force* ?

— Oh, murmura-t-il, ses genoux se dérobant sous lui. Oh, non, non, je vous en prie…

La haine et la vigueur l'abandonnèrent en même temps. Il tomba en avant, ses bottes glissant sur le bord étroit, entre les cratères. Jacen dégringola le long de la pente et resta allongé, immobile, à côté de l'estomac-bouche.

Il aurait pu rester là sans bouger, attendant de s'évanouir, de s'endormir, ou qu'une autre bouche s'ouvre au-dessous de lui et l'engloutisse. Mais une main, une main de jeune fille, une main *réelle* appartenant à une jeune fille *réelle*, se referma sur sa tunique-peau, le ramenant à la conscience. Des hurlements lui percèrent les tympans.

— Aidez-moi, je vous en prie, vous devez m'aider, par pitié aidez-moi…

— Je suis désolé, dit Jacen. Je suis désolé, désolé, je ne savais pas…

Il parvint enfin à voir *réellement* la jeune fille. Les cheveux longs et blonds sous la couche de saleté qui les couvrait, elle avait les yeux bleus et un visage délicat.

Elle devait avoir à peine son âge.

Et si je ne fais rien, si je ne me hâte pas, elle n'aura jamais l'occasion de vieillir !

Ses jambes refusant de le soutenir, il se contorsionna sur le sol pour appuyer ses pieds contre le bord de l'estomac-lèvre, et saisit à deux mains le poignet de la jeune fille. Il tira aussi fort qu'il pouvait, assez pour lui arracher un cri de douleur.

— *Vous me cassez le bras, lâchez-moi, vous devez vous lever et me tirer droit vers le haut…*

Se lever ? Il ne tiendrait pas debout. Il n'avait pas la force de la sauver, seulement celle de lui faire encore plus mal.

Et de polluer ses dernières minutes avec la hideuse torture de l'espoir.

Il parvenait à peine à imaginer ce qui avait dû lui arriver depuis qu'elle avait raté l'évacuation de Coruscant. Elle avait survécu aux bombardements, à l'invasion des Yuuzhan Vong, puis aux transformations radicales qui avaient bouleversé la planète. Elle s'était cachée, en proie à la terreur, pendant des semaines et des mois, dans les niveaux inférieurs de la cité, fuyant les conquérants. Et quand la caverne-bête l'avait attirée le long de sa gorge…

Son cœur avait dû éclater de joie et de soulagement. Enfin, elle avait trouvé un sanctuaire !

Pour s'apercevoir que le seul sanctuaire était la mort.

Dévorée vivante, digérée pendant qu'elle était encore consciente !

Jacen repensa à l'explosion d'espoir de la jeune fille, quand elle l'avait vu debout sur le bord du cratère…

Parce qu'elle ne pouvait pas savoir que l'homme qui venait à son secours était un Jedi déchu, brisé, envahi par l'obscurité et à demi fou à cause du désespoir suicidaire qui le hantait.

Comment en était-il arrivé à un stade d'inutilité aussi absolue ?

Cette injustice le mit en colère.

Pourquoi était-il condamné à regarder cette jeune fille mourir ? Il n'avait jamais voulu être un héros. Ni posséder le pouvoir. Depuis qu'il était né, la galaxie le tenait à l'œil, attendant qu'il fasse quelque chose qui serait à la hauteur de ses illustres parents et de son oncle légendaire.

Il ne pouvait même pas vivre à la hauteur de sa propre légende. Qui n'était pourtant pas grand-chose…

Pas mal de gens en étaient contents, non ? Des sales types s'étaient régalés de le traiter de lâche dans son dos. Tous ces imbéciles n'avaient jamais été suspendus dans l'Etreinte de la Douleur, ils n'avaient jamais trimé sans espoir pour sauver quelques vies dans la Nurserie, ni été forcés d'affronter l'indifférence au cœur noir qui était l'ultime vérité de l'univers…

La colère emporta Jacen dans la marée rouge désormais familière. Mais cette fois il ne lutta pas et accueillit le flot écarlate avec satisfaction.

Alors, il y trouva tout le pouvoir dont il avait besoin.

CHAPITRE X

RÉUNION DE FAMILLE

Son foyer.

L'appartement des Solo, non loin des ruines du Sénat Impérial, était presque intact.

C'était le but de Jacen depuis qu'il s'était éveillé sous le Pont. Quel autre endroit aurait-il pu choisir ?

Il n'y avait rien de mieux que retrouver le chemin de la maison.

Mais il ne s'était jamais posé la question cruciale : une fois qu'il serait rentré chez lui, que se passerait-il ?

Pendant des semaines, il avait espéré qu'atteindre l'endroit où il avait grandi signifierait quelque chose. Qu'il y trouverait la sécurité, ou des réponses.

Après une sieste dans son propre lit, il se réveillerait pour découvrir que son cauchemar – avoir perdu sa famille, sa jeunesse et sa foi – était un fantasme déclenché par des hormones en ébullition et un repas mal digéré.

Y avait-il quelque chose de pire que retrouver son foyer pour découvrir qu'on était toujours perdu ?

Le jeune homme errait dans sa maison depuis des heures au moment où Anakin entra.

Jacen était assis sur sa chaise, à la place qu'il occupait toujours pendant les repas, dans les rares occasions où la famille était réunie : à la gauche de sa mère et à côté de Jaina, qui siégeait à la droite de leur père.

De l'autre côté de la table, Anakin s'asseyait toujours à côté de la chaise « spéciale-wookie » de Chewbacca.

Jacen essaya de se souvenir de ces joyeuses occasions. Il tenta d'entendre le rire de Chewbacca, de revoir le regard désapprobateur de sa mère après une histoire scabreuse de son père, de sentir le coude de Jaina s'enfoncer dans ses côtes, ou de voir un peu de gelée protéinique orange propulsée en douce dans les airs par Anakin quand personne ne le regardait.

Mais il en fut incapable. Il ne pouvait pas réconcilier ces images avec l'aspect actuel de la salle à manger.

Elle avait beaucoup changé…

Une colonie de champignons bleus envahissait la chaise de Chewbacca et un quart de la table. Des filaments jaune pâle les connectaient aux broussailles pourpres qui émergeaient du sol. La table, fendue en deux, s'était écroulée sous le poids d'une racine rouge sang de la taille d'un Hutt. Descendue du plafond, elle semblait déterminée à se frayer aussi un chemin à travers le plancher.

Les murs étaient tapissés de plantes rampantes de toutes les couleurs où vivaient des bestioles de la taille d'une main qui ressemblaient à des araignées à sang chaud couvertes d'écailles.

Jacen était pratiquement sûr que ces créatures étaient à sang chaud : leurs pattes terminées par des pieds à sept doigts étaient tièdes alors qu'elles couraient sur ses bras, sa poitrine et son dos. De temps en temps, quand une des bêtes rampait sur son visage, il clignait des yeux, rien de plus.

Il aurait pu bouger, s'il l'avait voulu. Mais il n'avait pas trouvé de bonnes raisons de le faire.

Les arachnoïdes sécrétaient une salive épaisse et luisante qui s'accrochait obstinément à tout ce qu'elles touchaient.

Pendant qu'elle était encore humide, leurs pattes préhensiles étiraient la substance pour en faire des cordes qui se resserraient et devenaient translucides en séchant. Lentement, les araignées transformaient la moitié de la salle à manger des Solo en un réseau de fibres...

Jacen pensait que cette toile était destinée à l'immobiliser sur sa chaise, les arachnoïdes ayant l'intention de le manger. Il aurait pu se libérer aisément, plus tôt, avant que le réseau ne se renforce, mais il n'en avait pas pris la peine. Il suffirait d'un éclair de colère pour éparpiller les créatures et incendier leur toile.

Mais il ne voyait pas pourquoi il l'aurait fait.

Anakin traversa le réseau comme s'il n'existait pas. Vêtu d'une veste foncée sur un pantalon large, il passa ses pouces dans sa ceinture de cuir, le droit reposant sur le fourreau vide où aurait dû se trouver son sabre laser.

Il fit à Jacen un sourire en coin tellement semblable à celui de Yan qu'il en eut les larmes aux yeux.

Que fais-tu, grand frère ?

Une arachnoïde traversa la poitrine d'Anakin, suivant un fil qui allait de son épaule à ses côtes. Aucun des deux ne prêta une onde d'attention à l'autre.

Jacen regarda Anakin un long moment, puis il soupira.

— Qui es-tu, cette fois, Anakin ?

Cette fois ?

Jacen ferma les yeux.

— Tu te souviens de ce que disait oncle Luke sur son maître ? Il sentait parfois sa présence dans la Force, même après avoir vu Dark Vador... notre grand-père... le tuer sur la première Etoile Noire. Et il entendait parfois la voix d'Obi-Wan Kenobi. Il paraît même qu'il l'a vu une ou deux fois.

Bien sûr. Tout le monde connaît ces récits.

— Exact. Je m'attendais à ce que tu m'aides de cette façon. Bien sûr, je sais que tu n'es pas mon maître. Et j'ai vu ton cadavre. Pourtant, je continuais d'espérer. Je voulais tellement entendre ta voix une dernière une fois ! Te voir sourire. Et te flanquer une bonne claque pour t'être laissé tuer comme un bleu.

Comme si tu avais jamais eu besoin d'une raison pour me flanquer une claque !

Les yeux fermés de Jacen s'emplirent de larmes.

— Une dernière fois, tu comprends ?

Pour sûr !

— C'est comme ça que je me suis fait avoir. Les deux fois.

Les deux fois ?

Jacen haussa les épaules.

— Dans la Nurserie, quand Vergere m'a empêché de tuer le dernier dhuryam. Elle s'est servie de la Force pour imiter ta voix, et...

Comment le sais-tu ?

Jacen ouvrit les yeux.

— Quoi ?

Tu es sûr que c'était une imitation ? demanda Anakin avec un sourire taquin. *Elle utilisait la Force, d'accord. Mais comment être sûr que la Force ne l'utilisait pas en retour ?*

— Je ne peux pas le savoir... Mais ça ne fait pas de différence.

Si tu le dis...

— La dernière fois, ça n'avait rien à voir avec la Force. Tu étais un appât télépathique.

Peut-être. Mais es-tu sûr que je n'aie été rien d'autre ?

— Je ne peux pas en être sûr. Mais ça ne fait pas de différence non plus.

Si tu le dis...

Jacen fronça les sourcils et ne répondit pas.

Que serait-il arrivé si tu ne m'avais pas vu sur le balcon ?

Jacen baissa la tête.

— Je l'ignore. J'aurais peut-être fini par...

… me laisser tomber, acheva-t-il mentalement, incapable de dire les mots à haute voix.

En un sens, il s'était laissé tomber. En tout cas, il était tombé plus bas et plus loin que s'il avait plongé dans le précipice.

Donc, me voir t'a sauvé la vie ?

— Mais la créature vers laquelle tu m'as conduit… Je veux dire, là où la projection télépathique m'a conduit…

Elle ou moi, qu'importe ! dit Anakin. *Ne te tracasse pas pour des détails mineurs.*

— Mais… dans la caverne-bête…, dit Jacen d'une voix étouffée.

Tu as sauvé la jeune fille, non ?

— Oh oui ! Je l'ai sauvée. Elle. (Jacen blêmit à ce souvenir.) Mais les autres…

Il y avait d'autres prisonniers dans le ventre de la bête. Une cinquantaine de personnes, presque toutes humaines. Ces gens avaient approché des bouches-estomacs un instant après la libération de la jeune fille par Jacen.

Ni lui ni elle n'en était ravi.

Avec la Force, il avait augmenté la puissance de ses mains et s'en était servi pour ouvrir les lèvres de la bouche-estomac.

Il sentait la jeune fille dans la Force – chaque centimètre carré de sa peau brûlé par les sucs gastriques – et, sans efforts, il l'avait soulevée et déposée en sécurité au bord du cratère. D'un bond, aidé par la Force, il s'était propulsé à côté d'elle, l'avait prise dans ses bras et avait sauté dans le tunnel-gosier par où il était venu.

Les vêtements de la jeune fille étaient en lambeaux, et sa peau rougie pelait sous les assauts de l'acide. Jacen lui avait enlevé les restes de ses vêtements, les remplaçant par sa propre tunique-peau, qui absorberait les restes de l'acide et éliminerait les zones nécrosées des brûlures, lui épargnant ainsi une infection mortelle.

Jacen ne lui avait pas tout dit. Il n'était pas assez cruel, après tout ce qu'elle avait souffert, pour lui révéler que la tunique-peau mangeait une partie de sa chair.

Puis, vêtu de son pagne, il avait levé les yeux et vu les autres proies. Le peuple de la caverne-bête, une cinquantaine de personnes. Certaines brandissaient des blasters et le tenaient dans leur ligne de mire !

— C'était si... si *malsain*. Je n'arrivais pas à y croire, expliqua Jacen. Je ne *voulais* pas y croire.

Anakin le regarda en silence.

— Ils étaient pires que des soldats de la Brigade de la Paix. Pire que tout ce que je peux imaginer ! Ils *vivaient* dans cette créature !

La caverne-bête n'aimait pas le gaspillage. Si elle capturait plus de proies que nécessaire pour se nourrir, le « surplus » ne pouvait pas survivre longtemps dans ses entrailles. Le liquide qui suintait des « stalactites » était une réserve interne de nourriture, similaire aux graisses stockées par le corps humain. Ce suc pouvait nourrir et hydrater les créatures qui résidaient dans les multiples jabots de la bête.

La caverne traitait les déchets, extrayant des aliments des fèces de ses prisonniers et de l'eau de leur urine. Leur chaleur corporelle l'aidait à réguler sa température interne. Quand elle avait besoin de s'alimenter, il lui suffisait de contracter un de ses jabots et d'obliger ses victimes à se diriger vers les estomacs-bouches.

— C'étaient surtout des réfugiés des niveaux inférieurs qui avaient raté l'évacuation. Et quelques esclaves échappés du vaisseau-semence. Les Yuuzhan Vong connaissent bien les cavernes-bêtes et ils les évitent. Il ne m'étonnerait pas qu'elles soient une forme primitive de vaisseau-monde, comme celui où tu... celui de Myrkr. (Il se racla la gorge, embarrassé.) Je suis désolé.

Pas de problème, Jace, dit Anakin avec un sourire. *Ne t'en fais pas pour moi. Je ne suis pas* susceptible.

— Moi, oui, dit Jacen.

Tu l'as toujours été. Continue.

Jacen sentit la colère l'envahir de nouveau.

— Ces cavernes sont un endroit parfait pour se cacher des Yuuzhan Vong. La bête dissimule les fuyards. Elle leur fournit un abri, de la nourriture, de l'eau… Parfois, elle attire des animaux qu'ils peuvent tuer et manger. Il y a un seul hic : de temps en temps, elle a faim. Parfois, les réfugiés peuvent jeter un animal dans les estomacs-bouches…

Jacen déglutit et regarda le plafond. Des traînées luisantes de mousse s'étaient glissées dans les craquelures provoquées par l'immense racine.

— Et parfois… Parfois, il n'y en a pas.

Il tremblait de rage rétrospective.

Anakin hocha la tête.

La jeune fille.

— Oui. La jeune fille. Ils ont une règle : le dernier arrivé est le premier à… s'y coller. La jeune fille avait été capturée quelques heures avant moi. Mais ceux… ceux qui lui ont fait ça… (Son souffle se précipita.) Certains étaient là depuis des semaines. Des *semaines* ! Comprends-tu ce que ça signifie ? Ce qu'ils faisaient ? Combien de gens ils ont…

Il fut contraint de s'interrompre et d'attendre que sa fureur se calme un peu.

Anakin le regardait toujours, impassible.

— Ils ne l'ont même pas tuée. Ces salauds lui ont seulement flanqué un bon coup sur la tête et ils l'ont jetée dans ce *truc*. Je suppose qu'ils ne l'ont pas tuée pour ne pas avoir sa mort sur la conscience !

Anakin haussa les épaules.

Les gens sont capables de rationaliser n'importe quelle atrocité.

— Mais elle a repris conscience avant que l'estomac ne se referme sur elle. Elle est parvenue à en sortir à moitié. Assez pour crier. Je suis arrivé à ce moment.

Que s'est-il passé ?

— Je n'allais pas les laisser la jeter de nouveau là-dedans. Je ne voulais plus qu'ils sacrifient un seul être pensant. Mais toutes les bouches-estomacs s'ouvraient et les jabots poussaient les gens le long du gosier. La caverne-bête voulait manger, et s'ils refusaient de la nourrir, elle s'en chargerait elle-même.

Et le dernier arrivé était…

— Moi. Exact.

Ils ont essayé de te donner en pâture à la caverne-bête !

— Les choses n'en sont pas allées aussi loin.

Non ?

— J'ai *changé*, Anakin. Je n'ai pas d'excuses… Je n'ai même pas d'*explications*. Mais… je dois te dire…

Peu importe, Jace. Quoi que tu aies fait, ou qu'on t'ait fait, tu restes mon grand frère. Et tu le seras toujours.

— Ton grand frère, répéta Jacen. C'est drôle. Ces dernières années, j'avais plutôt le sentiment que c'était *toi*, mon grand frère.

C'est un peu ridicule.

— Vraiment ? Anakin, tu étais si *sûr* de toi ! Si sûr de tout. Si *fort*. J'avais beaucoup d'admiration pour toi. Tu semblais toujours savoir que faire. Tout était si *facile* pour toi !

Tout est facile quand on n'a pas de doutes.

— C'est bien ce que je voulais ! Etre sûr. Je croyais que c'était ça, être un Jedi ! (Jacen leva la tête et lâcha un rire amer à travers ses larmes.) Tu ne comprends pas ? Tu es exactement ce que je voudrais être quand je serai *grand* !

Etre quoi ? Mort ?

— Tu sais ce que je veux dire…

Je n'ai jamais remis les choses en question parce que ce n'était pas dans mon caractère. Jacen, je n'ai jamais été un penseur, comme toi. J'étais plus comme l'oncle Luke : une arme humaine. Qu'on me montre les méchants et qu'on me lâche sur eux : je les descends et tout le monde applaudit !

Mais tout a changé, maintenant. Agir comme au bon vieux temps, comme l'oncle Luke et moi, sert simplement à faire tuer les gens. Regarde ce qui m'est arrivé. Ce qui nous est arrivé à tous.

— C'est mieux que ce qui m'arrive, à moi, murmura Jacen. Il serait préférable que je sois mort.

Tu le crois vraiment ?

Le regret, dans le cœur de Jacen, éveilla une culpabilité et un dégoût de lui-même qu'il ne pouvait plus retenir. Il regarda ses mains, la peau noircie et craquelée au milieu de ses paumes, brûlées par l'éruption de sa fureur.

— Anakin, j'ai basculé du Côté Obscur.

Vraiment ?

— Sous l'ancien temple des Jedi, quand Vergere m'a livré à Nom Anor… Ce que j'ai fait était terrible, mais pas *dirigé* par le mal. C'était de la panique, de l'épuisement, et le fait d'avoir soudain retrouvé le contact avec la Force quand je croyais l'avoir perdu à jamais. Avoir sauvé la jeune fille… Je n'ai pas de regret à cause de ça. Il ne me restait que la colère. Et je n'ai fait de mal à personne.

Sauf à toi.

— Ça n'est pas un problème ! N'est-ce pas en partie le sens de l'existence des Jedi ? Etre capable de sacrifier son bien-être pour sauver les autres ?

Anakin leva une main.

Si tu le dis…

Jacen détourna le regard. Se souvenir était douloureux. En parler encore plus. Mais ne pas en parler, refuser d'admettre ces actes, les rationaliser, les *justifier*… Il s'y refusait.

Je ne suis pas tombé si bas.

Pas encore.

Il avait utilisé le Côté Obscur pour y puiser de l'énergie quand le peuple de la caverne-bête était arrivé, et qu'il avait appris ce que ces gens avaient dû faire pour survivre. S'il n'y avait eu que ça, il aurait peut-être pu contrôler sa rage.

Ce qu'ils avaient fait et ce qu'ils étaient devenus le rendaient malade. Mais il n'était pas leur juge. Et aurait sans doute pu trouver un moyen de les aider. Même quand ils avaient avancé vers lui, blasters au poing, prêts à l'assassiner froidement, il aurait encore pu résister à l'envie de leur faire du mal.

Mais la jeune fille avait tout fait basculer.

« *C'est lui le dernier arrivé !* avait-elle hurlé. *C'est lui ! Prenez-le !* »

— Elle s'est retournée contre moi…

Tu lui en veux ?

— Comment le pourrais-je ? C'était une gamine, qui savait ce que ça fait d'être digérée vivante ! A ses yeux, c'était elle ou moi.

Mais tu la détestes ?

— C'est différent. En un sens, oui, je la détestais. Je les haïssais tous. Et je me suis préparé à leur faire du mal.

Vraiment ?

— Je *savais* ce que je faisais. En toute conscience, j'ai invoqué les forces obscures. Je le *voulais*. Je me souviens d'avoir éclaté de rire. Je leur ai dit qu'ils s'étaient fourrés dans de sacrés ennuis. Je les ai sentis dans la Force, j'ai senti leur regret hypocrite se transformer en peur véritable. Et ça m'a fait *plaisir*.

Ils lui avaient tiré dessus, les décharges de blaster illuminant le nuage d'acide verdâtre. Jacen avait bloqué les rayons avec la paume de sa main droite, les repoussant sans qu'ils puissent le blesser. Puis, d'un geste du poignet, il leur avait arraché leurs armes avec la Force.

Combien en as-tu tué ?

— Tous, répondit Jacen en regardant ses mains tremblantes.

Il ferma les poings jusqu'à ce que ses brûlures se rouvrent.

— Ou aucun. Quelle importance ?

Pendant que la Force rugissait en lui, il avait plongé dans le centre de sa poitrine, l'ancienne niche de la graine-esclave. Il y avait rencontré l'esprit semi-conscient de la caverne-bête. A l'aide de la Force, il avait créé une illusion simple qu'il avait ancrée dans l'esprit de la bête. Elle ne pourrait jamais plus s'en débarrasser.

Les humains sont empoisonnés !

Ainsi que toutes les autres espèces de la Nouvelle République.

La caverne-bête n'avait aucune défense contre cette stratégie. Même pas la capacité rudimentaire de penser *« Aucun de ceux que j'ai mangés jusque-là ne m'a rendue malade… »*. Elle disposait seulement de ses réflexes de défense.

Elle avait donc vomi.

Une vague de mouvements péristaltiques inversés s'empara des prisonniers, de la jeune fille, de Jacen, et de tous les autres corps étrangers piégés dans la caverne et les propulsa à travers la gorge cartilagineuse luminescente.

Jacen se souvint de la colère et de la panique des gens de la caverne, quand ils s'étaient retrouvés dehors, la porte de leur sanctuaire hermétiquement fermée. Ils ne pourraient plus jamais payer leur sécurité avec la vie des nouveaux venus.

Vous nous avez tués, gémit un d'eux. *Vous nous avez tous tués.*

Jacen les avait regardés, glacé par le pouvoir qui courait en lui.

Pas encore.

Il n'imaginait rien de plus méprisable que ces créatures sans foi ni loi, promptes à trahir leurs semblables. Il leur avait tourné le dos et il était parti.

Il avait abandonné ces chiens aux Yuuzhan Vong… et à eux-mêmes.

Mais tu les as aidés. Mieux vaut la mort que la vie payée avec le sang des innocents.

— Et ça arrange tout, pour toi ? Je n'essayais pas de les aider. Je voulais qu'ils souffrent. Et il m'est impossible d'en rendre responsable le Côté Obscur. Je le sais, maintenant. Le Côté Obscur ne peut pas me forcer à agir.

Je le sais aussi. Ça ne marche pas comme ça…

— Tout venait de *moi*, Anakin. Je me suis abandonné à ma propre obscurité. J'ai laissé *mon* côté obscur me dominer…

Tu aurais pu les assassiner tous. Tu en avais le pouvoir, et tu aurais aussi pu tuer la caverne-bête, je parie, comme tu aurais pu éliminer Vergere et Nom Anor. Mais tu t'es servi du pouvoir pour sauver des vies. Ton Côté Obscur n'est pas si sombre que ça, grand frère.

— Peu importe. On ne peut pas combattre le Côté Obscur par l'obscurité.

Les mots d'oncle Luke. Combattre le Côté Obscur, c'était son boulot. Les Yuuzhan Vong n'appartiennent pas au Côté Obscur, ce sont des créatures étrangères.

— Et je n'arrive pas à me forcer à les combattre.

Qui prétend que tu devrais le faire ?

— Toi. Tout le monde. Y a-t-il une autre solution ?

Pourquoi me le demandes-tu ?

Anakin avait perdu son sourire taquin et il s'était approché au point que Jacen aurait pu le toucher.

S'il avait pu se résoudre à bouger la main…

Et s'il y avait eu *quelque chose* à toucher.

Le désespoir qui l'avait immobilisé sur son siège devint si violent qu'il lui coupa le souffle.

— A qui pourrais-je demander ? Que puis-je faire ? Que *dois-je* faire, maintenant ? J'ai perdu la tête… Me voilà en train de parler avec une *hallucination*. Tu n'es même pas réel !

Tu crois que ça compte ? Tu n'es pas facile à atteindre,

grand frère. Je dois me servir de tous les moyens disponibles.

— Comment ça pourrait ne pas compter ? cria Jacen. J'ai besoin de... *besoin de...* Je ne sais plus que croire ! J'ignore ce qui est réel et ce qui ne l'est pas !

Sur le vaisseau-semence, j'étais une projection de la Force, puis un appât télépathique, et me voilà promu au rang d'hallucination. Ça ne signifie pas que je ne suis pas moi. Pourquoi les choses devraient-elles être si précisément définies ?

— Parce que c'est ainsi ! On ne peut pas être deux choses à la fois ! C'est comme ça que ça marche. Tu ne peux pas être réel tout en étant une hallucination !

Et pourquoi pas ?

— Parce que... parce que c'est impossible, voilà tout !

La Force est une, Jacen. Elle contient en elle tous les opposés : la vérité et le mensonge, la vie et la mort, la Nouvelle République et les Yuuzhan Vong, la lumière et l'obscurité, le bien et le mal. Chaque chose est aussi l'autre, parce que toutes sont identiques. La Force est une.

— C'est un *mensonge* !

Oui, et c'est la vérité.

— Tu n'es pas Anakin ! cria Jacen. Anakin n'aurait jamais parlé comme ça ! Il ne croirait pas ces balivernes ! Tu es une hallucination !

D'accord, je suis une hallucination. Ça signifie que tu te parles à toi-même. Alors, ce que je dis est ce que tu *crois.*

Jacen eut envie de sauter de sa chaise et de combattre... n'importe quoi. Mais un trou noir engloutit sa fureur et sa force, lui coupant le souffle.

Il avala jusqu'à la haine universelle et se retrouva plus vide que jamais. Où étaient passés ses espoirs, son amour, ses anciennes certitudes ? A leur place béait un néant froid et stérile.

Jacen s'effondra.

Il n'avait même plus la force de pleurer.

Il se laissa tomber dans le trou noir.

Des éons passèrent, ou des nanosecondes.

Dans le trou noir, il n'y avait aucune différence entre les deux.

Les étoiles se condensèrent à partir d'atomes d'hydrogène intergalactiques. Elles s'enflammèrent, brûlant leurs métaux lourds, devinrent des naines blanches puis des astres bruns sans lumière, tout cela en quelques instants.

Une éternité, dans les ténèbres.

Des informations montèrent de l'horizon des événements : une voix.

Jacen la connaissait. Il savait qu'il n'aurait pas dû écouter, mais il n'était pas seulement *dans* le trou noir. Il *était* le trou noir, capturant tout ce qui arrivait à sa portée et le gardant pour l'éternité.

— Qu'est-ce que la réalité ? Qu'est-ce que l'illusion ? Où est la démarcation entre la vérité et le mensonge ? Entre le bien et le mal ? C'est un endroit bien froid et solitaire, Jacen Solo, que le vide de la non-connaissance.

Il ne répondit pas, car un trou noir n'est pas censé parler. L'horizon des événements est sa barrière ultime. N'importe quoi peut la traverser dans un sens, mais rien dans l'autre.

Mais la voix infligea une destruction quantique à son trou noir. Son horizon des événements rétrécit en un instant, devenant un simple point au centre de sa poitrine.

Jacen ouvrit les yeux.

— Vergere, dit-il. Comment m'avez-vous trouvé ?

La Fosh était perchée sur la table de la salle à manger des Solo, comme un félin guettant sa proie.

— Je ne partage pas les préjugés de nos maîtres contre la technologie. Des parties du réseau d'informations planétaire ont survécu dans les bases de données centrales.

Découvrir l'adresse du domicile de l'ancien Chef de l'Etat n'était pas bien difficile.

— Comment saviez-vous que je reviendrais ici ?

— C'est l'instinct de tous les animaux grégaires. Quand ils sont mortellement blessés, ils rampent jusqu'à leurs tanières pour y mourir.

— Blessés ?

— La plus grave blessure pour un Jedi : la liberté.

Une autre devinette. Jacen n'avait plus l'énergie pour ça.

— Je ne comprends pas.

— Quand on sait toujours ce qui est bien, où est la liberté ? Personne ne *choisit* le mal, Jacen Solo. L'incertitude libère…

— Revenir mourir à la maison…, murmura Jacen. Drôle de maison ! Vous avez vu ce qu'est devenu cet endroit ? La chambre de Jaina a été envahie par une plante qui a essayé de me dévorer. Et la cuisine ressemble à un récif de corail. Ma collection… (Il s'interrompit.) Ce n'est pas mon foyer.

— Et vous n'allez pas mourir, dit Vergere. Avez-vous oublié ? Vous êtes déjà mort. Depuis des mois. Vous avez presque terminé votre voyage à travers le royaume des morts. Ce n'est pas le moment de mourir, mais celui de revivre ! Vous êtes *guéri*, Jacen Solo. Levez-vous et marchez !

Jacen s'affaissa sur sa chaise et regarda l'enchevêtrement de fils d'arachnoïdes.

— Et pourquoi le ferais-je ?

— Parce que vous le pouvez, bien entendu ! Quelle autre raison pousse les gens à se lever ?

— Je l'ignore… Peu importe que je me lève ou que je reste assis jusqu'à ce que je meure de faim. Rien n'a d'importance. Rien n'a plus de sens.

— Pas même la mort de votre frère ?

Jacen haussa les épaules, résigné. La vie, la mort, tout ça ne faisait qu'un.

La Force est une.

— La Force ne s'en soucie pas.

— Et *vous* ?

Jacen rouvrit les yeux. Le regard de Vergere brillait de l'intensité particulière qu'il lui avait déjà vue dans l'Etreinte de la Douleur, dans la Nurserie et dans le cratère. Mais il était trop fatigué pour tenter d'imaginer ce qu'elle voulait lui faire découvrir.

— Peu importe que je m'en soucie ou pas.

— Et à *vous*, ça ne vous importe pas ?

Jacen regarda ses mains.

Après un long silence, il soupira.

— Oui. Oui, je m'en soucie. (Il n'aurait jamais eu l'idée de mentir à Vergere.) Et alors ? Bien sûr que je m'en soucie... Mais qui suis-je ?

— Ça a toujours été la question, n'est-ce pas ?

— Oui. Mais vous n'avez jamais fourni de réponse.

— J'en ai une... Mais c'est la mienne, pas la vôtre. Vous ne trouverez pas la vérité en moi.

— Vous me dites ça sans arrêt. Et je ne la trouverai chez personne d'autre, je parie.

— Exactement !

Un bourdonnement emplit soudain la tête de Jacen, comme si une abeille-étincelle était prisonnière dans son crâne.

— Alors, où est la vérité ? gémit-il. Où ? Dites-le-moi ! Je vous en prie.

Le bourdonnement couvrait presque sa propre voix.

Vergere se pencha. Le grondement mental couvrit ses paroles, mais il lut des mots sur ses lèvres.

Demandez-vous où peut-on la chercher sinon.

— Pardon ? souffla-t-il.

Une tempête éclata dans sa tête, si violente qu'elle emporta le sens des mots, puis l'espoir même de leur en trouver un. La Fosh ferma un poing et lui tapota la poitrine, à l'endroit du néant, là où la graine-esclave avait été implantée – au-dessus de son horizon des événements – comme si elle frappait à une porte.

Dans son vide intérieur régnait le calme, comme au centre d'un cyclone. Il projeta son esprit dans cette quiétude et la laissa l'envelopper.

L'ouragan se dissipa.

Le trou noir s'avala lui-même.

Il n'était pas seul dans le vide paisible. Il y avait la Force : le lien avec toutes les formes de vie qui existaient et existeraient. Il y trouva aussi les créatures vong : la satisfaction végétative des boules bleues qui profitaient de la chaleur corporelle de l'humain et de la Fosh, la concentration studieuse des arachnoïdes qui traversaient leur réseau de fils… et la présence des douze guerriers qui venaient d'entrer dans la pièce !

Plus la jubilation de Nom Anor, tandis qu'il suivait ses guerriers.

Douze Vong en armes.

Et Nom Anor.

Les guerriers l'encerclèrent.

Jacen les regarda sans crainte. Ici, dans le centre paisible de son corps, il n'y avait pas place pour la surprise ou pour le danger. Il y avait lui, puis le reste de l'univers, dont chaque guerrier était une minuscule composante.

Il regarda Vergere. Il comprenait, maintenant, alors qu'il ne l'avait jamais pu avant.

Elle n'avait pas dit « *Demandez-vous où peut-on la chercher sinon.* »

Mais : « *Demandez-LE-vous. Où peut-on la chercher sinon ?* »

Nom Anor avança, les mains glissées dans les manches de sa tunique-peau si noire qu'elle en brillait.

Nom Anor est ici, pensa Jacen, *dans notre salle à manger…*

— Le sentiment de vide et de désespoir que vous éprouvez, dit l'Exécuteur, est le résultat inévitable de votre religion dépravée. La Force dont vous parlez tant n'a aucun *but*. Elle est ce qu'elle est : corrompue par ce qui infecte votre galaxie. Pleine de mensonges et d'illusions, de jalousies triviales et de trahisons. Mais l'univers a un but ! *Il existe une raison de vous lever*, et vous pouvez la découvrir. Je veux la partager avec vous !

Il a tout écouté, pensa Jacen. *Bien entendu. Vergere l'a sûrement conduit ici.*

— Le moment est venu pour vous d'abandonner la Force. Il faut laisser en arrière l'obscurité et la tromperie. L'heure de prendre votre place sous la pure lumière de la Vérité a sonné.

La voix de Jacen résonna comme si le vide tranquille depuis lequel il parlait était une immense caverne.

— La vérité de *qui* ?

— La *vôtre*, Jacen Solo, dit Nom Anor. La vérité seyant au Dieu que vous êtes !

— Le Dieu que je suis… ?

Nom Anor sortit un sabre laser de sa manche. Les guerriers se raidirent et de la haine s'afficha sur leurs visages quand l'exécuteur alluma le sabre et avança.

Un rayon d'énergie violet trancha le réseau des arachnoïdes.

Impassible, Jacen regarda Nom Anor couper les fils qui l'attachaient à sa chaise.

L'exécuteur désactiva le sabre laser, puis il s'agenouilla devant Jacen. Baissant la tête en signe de respect, il lui tendit l'arme.

Jacen reconnut le dessin de la poignée.

C'était le sabre d'Anakin.

Il regarda Vergere.

Qui ne détourna pas les yeux.

— Choisissez et agissez.

Jacen mesura l'étendue du choix qu'on lui offrait. L'occasion…

Anakin avait fabriqué ce sabre laser et il l'avait utilisé. L'arme l'avait transformé et Anakin l'avait transformé en retour. Son cristal n'était pas comme ceux des autres sabres. C'était une gemme yuuzhan vong vivante.

En partie Jedi, en partie yuuzhan vong, pensa-t-il. *Presque comme moi.*

On lui offrait la vie d'Anakin. Son esprit, ses pouvoirs, son courage.

Sa violence.

Jacen avait utilisé un sabre laser au combat pour la première fois à l'âge de trois ans. Ses talents étaient innés.

Maintenant, Jacen percevait les Yuuzhan Vong. Et la Force était avec lui.

Il pouvait suivre le même chemin qu'Anakin et devenir un pur guerrier. Il serait encore meilleur que son frère : le Côté Obscur avec lui, il dépasserait tous les Jedi vivants, même son oncle Luke. Et aussi les grands Chevaliers Jedi de la légende.

Il pouvait être le plus formidable guerrier que la Force eût jamais connu.

Plus encore, il vengerait Anakin avec l'arme qu'il avait fabriquée de ses mains.

Je pourrais prendre ce sabre, pensa-t-il, *et les tuer tous. C'est* ça *que je suis* ?

Ce que j'ai envie de devenir ?

Il regarda Nom Anor.

— Prenez cette arme blasphématoire et tuez, ou choisissez la vie. Choisissez d'apprendre la Vérité. Puis d'*enseigner* la Vérité à votre peuple. Laissez-moi vous révéler la sagesse que vous pourrez partager avec eux : celle du Dieu que vous êtes !

Jacen s'empara du sabre laser, mais pas avec ses mains.

L'arme lévita au-dessus des paumes de Nom Anor. Puis

elle se retourna et vola vers Vergere, qui l'attrapa habilement et la posa sur la table, à côté d'elle.

Jacen la regarda sans la regarder vraiment, observant son propre reflet dans ses yeux sans fond.

En silence, jusqu'à avoir l'impression d'être devenu son propre reflet. Il n'était plus qu'une surface scintillante sur un puits de ténèbres infinies.

Un miroir qui reflétait toutes les images de la nuit.

Quand un profond sentiment de paix lui fit imaginer que l'univers tournait autour de l'axe qu'il était devenu, il se leva.

Nom Anor cria de triomphe.

— Vous deviendrez une étoile, un soleil, et vous diffuserez sur la galaxie la lumière de la Vraie Voie.

— D'accord, dit Jacen, devenu une surface brillante immense et délestée du poids de la conscience et de l'humanité. Pourquoi pas ?

TROISIÈME PARTIE

LES PORTES DE LA MORT

CHAPITRE XI
LE TRAÎTRE

A titre d'exemple, supposons que la conquête de Coruscant ait entraîné la disparition d'un nombre incroyable de gens.

Postulons que vingt milliards de personnes aient été tuées par les tremblements de terre qui ont accompagné la modification de l'orbite planétaire.

Imaginons que trente milliards d'autres soient morts de faim, ou aient été tués par les équipes de « nettoyage » des envahisseurs, ou aient été empoisonnés, dévorés ou détruits par leur contact avec les formes de vie vong.

Estimons que quarante milliards de plus aient été réduits en esclavage par les Yuuzhan Vong.

Ces nombres ne sont rien de plus que des hypothèses. Même quand la base de données planétaire était intacte, les chiffres du recensement mondial relevaient déjà de la devinette.

Après la conquête, il n'existe aucun moyen de dénombrer les disparus et les morts. Cent milliards est probablement un chiffre surévalué, mais même dans ce cas...

Si on soustrait les morts et les disparus du chiffre approximatif de la population de Coruscant...

Il reste neuf cents milliards de personnes.

Neuf.

Cent.

Milliards.

Et les survivants aussi peuvent être une arme.

Les vaisseaux-camps de réfugiés émergeaient depuis des mois de l'hyperespace. Personne ne pouvait prédire le moment de leur arrivée, ni dans quel système stellaire ils apparaîtraient. De forme grossièrement ronde, épais de plusieurs kilomètres, ces navires étaient composés d'une multitude de cellules hexagonales collées ensemble qui allaient de la taille d'une armoire de vestiaire à celle de la passerelle d'un cargo. Ces vaisseaux étaient probablement des sortes de plantes, une variété de végétal spécialement élevée par les Yuuzhan Vong. Ou les exosquelettes agglutinés abandonnés par quelque animal interplanétaire géant…

L'analyse des données montrait qu'il existait, aux points d'émergence de l'hyperespace, un champ de gravité similaire à celui des basals dovin. Quelques secondes après l'apparition d'un vaisseau, une vague d'ondes distordait la gravité. Certains analystes de la Nouvelle République pensaient que ce phénomène était provoqué par les basals dovin qui disparaissaient dans un trou noir auto-généré. D'autres prétendaient que les ondes secondaires étaient les signatures gravifiques des créatures qui servaient de moteur aux vaisseaux-camps de réfugiés, et qui repartaient dans l'hyperespace pour rejoindre leur point de départ.

Une chose était sûre : les vaisseaux arrivaient au hasard dans des systèmes stellaires habités. Ils ne transportaient aucune réserve de nourriture et aucun système environnemental. A bord, on trouvait seulement des gens.

Des millions de gens.

Les centaines de millions de survivants de la conquête de Coruscant.

Chaque système confronté à la présence d'un vaisseau-camp se trouvait devant un dilemme : ou il accueillait et nourrissait les réfugiés, puisant dans des ressources déjà minées par la guerre, ou il les laissait mourir de faim et de soif, gelant ou grillant dans leur refuge dépourvu de régulation climatique.

Il suffisait d'ignorer les vaisseaux, de les laisser dériver dans l'espace, comme des mausolées commémorant l'insouciance du système stellaire où ils étaient apparus.

Mais aucun monde membre de la Nouvelle République n'était en mesure d'assumer la culpabilité collective d'une telle manière de procéder. Sinon, il n'aurait jamais été admis dans l'alliance galactique.

Personne ne savait si des vaisseaux-camps étaient également sortis de l'hyperespace dans des régions inhabitées.

Et nul n'avait envie d'y penser.

Quelques Jedi essayèrent d'explorer l'espace interstellaire avec la Force. Mais les Jedi n'avaient jamais été nombreux, et les rares survivants avaient peu de temps à consacrer à d'autres activités que la guerre.

Les gouvernements planétaires ne montèrent aucune opération de recherche. Ils n'auraient pas pu se le permettre, car ils ne parvenaient déjà pas à s'occuper des réfugiés recensés. En chercher d'autres aurait été de la folie.

Malgré la pénurie de matières premières et le manque de techniciens, les membres de la Nouvelle République firent de leur mieux.

Construire des villes assez grandes pour abriter des centaines de millions de gens était une entreprise impossible dans le cadre d'une économie de guerre. Mais il y avait une autre option. Les vaisseaux étant spacieux et assez étanches pour préserver l'atmosphère, les réfugiés y restèrent et les mondes hôtes leur fournissaient des systèmes de recyclage de l'air, de l'eau et des déchets, les approvisionnant aussi en énergie et en nourriture.

Les vaisseaux devinrent des camps de réfugiés orbitaux, d'où leur nom.

La vie était dure à bord.

Même dans les systèmes solaires les plus nantis, la nourriture qu'on envoyait aux vaisseaux-camps était drastiquement rationnée. Et les meilleurs recycleurs ne pouvaient pas enlever à l'eau le mauvais goût provoqué par une réutilisation multiple.

Dans les vaisseaux surpeuplés, sales et puants, l'atmosphère était saturée d'effluves émanant de plusieurs centaines d'espèces. Le niveau de gaz carbonique élevé donnait à la population des maux de tête quasi permanents…

Enfin, aux espèces munies d'une tête. Mais les êtres photosynthétiques souffraient aussi, en dépit de l'abondance de gaz carbonique, car ils devaient fonctionner avec une lumière artificielle faible et intermittente.

Tout le monde en bavait, et bien peu d'élus étaient autorisés à quitter les vaisseaux.

Personne ne parlait de la véritable raison de la séquestration des réfugiés dans les vaisseaux-camps : l'espace interplanétaire était un cordon sanitaire idéal. Sur beaucoup de mondes, les réfugiés avaient apporté avec eux des surprises désagréables : des espions, des saboteurs, des membres de la Brigade de la Paix, des collaborateurs de toute sorte…

Et parfois, pire encore.

Depuis des semaines, Ganner Rhysode était sur la piste de la rumeur.

Il l'avait entendue de la bouche d'un navigateur dans une taverne de Teyr, qui la tenait d'un gérant de dock des chantiers spatiaux de Rothana, qui avait parlé à un pilote de vaisseau-cargo sur la Piste de Sisar, qui avait entendu un inspecteur des douanes du système de Sevarcos la mentionner en passant – à moins que ça n'ait été dans le système de Mantooine ou d'Almania. L'inspecteur avait glané l'information auprès d'un ami militaire dont le cousin était un volontaire civil sur le vaisseau-camp de Rothawui.

Ganner avait laborieusement remonté le fil de la rumeur, explorant tout ce qui restait de la Nouvelle République. Il avait passé des semaines dans l'hyperespace et des journées entières à demander « avez-vous vu cet homme ? » à une série d'employés blasés, de dockers hargneux, de bureaucrates soupçonneux et de gamins sarcastiques.

Quand il arriva devant le rideau numéroté qui tenait lieu de porte aux « appartements » du vaisseau-camp, il était si fatigué qu'il se rappelait à peine le nom du système où il avait échoué.

Le numéro du rideau comportait trois séries de chiffres – l'emplacement de la cellule-appartement par rapport au centre du vaisseau sphérique. Sur un navire sans pont ni ligne droite, les coordonnées tri-dimensionnelles étaient la seule façon pratique de s'orienter.

Cette cellule était située loin du centre, près de la coque, du côté opposé à celui que le vaisseau présentait en permanence au monde autour duquel il orbitait.

Comme Ganner l'avait pensé avec un humour sinistre, elle était placée du « côté obscur ».

Ganner ne ressemblait plus tellement à sa légende. Il ne portait plus la chemise flamboyante et le pantalon de cuir moulant qu'il affectionnait, ni les galons dorés et les hautes bottes impeccablement cirées. A présent, il était vêtu d'une tunique d'un marron indéfinissable et d'un pantalon gris trop grand qui cachait ses bottes usées couvertes de la poussière de dizaines de mondes. Il n'arborait plus son sourire éblouissant, et ses yeux bleu clair ne scintillaient plus. Une barbe cachait les contours de son visage à la beauté classique.

Ce n'était pas réellement un déguisement, car il n'avait pas fait mystère de son identité. Au contraire, il s'en était servi comme d'une arme pour se frayer un chemin dans les labyrinthes de la bureaucratie qui voulait l'empêcher de monter à bord du vaisseau-camp. Mais il avait voulu marquer une différence significative par rapport à son personnage d'antan.

Ce pantin lui avait coûté trop cher.

En ce moment, par exemple, son ancien moi aurait ouvert le rideau d'un geste théâtral. Puis il se serait campé dans l'entrée de la cellule, éclairé par la lumière du couloir, histoire d'augmenter l'effet. Enfin, il se serait présenté d'une voix assurée, comptant sur sa stature, son regard intimidant et sa réputation pour obtenir des réponses à ses questions.

Au lieu de cela, il s'appuya au mur et se laissa glisser sur le sol. Il resta assis, comme s'il était un réfugié qui se reposait au coin d'un couloir.

La tête inclinée, il ferma les yeux et puisa dans la Force pour analyser les ondes venant de la cellule. Il pouvait s'agir d'un piège, et il avait décidé de ne plus courir de risques inutiles. Son nom était désormais synonyme de prudence, la discrétion devenue sa meilleure défense.

Il perçut des humains – suffisamment de poids dans la Force pour cinq personnes. Cela concordait avec l'information fournie par l'employé excédé qui travaillait dans le service qui recensait les maigres données glanées par les administrateurs du vaisseau – des volontaires.

Mais Ganner ne parvint pas à décomposer ce poids en « individus distincts ».

Il fronça les sourcils et se concentra.

On eût dit que la cellule abritait un seul humain doté de cinq personnalités différentes. Ou que les cinq personnes appartenaient à une sorte de conscience de groupe. Une configuration rare dans l'humanité, mais pas impossible. La galaxie avait donné naissance à des dizaines, voire des centaines de variations sur le thème de la gestalt. Ganner savait qu'il ne les avait pas toutes rencontrées.

L'expérience lui avait enseigné que l'inconnu était toujours dangereux. Et souvent mortel. Soudain, sa petite plaisanterie privée sur le « côté obscur » ne lui parut plus aussi amusante.

Bref, Ganner avait l'impression qu'il allait se faire tuer.

Il soupira et se leva.

Depuis le début de sa « poursuite », il se doutait qu'il finirait comme ça : sans ami pour garder ses arrières. Et personne n'était assez informé de ce qu'il tentait pour se lancer à sa recherche s'il ne revenait pas.

Il lui avait fallu deux jours pour traverser le vaisseau et atteindre cet endroit.

Nul ne saurait jamais ce qui lui était arrivé.

Une personne s'en douterait, mais Ganner ne pensait pas qu'elle s'en soucierait…

Il se souvint du regard noir que lui avait lancé Jaina quand il avait évoqué la rumeur devant elle.

— Encore un mensonge stupide ! avait-elle dit. Et tu es un imbécile d'y croire.

Il avait essayé de lui expliquer qu'il n'y croyait pas réellement, mais qu'il fallait quand même vérifier. Puis il avait essayé de la convaincre que c'était très important pour le moral de la Nouvelle République.

— Tu ne comprends pas ? C'est un *héros*. Ce serait un peu comme s'il revenait d'entre les morts, Jaina ! Un miracle qui redonnerait espoir à tout le monde !

— Nous n'avons pas besoin d'espoir. Il nous faut plus de vaisseaux, des armes meilleures et des Jedi ! Nous devons continuer à nous battre ! Inutile de perdre ton temps à courir après des *illusions* !

— Et si ça n'était pas des illusions ? Ta mère affirme qu'il est toujours vivant…

— Ma mère, dit Jaina d'une voix trop sérieuse pour une adolescente, a perdu ses deux fils le même jour. Elle ne s'en est pas remise. Et il est probable qu'elle ne surmontera jamais ce choc.

— Elle a le droit d'être sûre…

— Je ne discuterai pas de cette question avec toi, Ganner. Mais je t'*ordonne* de garder ta grande gueule fermée. Je ne veux pas que ça arrive aux oreilles de ma mère. Lui donner de l'espoir pour le lui enlever de nouveau la détruirait. Si tu le fais, je te détruirai, *toi*.

— Jaina... Je...

Elle s'était penchée vers lui, une flamme noire brûlant dans ses yeux.

Rhysode avait reculé d'un pas.

— N'imagine pas que j'hésiterai, Ganner. Et surtout, ne pense pas que j'en suis incapable.

Il n'avait pas répondu. Il la croyait.

— Les Vong ont gardé Jacen en vie un long moment après l'avoir capturé. Ils l'ont fait pour pouvoir le torturer. Je l'ai *senti*, mais je n'ai jamais dit à papa et à maman ce qu'il a subi. Ce qui est arrivé à Anakin était... mieux. Propre, net.

Des larmes étaient montées aux yeux de Jaina, mais sa voix avait gardé toute sa dureté.

— J'ai senti Jacen mourir. D'un instant à l'autre, il a *disparu*. Ejecté de l'existence comme s'il n'avait jamais vécu. Je l'ai *senti*. S'il était vivant, je n'aurais pas besoin de toi pour me le dire ! Je le *saurais* ! Ne mentionne plus jamais ces... ces saletés... devant moi ! Et n'en parle à personne d'autre. Si je découvre que tu t'es regardé dans un miroir et que tu te l'es dit à toi-même, je t'apprendrai sur la douleur des choses ce que personne ne devrait jamais savoir !

Déboussolé par tant de colère et de chagrin charriés par la Force, Ganner avait regardé la jeune femme, bouche bée. Que lui était-il arrivé ? Là aussi, il y avait eu des rumeurs...

— D'accord, Jaina, oublions ça ! Je n'en parlerai à personne. Ne te mets pas dans un tel état...

— Je ne suis pas en colère. Ganner, tu ne m'as jamais vue *vraiment* en colère. Espère que ça continue. (Croisant les bras, Jaina s'était détournée de lui.) File !

Ganner était parti, bouleversé. Jaina, toujours si calme, si compétente, si maîtresse d'elle-même, au point qu'il était facile d'oublier qu'elle avait perdu deux frères en quelques heures.

Pire encore, son jumeau, l'autre moitié d'elle-même…

Plus tard, Ganner réfléchit.

Bon, se dit-il, *j'ai seulement promis de n'en parler à personne. Ai-je dit que je ne me renseignerai pas sur cette rumeur ?*

Voilà pourquoi il était parti. Seul.

L'ancien Ganner aurait peut-être agi de même, pensait-il de temps en temps avec une résignation mélancolique. Ça aurait fait une belle histoire : celle du héros solitaire qu'il avait toujours rêvé d'être. Un type qui fouille la galaxie à la recherche d'un secret dont il ne pouvait pas parler, bravant des dangers innombrables et prenant des risques insensés.

Oui, c'était comme ça qu'il s'imaginait, dans ses fantasmes : un héros calme et dangereux, dont les gens parlaient avec respect. Bref, des âneries d'adolescent.

De la vanité, purement et simplement ! La faiblesse de Ganner… Etre un héros n'était pas un problème. Yan Solo et Corran Horn le démontraient ! Il n'y avait rien de mal non plus à le *vouloir*. Luke Skywalker parlait souvent de ses rêves d'aventure d'adolescent, et il n'avait pas si mal tourné que ça…

Mais les problèmes commencent quand on *essaie* d'être un héros ! La soif de gloire peut devenir une maladie que le bacta ne guérira pas. Au stade terminal, on ne pense à rien d'autre. Et, à la fin, on ne se soucie même plus d'être *réellement* un héros.

On veut seulement que les gens le pensent.

L'ancien Ganner Rhysode avait souffert de cette maladie. Il avait été atteint de vanité galopante, et cette affection avait failli le tuer.

Pire : sa maladie l'avait presque fait basculer du Côté Obscur.

Par moments, il se sentait de nouveau dériver vers ces rêves dangereux. Y penser lui donnait le frisson. Il avait travaillé très dur pour contrôler son envie d'être admiré et la transformer en une minuscule voix intérieure qu'il espérait réduire un jour au silence total.

Il était donc parti pour sa mission discrètement, en s'assurant que personne ne serait informé. Il devait être sûr d'agir pour les bonnes raisons, pas à cause d'une rechute de sa « maladie », mais parce que c'était la bonne chose à faire.

Parce que la Nouvelle République avait terriblement besoin d'un peu d'espoir.

Parce que *Jaina* en avait besoin.

Chaque fois qu'il se souvenait de la flamme sombre de ses yeux, autrefois d'un marron doux, il sentait un pieu s'enfoncer dans sa poitrine. Flirter avec le Côté Obscur...

Beaucoup de Jedi l'avaient fait depuis le début de la guerre. Certains prétendaient même que le seul espoir de la galaxie était là. Sur le vaisseau-monde de Myrkr, l'équipe d'attaque en avait discuté comme d'une option possible.

Kyp Durron pouvait parler en expert du Côté Obscur : il était pétri d'hostilité et de haine de lui-même, et il l'avait toujours été. Son enfance atroce et les crimes qu'elle l'avait poussé à commettre l'avaient presque détruit. Pour lui, rester du Côté Lumineux relevait d'une lutte de tous les instants.

Et c'était autre chose, pour les jeunes Jedi, d'en débattre dans une situation désespérée...

Mais voir Jaina Solo le regarder dans les yeux et le menacer ainsi...

Il en avait été profondément blessé, plus qu'il l'aurait cru possible.

Les enfants Solo étaient censément invulnérables : la

nouvelle génération de héros légendaires de la galaxie, l'espoir limpide et pur des Jedi. Faire le bien leur était *naturel*. Des guerriers de la Force heureux dans son Côté Lumineux. Tous les trois avaient déjà accédé, sans le vouloir, au statut de héros que Ganner désirait tant, et pour lequel il avait failli sacrifier sa vie.

Ils étaient nés pour ça.

Et voilà qu'Anakin et Jacen étaient morts, et Jaina…

Jaina avait forcé Ganner à se souvenir qu'elle était la petite-fille de Dark Vador.

Et ça le blessait plus que tout, parce qu'il ne pouvait rien y faire.

Ce n'est pas entièrement vrai, pensa-t-il en se levant lentement dans le couloir du vaisseau-camp. *Il y a une chose à faire*.

Jaina avait peut-être perdu seulement un frère, pas deux. Jacen pouvait être vivant. Avec de la chance, Ganner parviendrait à le prouver, voire à le retrouver. Sans sauver Jaina, ça pourrait l'aider. Et s'il échouait, ça ne ferait de mal à personne.

Jaina ne croyait plus en rien, de toute façon.

Ganner s'approcha du rideau de porte de la cellule.

— S'il vous plaît ? dit-il. Y a-t-il quelqu'un qui parle le basique ?

— Allez-vous-en, grogna une voix de l'autre côté du rideau. Vous n'avez rien à faire ici.

La voix était étrangement familière.

Ganner pensa de nouveau qu'il vivait ses dernières secondes. Une partie de lui-même souhaita désespérément prendre ses jambes à cou et filer.

Mais même s'il n'avait jamais été un héros très convaincant, il ne manquait pas de courage.

Il inspira à fond et vit que sa main droite tremblait. Il la fixa jusqu'à ce qu'elle se calme, puis tira doucement un coin du rideau.

— Je suis désolé de vous importuner, dit-il, ça ne prendra pas longtemps. J'ai une question à vous poser. Après, je vous ficherai la paix.

— Allez-vous-en, répéta l'humain à la carrure impressionnante qui le regardait froidement dans la cellule.

— Tout de suite, dit Ganner. Mais on m'a rapporté que quelqu'un d'ici aurait vu Jacen Solo vivant, sur Coruscant, après l'invasion. Pourrais-je parler à cette personne ?

D'après le peu que Ganner apercevait par l'entrebâillement du rideau, les deux petites pièces qu'il défendait ne contenaient presque aucun objet. L'homme qui lui bloquait le chemin portait une longue tunique blanche. Les autres, tous des hommes, étaient habillés à l'identique.

Un ordre religieux ? se demanda Ganner. Ces types avaient tous le même comportement, avec une sorte d'aura similaire, qui se rencontrait parfois chez les membres d'une secte.

A moins que ce soit seulement l'effet de la misère et du désespoir.

— Je peux payer, proposa-t-il.

— Allez-vous-en. Il n'y a rien pour vous…

Un des autres hommes approcha, désigna le sabre laser pendu à la ceinture de Ganner et marmonna quelque chose dans une langue que le Jedi ne comprit pas.

— Silence ! Tous ceux qui portent cette arme ne sont pas forcément des Jedi, dit le premier homme sans quitter Ganner des yeux.

Rhysode fut de nouveau frappé par la tonalité familière, alors qu'il était sûr de n'avoir jamais vu cette personne.

La voix, se dit-il, aurait dû être plus jeune, plus fraîche et plus aiguë. Peu importait. Il y réfléchirait plus tard.

S'il n'était pas le meilleur joueur de sabacc de la galaxie, il savait quand dévoiler son jeu.

— Je suis un Jedi, dit-il. Je m'appelle Ganner Rhysode.

Je cherche des informations sur Jacen Solo. Lequel de vous l'a vu vivant ?

— Vous vous trompez. Personne n'a rien vu. Vous feriez mieux de partir.

Un des autres hommes avança et dit :

— *Shinn'l fekk Jeedai trizmek.*

— Silence ! ordonna sèchement le type qui barrait le chemin de Ganner.

Les poils de sa nuque se hérissèrent, mais Ganner garda son expression polie et curieuse.

— Je vous en prie, demanda-t-il, dites-moi ce que vous savez !

Il se servit de la Force pour *aider* l'homme à coopérer…

… Et se réveilla dans le couloir, en train de s'éloigner de la pièce, sans aucun souvenir d'être parti…

Que s'est-il passé ? se demanda-t-il, ébahi.

Il comprit, à retardement : le type savait utiliser la Force aussi bien que le plus puissant Chevalier Jedi ! Cet homme d'âge moyen à l'aspect ordinaire avait repoussé sans effort la sonde mentale de Ganner et la lui avait renvoyée, accompagnée d'une compulsion irrésistible.

Même après avoir analysé l'événement, Ganner fut incapable de s'arrêter et continua à s'éloigner.

Il parvint enfin à s'arrêter, à bout de souffle. Il n'avait plus peur : il avait dû s'agir d'une projection créée par la Force, subtile et indétectable.

Maintenant qu'il était trop tard, il regretta d'avoir tenu sa promesse à Jaina – au lieu d'emmener avec lui une dizaine d'autres Jedi.

Dans la pièce, derrière lui, il détectait désormais une seule présence dans la Force.

Plus la moindre trace des quatre autres.

Il sortit son sabre laser à la vitesse de l'éclair et l'activa.

Vous n'êtes pas le seul capable de jouer des tours avec

la Force, pensa-t-il, retrouvant un instant l'excitation joyeuse avec laquelle il affrontait autrefois le danger.

Autrefois…

J'ai laissé ce Ganner-là derrière moi, se sermonna-t-il.

Il lâcha le bouton d'activation. Sa lame disparut.

Je ne suis plus comme ça. Un Jedi prudent et discret…

Il se retira lentement de la Force. A présent, il ne percevait plus la présence unique, dans la Force, mais lui aussi y était invisible.

Il revint en silence vers la pièce.

Un puissant maître de la Force, dans le vaisseau-camp, avec quatre personnes qui étaient probablement des Yuuzhan Vong déguisés… Et ce maître avait sciemment dévoilé ses capacités en plaçant une compulsion dans l'esprit de Ganner.

Il risquait de disparaître parmi les millions d'êtres qui vivaient dans cet immense vaisseau. Ganner connaissait les récits au sujet de Yavin 4. Il savait que les Yuuzhan Vong avaient tenté de forcer des Jedi à les rejoindre. S'ils avaient réussi, cela aurait eu des conséquences inimaginables…

Il était dans la mouise !

Mais que pouvait-il faire d'autre, maintenant ?

Ce type est plus fort que moi, pensa-t-il, glacé par une appréhension qui n'était pas, cette fois, une projection de la Force. *Et ils sont cinq !*

Ce coup-ci, je vais vraiment *me faire tuer* !

Mais il continua d'avancer, glissant le long du mur, sabre laser à la main.

Comment aurait-il pu ne pas essayer ?

Il s'imaginait en train de dire à Luke Skywalker : « En réalité, je n'ai rien fait au sujet de ce Jedi félon et des espions vong, parce que j'aurais été… hum… embarrassé que les gens pensent que je m'étais fait tuer pour avoir tenté de jouer les héros… »

Il arriva devant la porte de la cellule. Ses petites astuces ne tiendraient pas plus d'une seconde ou deux devant ce type. Pas le temps de préparer un plan. A peine le temps d'agir.

Je ne les tuerai pas avant d'être sûr que ce sont des Vong.

Avec un soupir, il relâcha la concentration qui l'avait maintenu hors de la Force. Ses perceptions revinrent brutalement, et il sentit le maître de la Force, dans la pièce, briller comme une balise au milieu d'un champ d'astéroïdes.

Ganner passa à l'action sans réfléchir. Sa lame s'activa, il coupa les attaches du rideau, les attrapa au vol et les jeta sur la tête du premier type en tunique blanche. Puis il se débarrassa du deuxième d'un bon coup de pied et fit semblant de flanquer un autre coup de pied au troisième. Mais il bondit dans les airs et abattit la poignée de son sabre laser sur la tête du type, assez fort pour le faire tomber à genoux. Se servant de lui comme d'un cheval d'arçons, il flanqua un double coup de talon au quatrième salopard, l'aplatissant comme s'il avait été frappé par un speeder.

Puis il se retourna pour affronter le premier, qui s'était débarrassé du rideau, et l'envoya au tapis d'un coup de coude bien senti à la mâchoire.

Il perçut un mouvement derrière lui et fit un saut périlleux arrière, se propulsant grâce à la Force.

Il retomba à côté de l'homme d'âge moyen, la lame de son sabre laser à quelques millimètres de sa gorge.

— Personne n'est mort ni blessé, dit Ganner, mais ça peut changer à tout moment. A vous de jouer !

Les quatre tuniques blanches invisibles dans la Force hésitèrent un instant. L'homme d'âge moyen ne bougea pas.

Ganner ne put réprimer un sourire.

Je suis bon à ce genre de truc, se dit-il. *Et en plus, je fais ça avec de la classe !*

Exaspéré par sa vanité, il refoula cette idée dès qu'elle surgit dans son esprit.

Juste au moment où je pensais progresser...

— D'accord, dit-il, calmement.

Il soutint le regard de l'homme et avança sa lame d'une fraction de millimètre. Le type ne broncha pas.

— Reculez. Vers la porte.

Attristé par l'attitude de Ganner, l'homme secoua la tête.

— Ce n'est pas du bluff ! On va avoir une petite conversation tous les deux, dans le couloir. Si personne ne fait de bêtises, nous devrions tous survivre. Maintenant, avancez !

Il approcha la lame assez près pour enlever quelques cellules de la peau du cou du type. Mais l'autre ne bougea pas.

— Ganner, espèce d'andouille…

Rhysode s'humecta les lèvres.

Il a dit ça comme s'il me connaissait.

— Vous ne comprenez pas.

— Ganner, c'est toi qui ne comprends pas. On nous observe… Si nous faisons un pas hors de cette pièce, un pilote yuuzhan vong activera le basal dovin caché à bord. Il faudra environ dix secondes à ce vaisseau pour se perdre à jamais dans un trou noir quantique. Cent millions de personnes mourront.

— Pourquoi… ? Je veux dire, pourquoi faire une telle chose ?

— Parce qu'ils ne me font pas encore confiance, dit l'homme. Tu n'aurais pas dû revenir, Ganner. Maintenant, tu ne quitteras pas cette pièce vivant.

— J'y suis entré sans difficulté…

— Partir est différent. Et même si tu y parvenais, en sachant ce que tu sais…

— *Si* j'y parviens ? Qui plaque un sabre laser sur la gorge de qui ?

— Ce n'est pas un jeu, Ganner. Je préférerais que ce soit le cas.

Ganner entendit la conviction dans la voix de l'homme, et sentit dans la Force qu'il disait la vérité.

Je sais déjà qu'il est plus puissant que moi. Il pourrait altérer mes perceptions et je n'en saurais rien.

Et même si c'était vrai, pensa Ganner, ça n'avait aucun sens. Il ne comprenait pas ce qui se passait. Que fallait-il faire ?

— Je te dis ça, continua l'homme, parce que la même chose arrivera si je suis tué. Au cas où ma conscience me pousserait au sacrifice. Comme je l'ai déjà dit, ils ne me font pas encore confiance.

— Mais…, balbutia Ganner, perdu.

Il saisit son sabre laser à deux mains pour l'empêcher de trembler et essaya de reprendre le contrôle de la situation.

— Tout ce que je veux, dit-il d'une voix presque plaintive, c'est apprendre ce que vous savez de Jacen Solo. Parlez, ou je courrai le risque de parier que vous bluffez.

L'homme regarda Ganner comme s'il le connaissait depuis des années.

— Parler ne servira à rien.

— Vous n'avez pas le choix.

— On a toujours le choix.

Doucement, sans aucun mouvement inquiétant ou menaçant, l'homme leva une main. Il appuya sur le côté de son nez et son visage se sépara en deux.

Sans le vouloir, Ganner recula d'un pas.

Le visage du type s'ouvrit comme l'écorce d'un fruit de sang ithorien, emportant avec lui ses rares cheveux, les poches de ses yeux et ses bajoues. Un réseau de filaments sortit de ses pores et un autre visage apparut, couvert de gouttelettes de sang.

Sous le masque, le visage que vit Ganner était mince et finement sculpté, avec une barbe éparse et des cheveux encroûtés de sang qui devaient être châtain. Ganner reconnut ces traits, même s'ils étaient encore à demi cachés par le masque en train de rétracter ses filaments nourriciers.

Oui, il connaissait ce visage, même s'il avait l'air trop

vieux, épuisé par les privations et trop triste et sérieux pour être celui dont il se souvenait.

Ganner en resta bouche bée.

La lame de son sabre laser s'éteignit et l'arme tomba sur le sol avec fracas.

Quand il put parler, il souffla un seul mot :

— *Jacen*…

— Salut, Ganner, dit Jacen d'une voix fatiguée.

Il plongea la main dans une de ses manches et en sortit une petite bourse. Il l'ouvrit, la retourna et l'enfila sur sa main, comme une moufle.

Un petit morceau de tissu apparut.

Il le jeta à Ganner.

— Tiens, attrape ça.

Trop surpris pour réfléchir, Ganner saisit le morceau de tissu humide et tiède.

— Jacen ? Que se passe-t-il ?

Rhysode sentit un étrange engourdissement naître au milieu de sa paume et remonter dans son poignet. Il regarda le tampon, sourcils froncés.

— Qu'est-ce que c'est ?

— Les larmes d'une amie à moi, dit Jacen. Un poison de contact.

— Quoi ? dit Ganner. Tu plaisantes ?

— Je n'ai pas le sens de l'humour, ces derniers temps…

Jacen enleva la bourse de sa main et s'en débarrassa.

— Tu seras inconscient dans quinze secondes…

La main de Ganner était déjà totalement insensible, et son bras droit aussi. L'engourdissement monta dans sa poitrine. Quand il arriva à son cœur, il se répandit dans tout son corps en un instant.

Le Jedi tomba, incapable de ralentir sa chute, mais Jacen le retint et l'accompagna doucement sur le sol.

— Réveillez le villip, ordonna-t-il à un des autres hommes.

Pas des *hommes*, mais des guerriers vong, comprit Ganner.

— Dites à Nom Anor que notre piège a échoué. D'autres Jedi suivront celui-là. Nous devons rentrer chez nous.

Nom Anor ? Rentrer chez nous ? pensa Ganner, tandis que l'obscurité envahissait son esprit. *Ils ont réussi ! Ils ont eu Jacen ! Ils l'ont rallié à leur cause !*

Un des guerriers parla dans la langue rauque des Yuuzhan Vong.

— Non. Nous l'emmenons avec nous, déclara Jacen.

Le guerrier cracha encore quelques mots.

— Parce que je l'ai décidé, dit Jacen. Osez-vous contester mes ordres ?

Avec ce qu'il lui restait d'énergie, Ganner utilisa la Force pour soulever son sabre laser et l'activer. La lame crépita. Un des guerriers cria un avertissement.

Jacen fit un geste et Ganner sentit un esprit plus puissant que le sien s'emparer de son sabre laser et le lui arracher. La lame disparut.

La poignée flottait dans l'air entre le traître et les guerriers.

— Ne vous souillez pas en touchant cette arme blasphématoire, dit Jacen.

La dernière chose que vit Ganner, avant que les ténèbres l'engloutissent, fut le bâton amphi qui sortit de la manche de Jacen Solo et coupa en deux la poignée de son sabre laser.

— Nous emmenons cette misérable parodie de Jedi sur Yuuzhan'tar, dit-il. *Après*, nous le tuerons...

Dans le vaisseau-camp, une chambre-cellule bougea. Spécialement élevée sur ce navire, et dans ce but précis, elle ressemblait à toutes les autres pièces de l'immense bâtiment. Mais elle se détacha et glissa le long de la coque comme un parasite qui se fraye un chemin hors de la peau d'un animal.

Cette cellule contenait une nacelle en corail yorik équipée de son propre basal dovin, programmé pour deux missions. La première commande aurait généré un champ de gravité assez fort pour engloutir le vaisseau en un éclair.

Mais le basal dovin reçut la seconde. Il servirait donc de moteur à la cellule et à ses occupants pour les faire voyager à travers la galaxie.

Sur la peau du vaisseau-camp, un petit furoncle apparut. En éclatant, il éjecta la cellule, qui s'éloigna aussitôt et plongea dans l'hyperespace pour rallier Yuuzhan'tar.

Cette chambre-cellule abritait quatre guerriers vong, un pilote – dans la nacelle – et deux humains. Un des humains, assis, méditait. L'autre était paralysé, mais une pensée surnageait dans le vide où il flottait. Ignorant quel sort lui était destiné, il avait même oublié qui il était. Une idée le hantait pourtant, occupant tout ce qui restait de sa conscience.

Jacen Solo est un traître.

CHAPITRE XII

LA LUMIÈRE DE LA VRAIE VOIE

A la surface d'une planète étrangère, un Chevalier Jedi est allongé sur une couchette organique.

Il rêve.

Des dispositifs vong satisfont ses besoins corporels. Du glucose et des solutions salines circulent dans son sang avec les puissants alcaloïdes qui le maintiennent dans l'inconscience.

La planète est couverte d'une jungle luxuriante qui pousse sur le squelette d'une cité en ruine. Dans son ciel brille un Pont aux mille couleurs.

Le Chevalier Jedi rêve de créatures non humaines et de Yuuzhan Vong. Il rêve de traîtres qui sont des Jedi, et de Jedi qui sont des traîtres. Et parfois, dans son rêve, le traître se tourne vers lui et dit :

Si je ne suis pas un Jedi, suis-je encore un traître ? Si je ne suis pas un traître, suis-je encore un Jedi ?

Une autre silhouette hante ses rêves : un Yuuzhan Vong squelettique.

Nom Anor. Le prophète de Rhommamool. Le Nom Anor de Duro.

Et de Myrkr.

Puis il voit une petite créature souple et agile à la crête

emplumée qui appartient à une espèce inconnue. On dirait une fontaine d'où jaillit une Force éblouissante.

Le Chevalier Jedi rêve aussi de lui-même. Il se voit, couché, immobile comme mort dans un enchevêtrement de plantes grimpantes et de branches noueuses – moitié hamac et moitié toile d'araignée. Il se regarde, extérieur à sa propre personne, flottant dans le néant, trop loin pour entendre les voix, même s'il comprend ce qu'elles disent, et trop loin pour voir les visages, même s'il sait à quoi ils ressemblent.

Il sait que ces êtres parlent de le tuer.

Mais il a cessé de prêter attention à ces détails. Ce rêve est déjà revenu tant de fois. Il repasse en boucle dans sa tête, comme les données d'un disque abîmé.

Le rêve commence toujours ainsi :

Ne croyez pas que je doute de la sincérité de votre conversion, murmure Nom Anor au traître. *Mais vous devez comprendre comment les choses paraîtraient aux yeux de Tsavong Lah. Si vous vous consacriez réellement à la Vraie Voie, pourrait-il penser, vous auriez impitoyablement tué ce Jedi sur le vaisseau-camp, au lieu de l'emmener jusqu'ici.*

Pour priver les dieux d'un sacrifice en bonne et due forme ? répond le traître.

La créature emplumée hoche la tête, l'air approbateur, et le prophète est bien obligé d'être d'accord avec elle.

Tout Jedi est un prisonnier de valeur, reconnaît-il. *Nous pourrions le sacrifier dès aujourd'hui. En fait…* (sa bouche sans lèvres se retrousse, dévoilant des dents pointues) *… vous pourriez le sacrifier. Tuer un de vos anciens congénères serait idéal pour apaiser les doutes du maître de guerre.*

Bien entendu, dit le traître.

A ce moment, le rêve du Chevalier Jedi se transforme en cauchemar : il redevient prisonnier de son corps immobile et silencieux, sans défense, comme s'il était déjà un cadavre, mais submergé d'horreur. Il essaie de puiser dans la Force pour atteindre le cœur froid du traître et il reçoit en échange, à son grand étonnement, une sensation de chaleur et de bonté, comme si le félon lui faisait un clin d'œil amical ou lui tapotait le bras.

Mais nous pouvons faire mieux. Par exemple, organiser cette cérémonie comme une répétition où ce Jedi tiendrait le rôle de ma sœur.

Dans son rêve, le Jedi comprend que le piège où il est tombé avait été tendu pour Jaina. Quelque chose ne colle pas, et il n'arrive pas à se rappeler quoi.

S'ils avaient voulu piéger Jaina, il y aurait eu une meilleure solution, mais laquelle ?

Cela lui échappe.

Comme toujours, le prophète s'oppose aux plans du traître : l'existence même du félon est un secret soigneusement gardé. Trop de gens, Yuuzhan Vong et esclaves, participeraient à cette répétition, et le secret n'en serait plus un.

Le secret ne nous est plus utile, insiste le traître. *Ma conversion à la Vraie Voie ne sert à rien si elle n'est pas connue. Je proclamerai ma foi à toute la galaxie le jour où nous prendrons ma sœur. En attendant, nous devons nous préparer. Si la cérémonie doit être parfaite, j'ai besoin de m'exercer.*

Vous exercer à quoi ? demande le prophète. *Un sacrifice n'est pas un rituel compliqué.*

La créature emplumée intervient :

Le Grand Sacrifice, quand il aura lieu, devra être un volontaire. La Jumelle marchera à sa mort avec enthousiasme, la tête haute et la joie au cœur, sachant qu'elle apportera la Vérité à cette galaxie.

Comme le fera ce Jedi, dit le traître. *C'est pour ça que vous m'avez transformé. Je dois l'amener à la Vérité. A la Lumière. Il entendra la Vérité sortir de ma bouche, et il verra la Lumière du Dieu que Je Suis briller dans mes yeux.*

Le prophète a l'air sceptique, mais il acquiesce.

Les préparatifs demanderont du temps.

Prenez le temps que vous voulez, dit le traître. *Quand tout sera prêt, je parlerai au Jedi.*

Comme toujours, le Chevalier Jedi puise dans la Force pour envoyer dans l'esprit du traître son refus et son horreur. Et il reçoit de nouveau l'équivalent mental d'un clin d'œil. Le traître ne montre d'aucune autre façon qu'il est conscient de la présence du Jedi.

Il se tourne vers le prophète.

Le jour venu, Ganner Rhysode marchera fièrement à mes côtés quand je le conduirai au Puits du Cerveau Planétaire, où nous offrirons sa mort aux Vrais Dieux.

C'est toujours à ce moment qu'une vague de terreur le renvoie dans l'obscurité, jusqu'à ce qu'il refasse surface pour reprendre le rêve au début. Et cela continue, encore et encore, comme si un acide lui brûlait le cerveau.

Jusqu'à ce que…

… Tremblant et haletant, Ganner Rhysode se réveille.

Se réveiller fut douloureux.

Quelqu'un lui avait enfoncé un bras dans la gorge, presque jusqu'aux bronches. A présent, le bras se retirait lentement, irritant les muqueuses de Ganner, qui s'étrangla, vomit et essaya de tousser. Au même instant, des tubes et des câbles sortirent de ses veines et de ses nerfs, traversant sa peau…

Ganner Rhysode, réveillez-vous ! Il en a été décidé ainsi !

Il savait qu'il avait été plongé dans un rêve, et qu'il était en train de se réveiller, mais il avait du mal à se libérer de l'emprise du songe.

Pourtant, ses paupières se soulevèrent péniblement.

Le bras qui se retirait de sa trachée artère n'en était pas

un, mais une branche noueuse à la surface couverte d'une boue ensanglantée. Les tubes qui sortaient de son corps ressemblaient aux dards de guêpes géantes qui avaient poussé sur les arbres à côté de lui.

Ganner était allongé dans un hamac apparemment fait de plantes grimpantes, mais qui bougeait sous lui, se contractant comme des serpents.

D'autres lianes pendaient du plafond, longues et noueuses. En réalité, c'étaient plutôt des tentacules, parce qu'elles aussi bougeaient, se contractaient et se dilataient. Et leurs contorsions produisaient des dessins incroyablement complexes.

Pourtant, ce n'étaient pas vraiment des tentacules, parce qu'ils n'ont pas de gros yeux globuleux et rouges qui semblent ne jamais se détourner de leur sujet – lui.

Drogué, pensa-t-il. *J'ai été drogué et j'ai des hallucinations.*

— Réveillez-vous, Ganner Rhysode ! Eveillez-vous à la Vérité !

C'était sûrement une hallucination : quand il tourna péniblement la tête pour voir qui lui donnait ces ordres pompeux et ridicules, le type ressemblait à Jacen Solo.

Ganner cligna des paupières et leva une main pour se frotter les yeux. Il découvrit ainsi qu'il n'était plus paralysé et pas attaché. Mais c'était tout comme : les alcaloïdes, dans son sang, lui donnaient l'impression que sa main était à peine plus légère qu'un destroyer.

Quand il regarda de nouveau, il voyait toujours Jacen.

Qui n'avait plus rien à voir avec le gamin de ses souvenirs.

Il était plus grand et plus large d'épaules. Ses boucles brunes, décolorées par le soleil, avaient maintenant des mèches blondes. Une barbe frisée poussait sur ses joues. Le visage plus maigre et plus élégant, il avait perdu l'air espiègle qui le faisait tellement ressembler à son père. Son expression, froide comme le duracier, rappelait désormais

Leia, quand elle dénonçait un sénateur corrompu, debout sur l'estrade du Chef de l'Etat, dans la Grande Rotonde.

Il portait une longue robe ample d'un noir intense. Un dessin complexe courait le long de ses manches, formant un réseau d'écarlate et de vert semblable à des artères qui auraient charrié de la lumière et pas du sang. Sur les épaules, il portait un surplis d'un blanc éclatant où scintillaient des runes indéfinissables.

Ganner ouvrit la bouche pour demander à quel bal masqué Jacen comptait aller dans ce déguisement ridicule. Mais avant que ses lèvres engourdies par la drogue aient pu former les mots, il se souvint.

Jacen Solo est un traître.

— Ne craignez rien, Ganner Rhysode, dit-il d'une voix étrange d'hypnotiseur. Réjouissez-vous, plutôt ! Le jour de votre Libération Bénie est arrivé.

— Est-ce que…, dit Ganner.

Il dut s'arrêter pour se racler la gorge, car il n'avait pas parlé depuis des jours.

— Ça signifie que vous allez me laisser partir ?

— Les Dons des Vrais Dieux sont au nombre de trois, pontifia Jacen. La vie est le premier, pour que nous puissions les servir. C'est le plus véniel de leurs Dons. Ensuite, ils nous offrent la douleur, pour nous montrer que la valeur de la vie réside uniquement dans la foi. C'est un Don plus important. Mais le plus grand de tous est la mort. C'est ainsi qu'Ils nous libèrent du fardeau de la douleur et de la malédiction de la vie. Voilà la récompense qu'Ils nous octroient ! La grâce accordée libéralement même aux infidèles et aux injustes…

Prisonnier. Drogué. Sans défense. Et sur le point d'être assassiné.

Heureusement que j'ai été si prudent et discret, pensa Ganner, *sinon, j'aurais pu m'attirer de sérieux ennuis !*

— Euh, bon, vous savez, ces dieux farfelus… Je suppose

qu'ils ont de bonnes intentions, mais ils ne savent pas où s'arrêter. Ils sont *fichtrement* trop généreux ! Je me contenterais sans problème de leur *premier* Don. Les deux autres peuvent attendre…

— Silence ! ordonna Jacen, les bras levés comme s'il s'adressait à une foule du haut d'une montagne. Ne gaspillez pas votre souffle. Ecoutez maintenant les traditions de la Vraie Voie.

Jacen s'interrompit et ferma les yeux. Il oscillait comme s'il allait s'évanouir.

— Jacen ?

Une main se tendit et un doigt impérieux se leva. *Attendez.*

— Jacen, que t'ont-ils fait ? Quoi que ce soit, nous pourrons arranger les choses. Tu dois revenir avec moi. Tu ignores ce qui est arrivé. Jaina… Tout le monde a besoin de toi. Je ne comprends pas ce que tu as subi, mais peu importe. Et quoi que *tu* aies fait, ça n'est pas ta faute. Nous t'aiderons…

Jacen ouvrit les yeux et sa paupière gauche retomba – un clin d'œil appuyé !

Ganner se tut.

Jacen rebaissa les paupières.

Lentement, tous les yeux qui pendaient au bout des tentacules-lianes l'imitèrent.

Puis les tentacules se détendirent.

Jacen baissa les bras et ouvrit les yeux.

— Comment vous sentez-vous ? Vos forces sont-elles revenues ? Pouvez-vous marcher ?

Sa voix était redevenue celle d'un adolescent – mais plus vieux que son âge apparent.

Vieux. Trop vieux. C'était le plus étrange… Dans son regard brillait une sagesse froide et trop *ancienne*, comme s'il avait appris des vérités amères. Avec ces yeux-là, il ne ressemblait plus du tout à un Solo.

— Que… Que se passe-t-il, Jacen ?

— Nous pouvons parler maintenant, mais pas long-temps. J'ai persuadé les créatures qui nous surveillaient de faire une petite sieste.

— Les créatures ? Qui nous surveillaient ? Je ne…

— Elles nous observaient. Voilà la raison de la stupide démonstration que je t'ai infligée. Les Yuuzhan Vong ont décidé que je suis la réincarnation d'un de leurs Dieux Jumeaux.

Ganner n'en crut pas ses oreilles. Sa vie était devenue une suite de bizarreries inexplicables.

— J'ai eu ce rêve… au sujet d'un sacrifice. Tu étais sur le point de me tuer, puis de chercher Jaina et de la tuer aussi. C'était simplement un rêve, n'est-ce pas ?

Jacen plongea la main dans sa manche et en tira une bourse similaire à celle qui contenait le poison de contact, dans le vaisseau-camp. Celle-là libéra également un mor-ceau de tissu humide. Le jeune Jedi badigeonna les blessu-res de Ganner aux endroits où les tubes-lianes s'étaient retirés.

— Pour le moment, ils ne peuvent pas nous voir et nous entendre. Bientôt, des gens viendront voir pourquoi. Nous devons être prêts à partir dès qu'ils arriveront.

— Partir ? Partir où ? Jacen, où sommes-nous ? Que fais-tu ? C'est quoi, ce cinéma ?

Partout où le tissu humide l'effleurait, Ganner cessait de saigner. L'énergie revint dans ses muscles affaiblis par la drogue.

— Nous sommes sur Yuuzhan'tar, dit Jacen en continuant de soigner son ami. La planète natale des Yuuzhan Vong.

Ganner avait entendu ce nom circuler parmi les réfugiés du vaisseau-camp.

— Tu veux dire *Coruscant*.

— Non.

— Changer de nom n'en fait pas la…

— Les Yuuzhan Vong remodèlent tout ce qu'ils touchent,

dit Jacen. Ce n'est pas une question de nom. Je m'appelle toujours Jacen Solo.

Ganner fronça les sourcils.

Un instant plus tard, Jacen sembla se souvenir de ce qu'il faisait. Il laissa tomber le tampon de tissu et prit une longue tunique blanche.

— Lève-toi et mets ça.

A son grand étonnement, Ganner s'aperçut qu'il pouvait désormais bouger sans peine. Il s'assit et passa les jambes par-dessus le bord de son hamac. Les Yuuzhan Vong lui avaient laissé ses bottes et son pantalon, mais il fut reconnaissant à Jacen de lui avoir proposé un vêtement. Etre torse nu le mettait mal à l'aise. Il se leva et enfila la tunique, étonné de se sentir aussi bien. Etre habillé, pouvoir se mettre debout... Il n'aurait jamais imaginé que de si petites choses pouvaient vous combler de joie.

Un chatoiement lui fit baisser les yeux vers sa tunique. Des motifs semblables à ceux de la robe de Jacen miroitaient dessus, mais les siens étaient noirs et verts sur fond blanc.

— Qu'est-ce que c'est ?

— Ta robe de sacrifice. Pour la procession qui te conduira jusqu'au Puits du Cerveau Planétaire.

Ganner se souvint de son rêve.

Le jour venu, Ganner Rhysode marchera fièrement à mes côtés quand je le conduirai au Puits du Cerveau Planétaire, où nous offrirons sa mort aux Vrais Dieux.

— Pas question que je porte ça !

— Oh si !

— Tu joues la comédie pour m'embrouiller les idées !

Un des Dieux Jumeaux n'était-il pas censé être celui de la fourberie ? Ce que disait Jacen était-il vrai ?

— Tout ça, c'est une ruse. Tu me mens.

— C'est exact...

Ganner s'immobilisa et regarda Jacen à travers le col de la tunique, qu'il avait déjà à demi enlevée.

Les lèvres du jeune homme se plissèrent – un sourire en coin typiquement Solo.

— Tout ce que je te dis est faux.

— Pardon ?

— Toute parole est forcément un mensonge. La vérité est plus grande que les mots que nous utilisons pour la décrire.

— Je le savais ! C'est un piège !

— Oui. Mais pas pour toi.

Ganner fut incapable de répondre. Comment faire le lien entre ce Jacen et le gamin joyeux aux cheveux noirs qu'il avait connu ? Il eut un instant d'espoir insensé : ce Jacen-là n'était peut-être pas le vrai. Le traître qui avait promis de l'immoler devait être un imposteur créé dans une cuve de modeleur yuuzhan vong.

— Euh, Jacen… Tu es *toi*, n'est-ce pas ?

Ganner grimaça.

Quelle question stupide ! Même de ma part…

— Non, dit l'homme qui ressemblait à Jacen Solo, en plus vieux et en plus triste. Je ne le suis pas. Mais je l'étais.

— Je ne comprends pas.

Jacen soupira.

— Penser à moi comme à Jacen Solo servira seulement à te plonger dans la confusion. J'ai été le jeune garçon que tu as connu, Ganner, mais je ne le suis plus.

— Pourtant, tu es en vie, dit Ganner en remettant la tunique. C'est la seule chose qui compte. Je t'ai trouvé. Après tout ce temps. C'est ça qui importe. Tu es *vivant*.

— Non.

— C'est important ! insista Ganner. Tu ignores à quel point. Apprendre que tu es en vie sera formidable pour la Nouvelle République ! Et pour *Jaina*…

— Mais je ne le suis pas.

Ganner sursauta.

Jacen avait l'air infiniment triste.

— Je ne comprends pas.

— Je n'y peux rien.

— Jacen, ne sois pas ridicule...

Le vide envahit de nouveau les yeux du jeune Jedi.

— Je suis mort depuis des mois, Ganner. Peu après Myrkr. Mais je ne me suis pas encore décidé à m'allonger sous terre.

Un frisson glacial courut le long de l'échine de Ganner.

— Tu es... *mort* ?

— C'est exact. Et toi aussi.

Une partie des explications de Jacen était sensée. Les rumeurs savamment distillées qui conduisaient au « piège », sur le vaisseau-camp, n'avaient jamais été prévues pour attraper réellement quelqu'un. Jacen tentait de gagner du temps. A mesure que les semaines passaient sans apporter de résultat, il espérait que Nom Anor perdrait patience et le ferait revenir.

Si Jacen avait vraiment voulu capturer Jaina, il lui aurait suffi de rouvrir le lien dans la Force qui les unissait depuis leur naissance. Alors, rien, dans la galaxie n'aurait empêché sa jumelle de le retrouver.

— Rien dans la galaxie ne peut empêcher Jaina de faire ce qu'elle a décidé. Je dois donc garder cette partie de moi fermée. Si elle découvre que je suis vivant, elle se lancera à ma poursuite. Et ça lui coûterait la vie. Comme à Anakin. Et comme à moi. (L'étrange tristesse revint sur le visage de Jacen.) Et comme à toi.

Ganner ne releva pas. De toute évidence, le cerveau de Jacen ne fonctionnait pas à cent pour cent. Avec ce qu'il avait enduré, on ne pouvait pas le blâmer.

— Et si elle était venue sur le vaisseau-camp, malgré tout ?

Jacen ferma les yeux et les rouvrit, trop lentement pour qu'on puisse appeler ça battre des paupières.

— Alors, j'aurais eu cette conversation avec elle. Et tu aurais pu vivre jusqu'à un âge avancé.

Jacen avait senti l'arrivée de Ganner des jours à l'avance, et il avait tout mis en œuvre, compte tenu des circonstances, pour le décourager. La crainte paralysante, la conviction qu'il courait à sa mort, et même la compulsion de tourner les talons et de fuir, lui avaient été envoyées par Jacen pour le repousser.

— Mais rien n'a marché, soupira Jacen. Si tu avais été moins courageux, tu aurais pu survivre…

— Euh, oui, je suppose…, dit Ganner, hésitant. Mais, Jacen… Tu comprends que je ne suis pas réellement mort, n'est-ce pas ?

— C'est toi qui as besoin de comprendre, Ganner. Tu es *réellement* mort. Revenir vers cette cellule du vaisseau-camp t'a coûté la vie.

Jacen s'appuya contre le mur, l'air épuisé.

— Les guerriers qui étaient avec moi voulaient t'abattre immédiatement. Pour t'échapper, il t'aurait fallu mon aide. Et si j'avais montré que j'étais toujours un Jedi, le pilote aurait déclenché le basal dovin et détruit le vaisseau.

— Et les guerriers aussi ?

— Les missions-suicide sont un *honneur* pour les Yuuzhan Vong. Tu sais, ces âneries sur la Libération Bénie ? Ce n'est pas seulement un dogme. Ils y croient dur comme fer.

Dans la profonde tristesse du regard de Jacen, Ganner lut qu'il y croyait un peu lui aussi.

— Nous sommes tous deux morts depuis longtemps, Ganner. Et aujourd'hui… (Jacen se redressa, prenant l'attitude d'un homme qui ne connaît pas la fatigue.) Aujourd'hui, nous cesserons de respirer.

— Alors, pourquoi ne pas les avoir laissé me tuer ?

— Parce que j'ai besoin de toi. Nous avons tous les deux une chance que notre mort *serve* à quelque chose.

Jacen lui expliqua que le « sacrifice » était une ruse pour entrer dans ce qu'il appelait le Puits du Cerveau Planétaire. Ganner comprit que ce « cerveau » était une sorte d'ordinateur central organique, modelé par les Yuuzhan Vong pour recréer l'écologie de leur monde d'origine. Jacen se triturait les méninges depuis des semaines pour trouver un moyen d'accéder au Puits, un crâne impénétrable destiné à protéger le Cerveau Planétaire.

Les Yuuzhan Vong, particulièrement Nom Anor, qui supervisait l'évolution de Jacen, ne l'avaient jamais laissé approcher du cerveau. Ils n'étaient pas encore persuadés de la complète sincérité de sa « conversion ».

Ganner comprenait. Lui n'était pas entièrement convaincu du contraire…

— J'attends depuis longtemps l'occasion de passer dix minutes seul dans le Puits du Cerveau Planétaire. Ganner, ton « sacrifice », m'en donnera le moyen. Tout ce qu'il me faut, c'est un prétexte pour y entrer.

— Et que feras-tu, une fois dans les lieux ?

— J'apprendrai aux Yuuzhan Vong comment l'univers fonctionne en réalité.

Un frisson courut le long de l'échine de Ganner, comme si une ombre glaciale s'était glissée dans la Force.

— Je ne comprends pas…

— Tu n'en as pas besoin. Répète après moi : « J'ai vu la Lumière de la Vraie Voie, et je viens aux Dieux avec la joie dans le cœur, plein de gratitude pour leur Troisième Don. »

— Tu es *cinglé* !

Jacen acquiesça, comme s'il avait réfléchi à la question et conclu que cette possibilité était envisageable.

— Je ne te demande rien, Ganner, je *propose*. En réalité, je n'ai pas besoin de ta coopération. Dix minutes après notre entrée dans le Puits du Cerveau Planétaire, nous serons morts tous les deux, que tu joues le jeu ou pas.

— Alors, pourquoi devrais-je accepter ?

— Et pourquoi pas ?

— Comment savoir si je peux me fier à toi ? Ou si je ne ferais pas mieux de te sauter dessus tout de suite ? Je sais que tu es plus fort maintenant, Jacen, bien plus que je ne l'ai jamais été. Je l'ai senti dans le vaisseau-camp. Tu peux me tuer, si tu le veux. Mais moi, je peux t'obliger à le faire *ici*.

Jacen ouvrit les mains.

— Choisis, et agis.

— Choisir ? Que veux-tu dire ?

— Choisis de mourir ici, pour rien, ou de périr dans le Puits du Cerveau Planétaire, où ta fin changera le destin de la galaxie.

— Comment savoir si je peux te faire confiance ?

— Tu ne le peux pas. (Le visage de Jacen s'adoucit, et il fit à Rhysode le demi-sourire caractéristique des Solo.) La confiance, Ganner, est toujours un acte de foi.

— Facile à dire, pour toi !

— Je suppose… Tu veux savoir à quel point je te fais confiance ?

Il plongea la main dans les plis de sa robe, la ressortit et ouvrit le poing.

— Voilà.

Dans sa main reposait un sabre laser.

Ganner le regarda et cligna des yeux.

L'objet resta un sabre laser.

— Prends-le, dit Jacen. Et utilise-le, si tu le désires. Même si tu décides de le retourner contre moi.

— Tu me donnes ton *sabre laser* ?

— Ce n'est pas le mien. Vas-y. Prends-le.

— Encore une ruse ? Un faux sabre ? Qui explosera dans ma main ?

— Ce n'est pas un faux, dit Jacen. Ni une ruse.

Il tendit le sabre laser une troisième fois à Ganner.

— C'est celui d'Anakin...

— Celui d'*Anakin* ! (Ganner eut le sentiment que la foudre était tombée et l'avait raté de peu.) Comment l'as-tu eu ?

— Une amie l'a mis de côté pour moi...

Jacen eut l'air surpris d'entendre ces mots sortir de sa bouche. Puis il répéta, comme s'il avait du mal à le croire lui-même :

— Oui, une amie...

— Et tu me le donnerais ?

— Tu pourrais en avoir besoin, puisque j'ai détruit le tien.

La main de Ganner trembla quand il saisit le sabre laser. Lisse et brillant, il était tiède au toucher à cause de la chaleur corporelle de Jacen. Il perçut sa structure dans la Force, la façon dont il était assemblé, l'originalité du concept qui en faisait celui d'Anakin. Il sentait l'essence du jeune homme à travers la poignée.

Et il détecta un vide : là où son propre sabre avait contenu une gemme Corusca, il n'y avait rien, un espace vide dans la Force. Mais avec ses yeux physiques, il vit que la poignée contenait une améthyste brillante.

Il appuya sur un bouton et la lame jaillit en crépitant.

Elle éclaira la salle entière d'une étrange lueur violette.

— Où est le tien, Jacen ?

— Je n'ai pas vu mon sabre laser depuis Myrkr. Pour ce que je dois faire, une arme ne servirait à rien.

— Mais... Mais...

Un bruit de course retentit de l'autre côté d'un mur qui portait une déchirure semblable à des lèvres serrées. Des voix parvinrent à leurs oreilles, crachant des paroles incompréhensibles dans la langue gutturale des Vong.

— Ils sont là, dit Jacen. (Il désigna le sabre laser, dans la main de Ganner.) Cache ça ! S'ils le trouvent, ils nous tueront tous les deux. (Il eut un sourire ironique.) Je veux dire, ils nous tueront *trop tôt*.

Ganner hésita. Son rêve lui avait semblé plus sensé et réel que tout ce qu'il entendait maintenant. Il brandit le sabre laser d'Anakin comme s'il avait oublié que c'était une arme sacrée.

— Tu dois m'aider à comprendre !

— Souviens-toi d'une seule chose, répéta Jacen : « J'ai vu la Lumière de la Vraie Voie, et je viens aux Dieux avec la joie dans le cœur, plein de gratitude pour leur Troisième Don. »

Pendant que Ganner le regardait sans comprendre, l'orifice du mur s'ouvrit et se transforma en un sas qui donnait sur un immense hall.

Rhysode sursauta et faillit lâcher le sabre tandis qu'il le désactivait, juste avant de le glisser dans une manche de sa tunique.

Le hall était bondé de guerriers Yuuzhan Vong aux visages scarifiés, les armes à la main, raides comme des piquets.

Devant eux, près de l'ouverture, se tenaient deux Vong membres d'une caste que Ganner ne reconnut pas. Très nerveux, ils serraient les rênes de deux créatures reptiliennes aussi grandes que des banthas.

Ces monstres forçaient le sphincter à s'ouvrir au maximum en l'écartant avec leurs pattes griffues. A quelques pas de là, une dizaine de Vong vêtus de costumes qui semblaient animés d'une vie propre formaient un demi-cercle autour de deux personnes.

L'une d'elle portait l'immense coiffe épineuse qu'affectionnaient les maîtres modeleurs, d'après ce que Ganner avait entendu dire. L'autre était vêtue d'une longue robe noire et sa bouche sans lèvres souriait.

Ganner reconnut ce sourire : il l'avait vu dans son rêve.

Nom Anor.

Jacen affronta calmement les Vong.

— Que signifie cette interruption ? demanda-t-il, de sa voix tonitruante de réincarnation divine. Comment osez-vous Me déranger alors que Je partage la Lumière ?

Nom Anor avança et se pencha vers Jacen.

— Excellent, Jacen Solo, murmura-t-il. Vous jouez le rôle à la perfection. (Puis il recula, et lança à voix haute, pour que le reste de l'assemblée l'entende.) Les créatures de surveillance ont toutes perdu conscience. Nous étions inquiets. Tout va bien ?

— Votre question est une *insulte*, cracha Jacen avec une superbe arrogance.

Les sourcils de Nom Anor frémirent comme s'il réprimait un sourire. Mais le maître modeleur et les autres Yuuzhan Vong en robes – des prêtres, devina Ganner – semblèrent le prendre au sérieux. Certains sursautèrent.

— Rien ne peut arriver qui ne soit pas Ma Volonté. Si ces créatures dorment, c'est parce que Je l'ai voulu ainsi !

J'adore la façon dont il dit une vérité en lui donnant l'air d'être un mensonge, pensa Ganner.

Jacen se tourna vers lui, l'air régalien.

— Dites à ces créatures faibles et sans foi ce qui s'est passé dans cette salle.

Ganner cligna des yeux.

— Je… hum… je…

— Parlez ! Car Je l'ordonne !

Du côté de son visage invisible par les Vong, la paupière de Jacen s'abaissa un instant.

Ganner comprit soudain qu'il n'avait pas besoin d'être sûr.

Seulement de prendre une décision.

De toute manière, il était mort. La seule question en suspend était de savoir *comment* il mourrait.

— J'ai vu la Lumière de la Vraie Voie ! cria-t-il d'une voix étonnamment calme.

Cachées par ses manches, ses mains serraient le sabre laser d'Anakin, comme s'il s'agissait d'un talisman.

— Et je… hum… je viens aux Dieux avec la joie dans le cœur, et plein de *gratitude* pour leur Troisième Don.

Vraiment ? pensa Nom Anor, l'air de ne pas croire un mot de ce qu'on voulait lui faire avaler.

— *Tchurokk sen khattazz, al'Yun !* cria un des prêtres.

— *Tchurokk'tiz Tchurokk !* beuglèrent les guerriers.

Eh bien, ils y mettent du cœur, pensa Ganner, plutôt dérouté.

On eût dit que les guerriers acclamaient quelqu'un.

— Que disent-ils ? souffla Rhysode à Jacen.

— Ils M'offrent une ombre du respect qui M'est dû. Les mots signifient : « Admirez la réincarnation du Dieu. »

— *Tchurokk sen Jeedai* Ganner ! *Tchurokk'tiz !*

— *Tchurokk !*

— Et ça ? Ça veut dire qu'ils m'aiment bien aussi ?

— Non, ils ne vous aiment pas, dit soudain Nom Anor, avec l'expression vorace d'un Hutt affamé. Personne ne vous *aime*. Les guerriers honorent votre sacrifice volontaire aux Vrais Dieux.

— Oui, mon… sacrifice volontaire. Les Vrais Dieux. Exact. Alors, qu'attendons-nous ?

— Rien, dit Nom Anor. Il est temps de commencer le spectacle !

CHAPITRE XIII

LA MALADIE DE LA GLOIRE

Marchant un pas derrière Jacen, Ganner essayait d'avoir l'air solennel et digne. Mais la nausée lui fit perler des larmes au coin des yeux.

Il essaya de penser à autre chose. N'importe quoi d'autre. S'il continuait à se concentrer sur son état physique, il tomberait à genoux et vomirait tripes et boyaux.

Les Yuuzhan Vong que Ganner tenait pour des prêtres les entouraient à une distance prudente – environ dix mètres. Devant eux, escorté par des guerriers, avançaient Nom Anor et le modeleur, un grand type avec une sale tête et des tentacules d'un côté de la bouche.

Ouvrant la marche, une série de guerriers mutilés portaient des créatures de formes et de tailles variées. Ils les tordaient et les pinçaient en avançant pour transformer en une étrange musique rythmique leurs cris de douleur cacophoniques.

Derrière les prêtres, une armée entière défilait. Ses membres portaient les bannières de leur unité, faites d'arbrisseaux sur lesquels ondulaient des cilias de couleurs variées. Un spectacle qui aggravait la nausée de Ganner.

Mais elle n'était pas seulement due à ces étranges créatures. Cette affaire le rendait de plus en plus malade. Il détestait tout ça !

Jacen lui parla à voix basse histoire de lui fournir quelques informations sur la culture et la biotechnologie des Yuuzhan Vong. Il bougeait à peine les lèvres pour que personne ne s'aperçoive qu'il parlait. Ganner comprenait la moitié de ce qu'il entendait, et il aurait parié qu'il ne se souviendrait pas du quart.

Impossible de se concentrer sur ce que Jacen lui expliquait, puisque toute son énergie était mobilisée sur la nécessité d'empêcher ses jambes tremblantes de se dérober. De plus, quelle importance qu'il se souvienne ou pas ? Il ne vivrait pas assez longtemps pour en parler à quelqu'un.

Ce n'était pas la peur qui le rendait malade. Bien entendu, il craignait la mort, mais il avait déjà affronté ce problème avant, sans écoper d'une nausée aussi puissante.

Il serrait le sabre laser d'Anakin, caché dans ses manches. Ce contact seul, solide et lisse, lui permettait de garder une expression sereine.

Etait-ce la planète elle-même qui le rendait malade ?

Il s'était cru prêt à affronter la vue de Coruscant. Pendant son enquête, il avait entendu des dizaines de récits de réfugiés. La jungle qui avait envahi la cité-monde en ruine lui avait été décrite en détail. On lui avait parlé de l'anneau orbital éblouissant que certains appelaient le Pont. Et il savait que les Yuuzhan Vong avaient modifié l'orbite de Coruscant pour la rapprocher de son soleil.

Mais écouter des histoires et découvrir une atroce réalité étaient deux choses bien différentes.

Sur ce monde, l'air affreusement humide sentait aussi mauvais que l'antre d'un singe-lézard.

La procession avança dans l'immense labyrinthe végétal qui formait un mur de branches d'où sortaient des épines acérées qui atteignaient parfois la longueur du bras de Ganner.

Des milliers de Yuuzhan Vong de castes inconnues de Ganner grimpaient le long de ce mur. Ils le décoraient d'épiphytes colorés et de lianes ou y suspendaient des cages vivantes et des nids occupés par une quantité hallucinante de créatures si bizarres que Ganner ne les voyait pas réellement, car son cerveau essayait de reconnaître des insectes, des reptiles, des rongeurs ou des félins, alors qu'elles ne ressemblaient à rien qu'il connût.

Il saisit certaines explications de Jacen. Le labyrinthe avait deux fonctions. Il servait de boulevard de cérémonie et défendrait le Puits du Cerveau Planétaire si Yuuzhan'tar était un jour envahie. Arrivées à maturité, les épines se rencontreraient au-dessus de l'avenue, formant un tunnel de vingt mètres de haut et trente de large aussi résistant que le duracier, à l'épreuve du feu et assez élastique pour absorber les ondes de choc des explosifs.

En outre, les épines contiendraient une neurotoxine assez puissante pour détruire instantanément le système nerveux de toute créature. Enfin, les troupes d'invasion devraient suivre la même route que la procession, semée de dizaines de points d'embuscade.

De temps en temps, à travers les ouvertures du labyrinthe en cours de construction, Ganner apercevait leur destination.

Le Puits du Cerveau Planétaire était entouré par une montagne de corail yorik haute d'un kilomètre et large de deux. Même enterrée, la forme recouverte par la montagne de corail était reconnaissable par quiconque avait déjà visité Coruscant.

Ganner savait ce qu'avait été ce lieu. Et c'était probablement ça qui le rendait aussi malade.

Le Puits du Cerveau Planétaire portait jadis le nom de « Sénat Galactique ».

Il avait résisté au bombardement, malgré quelques dégâts mineurs. Un millier d'années plus tôt, son architecte avait annoncé que toute arme assez puissante pour le détruire ferait aussi exploser la planète. Même si c'était exagéré, ce bâtiment restait sans nul doute un des plus solides jamais construits.

La destruction totale du Hall du Sénat, dix ans plus tôt, n'avait pas endommagé la structure de base. La Grande Salle de Réunion de la Nouvelle République avait été érigée sur les fondements de l'ancienne. La construction en ruche d'abeilles du Sénat lui donnait une résistance similaire à celle du corail yorik. Seuls des coups directs pouvaient provoquer quelques dégâts.

Selon Jacen, quand le corail yorik aurait digéré le permabéton et le transpacier et fini d'utiliser les minéraux pour fabriquer son propre squelette, les Yuuzhan Vong auraient transformé la vantardise de l'architecte d'origine en prophétie.

Toute arme susceptible d'affecter le Cerveau Planétaire devrait être assez puissante pour détruire aussi la planète.

Les Yuuzhan Vong ne s'étaient pas arrêtés là : ils avaient également installé sur le dôme une batterie défensive de basals dovin. Même si la Nouvelle République faisait sauter la planète, le Puits survivrait sous la forme d'un vaisseau autonome, préservant ainsi le Cerveau, sa réserve génétique irremplaçable et ses précieuses capacités.

Mais la conversion n'était pas encore complète. Il restait quelques points faibles dans la structure, par exemple, le secteur endommagé par la bombe qui avait explosé dans le bureau de Borsk Fey'la.

— Quelqu'un a bombardé le bureau de Fey'la ? marmonna Ganner, derrière Jacen. Avant ou après l'invasion ?

Jacen désigna les ruines du Palais Impérial envahies par la jungle. On y voyait un cratère de plus d'un demi-kilomètre de diamètre.

— Il paraît que Fey'la a fait sauter la bombe lui-même. On dit qu'il a éliminé vingt-cinq mille guerriers d'élite et une multitude d'officiers vong, y compris le chef de l'invasion.

— *On* dit ? Qui ?

— Les Yuuzhan Vong eux-mêmes. Ils admirent ce genre d'action. Pour eux, Fey'la est désormais un héros mineur.

— Ça prouve qu'ils ne le connaissaient pas aussi bien que nous.

— Et peut-être aussi que ne le connaissions-nous pas aussi bien que nous aurions dû…

Ganner ne sembla pas convaincu. Cette conversation ne faisait rien pour améliorer son état.

— Comment sais-tu que tout ça n'est pas un test ? demanda-t-il. Qu'il n'y aura pas une compagnie de guerriers, dans le Puits, prêts à te tuer au premier signe suspect ?

— Je ne peux pas être sûr. Mais on m'a dit que les Yuuzhan Vong considéreraient une ruse pareille comme un sacrilège. Ils n'autoriseraient pas des guerriers à tendre une embuscade à l'intérieur du Puits.

— On te l'a dit ? Qui ?

— Une amie. Vergere.

Ganner fronça les sourcils au souvenir de la créature qui avait hanté ses rêves.

— *La* Vergere ? Celle qui était la favorite de la tueuse Yuuzhan Vong ?

— Celle qui a guéri Mara avec ses larmes. Et dont les larmes t'ont guéri aussi.

— Celle qui t'a livré aux Yuuzhan Vong, ajouta Ganner, de plus en plus mal à l'aise. Es-tu sûr qu'elle est de notre côté ?

— Notre côté ? Celui de la Nouvelle République ? J'en doute…

Rhysode eut soudain l'envie irrésistible de voir le visage de Jacen. Il y avait quelque chose de bizarre dans la façon dont il inclinait la tête…

— J'ignore de quel côté elle est, continua le jeune homme. Et je ne suis même pas sûr qu'elle admette l'existence des « côtés ».

— Mais tu lui as dit ce que tu prévoyais de faire ! Comment peux-tu te fier à elle ?

— Parce que j'ai décidé de croire qu'elle ne me trahirait pas.

Ganner entendit l'écho de paroles prononcées plus tôt par Jacen.

La confiance est toujours un acte de foi.

Ça ne calma pas sa nausée, bien au contraire. Le monde tourbillonnait autour de lui comme s'il était plongé dans une cuve de gélatine en fusion.

Le labyrinthe d'épines se termina soudain, ouvrant sur une immense chaussée composée par des troncs entrelacés d'arbres vivants. De chaque côté de la voie, leurs branches feuillues se tendaient vers le soleil. La chaussée mesurait au moins cent mètres à sa base. Elle rétrécissait à mesure qu'elle montait, formant une rampe dont l'extrémité touchait la Grande Porte du Sénat Galactique, une double plaque de duracier renforcée comme la coque d'un destroyer et ornée du Grand Sceau Galactique, entouré par ceux des Milliers de Mondes.

Le corail yorik avait été modelé pour qu'on puisse encore entrer. Une écoutille végétale immature d'une taille incroyable, même à ce stade précoce, laissait libre le tiers central de la Grande Porte.

Quand l'avant-garde monta le long de la chaussée, sa musique-hurlements martiale devint une mélodie solennelle. Ce changement de rythme sapa les dernières forces de Ganner. Ses genoux cédèrent et il s'effondra sur le sol, roulé en boule.

Il ferma les yeux pour chasser son envie de vomir.

— Ganner ? Ganner, que se passe-t-il ? demanda la voix de Jacen au-dessus de lui. Allons, Ganner, debout ! Il le faut !

Rhysode fut incapable de se lever. Il ne pouvait plus parler ni ouvrir les yeux. Les troncs d'arbres qui composaient la chaussée, sous lui, étaient bien plus frais que le soleil qui brûlait la moitié exposée de son corps.

Il ne demandait pas grand-chose : qu'on le laisse mourir là où il était, sans délai…

Le grognement rauque de voix vong résonna derrière lui – deux voix, l'une impérieuse et dédaigneuse et l'autre onctueuse et conciliante.

Puis il entendit Nom Anor parler en basique, plus près de lui.

— Le Seigneur Modeleur demande pourquoi le Jedi est affalé comme un brenzlit malade. Je lui ai *menti*, Jacen Solo, en prétendant que les humains montraient ainsi leur révérence pour les Vrais Dieux. Obligez cette pathétique parodie de Jedi à se lever et à affronter le sacrifice… Avant que le Seigneur Modeleur s'aperçoive que je l'ai abusé.

— Ce n'est qu'un humain, répondit Jacen. On ne peut pas garder un homme sous sédatif pendant des semaines et espérer qu'il supporte une marche forcée. Il est faible parce qu'il est *malade*.

Ganner brûlait de honte. Jacen mentait pour le défendre. Sa faiblesse n'était pas physique. Et entendre le jeune homme lui trouver des excuses rendait les choses encore pires.

Tout le monde doit mentir pour moi, pensa-t-il. *Tout le monde feint de croire que je ne suis pas une créature pathétique et inutile. Mais je ne peux plus faire semblant. Je ne peux plus !*

La haine de lui-même l'envahit comme si un acide lui brûlait la gorge. Ses yeux s'emplirent de larmes. Dans la manche de sa robe, il trouva la touche d'activation du sabre d'Anakin. Sans comprendre pourquoi il faisait ça, il appuya l'arme contre sa poitrine. Il suffirait d'une geste, et la lame violette traverserait sa chair de couard et apporterait l'oubli à son cœur de lâche…

— Ganner, nous sommes presque arrivés, murmura Jacen. Ne me lâche pas maintenant…

— … regrette… peux pas faire ça…, souffla Ganner.

Les bras serrés sur la poitrine, autour de son estomac rebelle, il marmonna encore :

— … peux pas… Désolé, Jacen…

Ses doigts se crispèrent sur le bouton d'activation…

Des mains invisibles le saisirent sous les bras et le soulevèrent. On allait le porter comme un bébé, mais la procession reprendrait son ascension vers la Grande Porte.

Les jambes de Rhysode se balançaient sous lui sans qu'il leur ordonne de bouger. Tout son corps crépitait sous l'effet de la Force.

Jacen le portait.

— Vous avez vu ? dit Jacen à Nom Anor. Il va bien. Retournez à votre place, et rassurez le Seigneur Modeleur.

Suspendu dans le réseau invisible de Force généré par Jacen, Ganner étouffait d'humiliation. Nom Anor s'éloigna.

Rhysode aurait aimé mourir sur-le-champ !

Toute sa vie, il avait eu un seul rêve : devenir un héros. Non, même pas ça… Il aurait voulu entrer dans une pièce pleine d'inconnus, et entendre quelqu'un dire : « C'est Ganner Rhysode, un homme qui sait s'y prendre pour faire bouger les choses. »

Ça, pour savoir m'y prendre, je sais m'y prendre ! Mais pour que des choses innommables m'arrivent. Drôle de héros. Plutôt une demoiselle en détresse…

Voilà, il avait compris ce qui le rendait malade.

Lui-même.

Il en avait assez d'être Ganner Rhysode. Essayer d'être un héros ou tenter de ne pas en être un le dégoûtait. Il en avait marre d'être un Jedi médiocre, un pilote minable et un chef peu doué.

Bref, un raté.

L'avant-garde se sépara en arrivant devant la Grande Porte et se plaça de chaque côté de la chaussée.

Les guerriers qui accompagnaient Nom Anor et le Seigneur Modeleur se mirent en ligne devant les autres. Les prêtres s'agenouillèrent, le front plaqué sur la chaussée.

Jacen avançait d'un pas tranquille. Les Yuuzhan Vong ne se doutèrent pas un instant qu'il portait Ganner dans un réseau invisible de Force.

Il s'arrêta devant la Grande Porte et fit avancer Ganner jusqu'à lui. Autour d'eux, la planète vivante s'étendait à perte de vue, immense jungle modelée sur un squelette de permabéton et de transpacier.

— Ganner, peux-tu tenir debout ? murmura Jacen. Pas la peine de marcher, il suffira de ne pas t'écrouler. Je dois m'occuper d'autre chose…

Rhysode se concentra pour ravaler sa honte et son dégoût de lui-même. Il puisa dans la Force pour se tenir droit et rendre sa voix plus ferme.

— Oui, oui… Je vais bien, mentit-il. Merci.

Jacen eut un sourire en coin typiquement Solo.

— Tu aurais fait la même chose pour moi.

Comme si ça avait jamais risqué d'être nécessaire, pensa Ganner.

Jacen se tourna vers les milliers de Yuuzhan Vong et leva les bras.

— *Je suis Jacen Solo ! Je suis un humain ! Et j'étais un Jedi !* dit-il d'une voix tonitruante.

— *Nikk pryozz* Jacen Solo *! Nikk pryozz* humain *! Nikk pr'zzyo Jeedai !* cria la foule.

— *Désormais, je suis un serviteur de la Vérité !*

Ganner fronça les sourcils en entendant ces mots. Pour quelqu'un qui jouait un rôle, Jacen paraissait tellement *sincère*…

Rhysode sentit une onde parcourir la Force, à la manière d'un vent violent. Elle passa à côté de lui sans le toucher.

La Grande Porte s'ouvrit, ses battants dévoilant l'intérieur de l'Atrium, plongé dans la pénombre, et les couloirs obscurs du Grand Hall.

Jacen leva les paumes comme s'il voulait toucher le Pont, loin au-dessus de leurs têtes.

— Soyez témoins ! cria-t-il.

— *Tchurokk !* brailla la foule.

— Soyez témoins de la volonté des dieux !

Avant que l'assistance ait le temps de lancer le cri « *Tchurokk Yun'tchilat* », Jacen se détourna et franchit la Grande Porte. Une poussée de Force contraignit Ganner à l'imiter.

Nom Anor et le Seigneur Modeleur firent mine de les suivre, comme les prêtres et les guerriers de l'avant-garde. Mais dès que Ganner eut franchi le seuil, Jacen fit un petit geste, provoquant un extraordinaire pic de puissance dans la Force.

La Grande Porte se ferma derrière eux avec un bruit de tonnerre dont l'écho disparut lentement.

L'Atrium était devenu une immense caverne de corail yorik vivant.

Les statues qui représentaient les différentes espèces de la galaxie, impossibles à reconnaître, n'étaient plus que des piliers déformés. Les couloirs, de chaque côté du Grand Hall, plongeaient dans une obscurité quasi absolue. La seule lumière, rouge et jaune, venait d'une arche opposée à la Grande Porte.

— Qu'est-ce qui produit cette lumière ? Et... Attends ! dit Ganner. Je ne me souviens pas qu'il y ait eu une *porte* à cet endroit. Il y avait... les bureaux des Services d'Information, si je ne m'abuse ?

— Tu as peut-être remarqué que certaines choses ont changé sur Coruscant, lâcha Jacen. Suis-moi. Nous n'avons pas beaucoup de temps.

Ganner tituba derrière le jeune homme.

L'arche menait à un tunnel de corail yorik long de cinq cents mètres, le plafond et les côtés formant un demi-cercle de cinq mètres de large à la base et d'environ la même hauteur. Une lumière rouge-orangé dansait à l'extrémité.

Par moments, une flamme jaune vif leur brûlait les yeux.

— Comment te sens-tu ? demanda Jacen.

Ganner respirait difficilement et perdait du terrain.

— Tu y arrives ? Ou as-tu encore besoin d'un peu d'aide ? insista Jacen.

Je ne vais pas faire tout rater, se jura Ganner.

— Je… Je… vais bien… Je suis juste derrière toi.

Le plafond du tunnel s'ouvrit sur un grand espace baigné de lumière rouge. Puis les murs disparurent aussi. Le sol devint un pont qui conduisait à une plate-forme circulaire de dix mètres de large. Elle se balançait, sans support, au-dessus d'un vortex de brume sulfureuse qui brûla la gorge de Ganner et lui fit monter des larmes aux yeux.

— Où sommes-nous ?

— Regarde autour de toi, répondit Jacen.

Si la chaleur ou le brouillard pestilentiel le dérangeaient, il n'en montrait aucun signe. Mais il semblait écouter quelque chose.

— Donne-moi une minute. Je dois me concentrer.

Ganner l'entendit à peine. Il tourna sur lui-même, bouche bée.

Ce lieu avait été la Grande Salle du Sénat.

Cent mètres en contrebas, là où se dressait autrefois le pilier du podium du Chef de l'Etat, bouillonnait une grande mare de limon scintillante. Des bulles crevaient lentement la surface, jetant des flammes écarlate et jaune solaire. La lumière venait de cette mare.

Autour de la mare, un mur de corail yorik recouvrait les rangées de plates-formes sénatoriales, montant jusqu'à la voûte.

Dans les profondeurs de la boue étincelante de la mare,

une créature gigantesque apparut brièvement à la surface avant de replonger dans le fluide.

Ganner recula d'un bond.

— Jacen, il y a quelque chose dans cette mare !

— Oui, fit le jeune homme en avançant vers le bord de la plate-forme. Ne t'en fais pas. C'est un ami à moi.

— Un *ami* ? s'étrangla Ganner.

Il regarda la créature quand elle émergea de nouveau : une sorte d'estomac géant, noir, horrible, enflé et plein de méchanceté. Un œil jaune de la taille d'une aile X les foudroya, puis un triple jeu de paupières transparentes battit pour le débarrasser du limon de la mare.

Un deuxième œil apparut et se riva sur eux, comme s'il les visait.

Une forêt de tentacules surgit de la boue.

Ganner recula encore tandis que les tentacules sifflaient dans le brouillard, si vite qu'il lui fut impossible de les compter.

Ils s'écrasèrent contre la plate-forme, manquant de faire tomber le Jedi.

Jacen ne bougea pas.

— Euh, Jacen, cet... *ami à toi*, fit Ganner d'une voix tremblante, il ne me semble pas ravi de te voir...

— Ma foi, je n'en suis pas surpris. La dernière fois que nous nous sommes rencontrés, j'ai essayé de le tuer.

— De... tuer ton... *ami* ?

Horrifié par la créature, Ganner lâcha un rire qui lui parut beaucoup trop proche d'un gloussement hystérique.

— Et que fais-tu à tes ennemis ?

Jacen inclina la tête puis haussa les épaules.

— Je n'ai pas d'ennemis...

— Comment ?

Jacen désigna un endroit, de l'autre côté du Puits et en contrebas.

— Tu vois cette plate-forme ? Celle qui émerge de ce

pli de corail ? C'est celle de la délégation de Kashyyyk. Les Wookies adorent les portes manuelles. Je sais que tu n'es pas aussi fort qu'un Wookie, mais avec la Force, tu devrais être capable de l'ouvrir.

— Dans ce truc ? Tu veux que j'aille là-bas ? demanda Ganner.

— Ecoute bien : sur ta droite, tu trouveras le bureau privé du sénateur de Kashyyyk. Un turboascenseur est installé derrière une porte secrète, près de la table de travail. Glisse-toi dans le puits de l'ascenseur, qui te conduira dans les tunnels.

Des tunnels ? Un puits d'ascenseur ? Quand Jacen dirait-il enfin quelque chose de sensé ?

— Pourquoi les Wookies auraient-ils eu besoin d'un ascenseur secret ?

— Je crois que tous les bureaux des délégués en ont. Ils mènent à des tunnels où sont installées des salles de conférence blindées, pour les rencontres secrètes. Ils sont même raccordés aux bureaux de Fey'la, dans le Palais Impérial.

— Comment sais-tu tout ça ?

— Ganner, ces bureaux étaient autrefois ceux de ma mère…

— Euh, c'est vrai…

— Si tu atteins les tunnels, tu devrais trouver un endroit où te cacher. Tu survivras quelques jours. Qui sait, tu pourras peut-être t'enfuir.

— De quoi parles-tu ?

— De filer, Ganner… Donne-toi une chance !

— Oh, non, non, non, dit Rhysode en reculant. Oh non, tu ne…

— Nous avons une minute ou deux avant que Nom Anor soit obligé de cesser de prétendre que tout est normal. Deux minutes après, ils feront sauter la Grande Porte. Et ils me tueront environ trente secondes plus tard…

— Que peux-tu faire ici qui vaille le sacrifice de ta vie ?

— Je n'ai pas le temps de t'expliquer. Et je ne suis même pas sûr de le *pouvoir*.

— Tu t'attends à ce que je file et que je te laisse mourir ? Pour un truc que tu es incapable d'expliquer ? Viens avec moi, sinon je ne pars pas !

— Tu joues toujours les héros ?

Ganner sursauta. C'était un coup bas, mais mérité.

Pourtant, il refusa de se laisser convaincre.

— Non. Je suis le faire-valoir… Le héros, c'est toi, Jacen. Nous avons besoin de types de ta trempe. C'est pour ça que je me suis lancé à ta recherche. La Nouvelle République a besoin de toi. (Il baissa la voix.) *Jaina* a besoin de toi. S'il y a une chance, aussi minime soit-elle, tu dois *vivre*. Ou au moins *essayer* !

Jacen secoua la tête, arborant l'air inflexible des Skywalker.

— Je n'y suis pas obligé. Il me suffit d'être celui que je suis.

— De quoi parles-tu encore ?

— Anakin suivait son propre chemin. Jaina a le sien. (Il écarta les bras, comme pour souligner la futilité de cette conversation.) Et j'ai le mien.

— Je me fiche pas mal de ton *chemin* ! dit Ganner. Ils vont faire sauter cette porte d'une seconde à l'autre. Nous devons partir !

— Non. *Tu* dois partir. Je… Ganner, écoute. Il faut que tu comprennes. Le seul pouvoir que j'ai – le seul que nous avons tous – c'est d'être ce que je suis. Et c'est ce que je vais faire : être ce que je suis.

— Tu dis n'importe quoi ! Quel âge as-tu ? Dix-sept ou dix-huit ans ? Tu ignores encore *qui* tu es réellement !

— Je n'ai pas besoin de le savoir. Il me suffit de *décider*. Choisir, et agir.

— Je ne t'abandonnerai pas ici !

— C'est ton problème.

— Combien de temps ça te prendra, Jacen ? Combien ?
Et s'ils te tuent *avant* ?

— Dans ce cas, j'aurai perdu. Quand on apprend à devenir celui qu'on est, la première leçon est qu'il n'y a rien à
craindre.

Un grondement, derrière lui, emporta la réponse de
Ganner. Le pont trembla, le faisant tituber. Le Jedi se
retourna et vit un nuage de fumée sortir de la bouche du
tunnel, accompagné d'une odeur de gaz de marais brûlés.

— C'était la porte, dit Jacen. Nous n'avons plus le
temps. J'imagine que nous perdrons tous les deux…

Ganner ne répondit pas.

Mais à cet instant, tout prit finalement un sens. Il comprit de quoi Jacen parlait. Il n'y avait rien à craindre.

Il comprit le pouvoir qu'on tirait d'être… celui qu'on
était. Il pouvait choisir, et agir.

Soudain, sa vie prit un sens. Une vie qu'il avait jusque-là
passée à prétendre être un héros.

Bon, on y va, se dit-il.

La nausée avait disparu. Il n'éprouvait plus ni faiblesse
ni incertitude. Le doute et la peur s'étaient évanouis en
même temps que la nausée.

Il leva le sabre laser d'Anakin.

— Nous perdrons tous les deux, *sauf si quelqu'un les
empêche d'entrer*.

— Tu veux encore jouer les héros, dit tristement Jacen.
Même si ça te tue.

Ganner fit jaillir la lame et la regarda crépiter devant lui.
C'était l'arme d'un véritable héros. Pas d'un imposteur
comme il l'avait toujours été.

Et il tenait maintenant cette arme.

Je n'ai pas besoin d'être un vrai héros, pensa-t-il. Un
sourire éblouissant, celui de l'ancien Ganner, apparut sur
son visage. Ses yeux étincelèrent. Il se sentit aussi fort
qu'un droïd de guerre – et deux fois plus solide.

Je n'ai pas besoin d'être un héros, se dit-il. *Il suffit de faire semblant…*

— Comme je te l'ai dit, je suis un faire-valoir… Mon job est de m'assurer que le véritable héros vivra assez longtemps pour faire le sien. Avoir toujours voulu qu'on m'admire fut ma plus grande faiblesse…

Jacen regarda Rhysode, comme s'il voyait en lui et le connaissait de fond en comble. Il fit un petit signe de tête.

— Mais sache que cela peut aussi être ton plus grand atout. Autorise-toi à t'en servir, Ganner. Tu en auras besoin.

— Ouais…

Le Jedi regarda la lame comme s'il pouvait y lire son avenir. Puis il sourit.

— Tu sais, Jacen, je ne t'ai jamais beaucoup apprécié. Je pensais que tu étais trop mou. Un intellectuel hypersensible.

— Tu ne me plaisais pas non plus. (Levant les yeux, Ganner vit Jacen répondre à son sourire par une expression douce et compréhensive.) Je trouvais que tu étais un chasseur de gloire, plus préoccupé d'héroïsme que d'efficacité.

Ganner éclata de rire.

— Et tu avais raison !

— Toi aussi, à mon sujet…

Jacen tendit la main.

— Voilà l'occasion de montrer aux Yuuzhan Vong ce qu'un frimeur et un intellectuel trop mou peuvent accomplir.

Ganner prit la main de Jacen et la serra.

— Un spectacle qu'ils n'oublieront jamais !

Jacen recula et leva les bras. La lueur écarlate et verte des runes de sa robe se synchronisa avec celle de la lumière qui montait du limon bouillonnant, au-dessous d'eux. Des tentacules sortirent de la mare et se tortillèrent derrière le jeune homme. Dégoulinant de limon, ils l'enveloppèrent d'une couronne vivante.

— *Jacen !* cria Ganner. *Derrière toi…*

— Je sais…

Jacen leva la tête et les tentacules descendirent vers lui. Il baissa les mains, acceptant leur contact sur ses épaules.

— N'aie pas peur. C'est lié à ce que je dois faire.

Les tentacules soulevèrent Jacen et le tirèrent hors de la plate-forme. Le portant doucement, ils l'attirèrent vers la mare de limon. Dedans, les yeux étranges de la créature brillaient d'une méchanceté indicible.

— Gagne-moi dix minutes, dit Jacen. Ça devrait suffire…

Le claquement des pieds bottés se faisait de plus en plus proche. Ganner s'arrêta un instant et regarda Jacen pendant que les tentacules le tiraient sous la surface. Il sentit une poussée de puissance dans la Force, une impulsion qui signifiait : on y va !

Il saisit le devant de sa robe de sa main libre et la fit passer par-dessus la tête. Les runes scintillantes émirent une lumière noire.

Ganner jeta le vêtement sur la plate-forme.

Et il y alla.

Nom Anor cligna des yeux pour regarder, à travers la fumée, par le trou béant qui était la Grande Porte quelques instants plus tôt. Des escouades de guerriers entrèrent et se positionnèrent dans l'Atrium.

Les armes à la main, ils attendirent.

Une première escouade avait couru jusqu'au Puits.

Cinq minutes avaient passé.

Aucun soldat n'était revenu.

Nom Anor resta de l'autre côté de la porte. Il n'avait pas survécu si longtemps à cette guerre en sous-estimant les Jedi.

Une lumière rouge-doré dansait à travers la fumée, venant de l'arche du Puits. Une silhouette apparut dans l'entrée. Entourée d'un halo de lumière, elle avançait presque paresseusement.

Une silhouette humaine.

Semblable à une panthère des sables, puissante et détendue, mais alerte.

Prédatrice.

Un frisson courut le long de l'échine de Nom Anor.

Les guerriers se disposèrent en éventail, regardant leur commandant, qui se tourna vers Nom Anor.

— Cet événement est le vôtre, exécuteur. Nous attendons vos ordres.

— Vous ! Eh, vous, là-bas ! Que faites-vous ? demanda Nom Anor en basique.

Un rire moqueur sortit de la gorge de l'humain.

— Ça ne se voit pas ? Je vous barre le chemin.

Ganner Rhysode.

Nom Anor se détendit. Le Jedi peureux qui n'avait même pas réussi à marcher. Ganner Rhysode, que les autres Jedi ne respectaient pas. Ganner le frimeur.

Nom Anor ricana. Il aurait dû donner l'ordre de tuer ce type. Mais il n'avait plus l'air faible ni idiot.

Et qu'était-il arrivé à l'escouade de reconnaissance ?

Nom Anor voulait-il vraiment assumer la responsabilité d'avoir déclenché une bagarre dans le Puits du Cerveau Planétaire ?

Il se mordit la lèvre jusqu'au sang.

— Ecartez-vous ! Il y a des milliers de guerriers ici. Vous n'avez aucune chance de nous arrêter.

— Je n'ai pas besoin de vous arrêter. Seulement de vous ralentir…

Un crépitement sec fit sursauter Nom Anor. Entre les mains de Ganner, une lame améthyste d'un mètre de long jaillit comme un serpent.

— Vous voulez ma place ? Venez, et obligez-moi à vous la laisser !

La fumée se dissipa. L'humain debout dans l'entrée de l'arche ne ressemblait pas au Ganner que Nom Anor avait connu. Le torse nu, il paraissait grand, large d'épaules, et la lumière de son arme faisait briller ses muscles. La lame, dans sa main, était aussi stable que la base d'une montagne...

Ce ne furent pourtant pas ces détails que Nom Anor trouva les plus dérangeants.

Plutôt la lueur, dans les yeux de Ganner.

Il avait l'air *heureux*.

— Des milliers de guerriers, répéta Nom Anor. Et vous êtes un homme seul.

— Un *Jedi* seul.

— Espèce de fou !

L'homme éclata d'un rire joyeux.

— Non. Je suis Ganner Rhysode.

Il fit tourner sa lame, ses passes complexes illuminant l'arche, autour de lui.

— Cette entrée, annonça-t-il avec un sourire ravi, est *à moi*. Je me la suis appropriée. Amenez vos milliers de guerriers, l'un après l'autre ou tous ensemble. Je m'en fiche.

Il pointa sa lame, ses dents brillant dans la pénombre.

— Personne ne passera.

CHAPITRE XIV

LE CHEMIN DU DESTIN

Ils se ruent sur lui, un par un, en un flot continu, chaque guerrier cherchant la gloire d'un combat singulier honorable.

Puis ils arrivent deux par deux.

Quand ils commencent à attaquer par groupes, ils doivent piétiner les cadavres de leurs camarades pour atteindre le Jedi. Un monceau de cadavres.

Qui se transforme vite en rempart...

Ganner Rhysode se construit une forteresse de morts.

Fasciné et terrifié, Nom Anor observe la scène derrière un morceau de duracier tordu de la Grande Porte détruite. Il voit seulement la fumée et les guerriers qui se ruent vers le Jedi fou. De temps en temps, il aperçoit l'humain sans cesse en mouvement. N'arrêtant jamais d'attaquer, il couvre le sol de l'Atrium de membres coupés et de cadavres.

— C'est de la folie ! crie Nom Anor en se tournant vers le commandant des guerriers. Ne pouvez-vous pas le faire sauter ? Ou le gazer ?

— Non, dit le commandant. Il nous affronte avec honneur. Voudriez-vous que des guerriers yuuzhan vong soient moins braves qu'un *Jeedai* infidèle ?

— Au diable votre honneur ! Ne comprenez-vous rien ?

Il y a un autre Jedi dans le Puits du Cerveau Planétaire ! Et ce Jedi, c'est *Jacen Solo* !

L'exécuteur crache ce nom comme s'il pouvait invoquer des démons... Et c'est peut-être le cas.

Seul un démon peut avoir tué la reine voxyn, puis les dhuryams, les modeleurs et les guerriers, dans la Nurserie, et avoir gagné la confiance de Nom Anor, au point qu'il le laisse entrer dans l'unique endroit de Yuuzhan'tar d'où il pouvait détruire la planète entière !

— Jacen Solo est seul avec le Cerveau Planétaire !

— Le Cerveau Planétaire est capable de se défendre, dit Ch'Gang Hool, le Seigneur Modeleur. Toute affaire d'honneur oubliée, nous ne pouvons pas utiliser d'explosifs trop puissants, ni de gaz empoisonné. Le Cerveau Planétaire serait plus menacé par ces tentatives maladroites que par le *Jeedai*.

— Ce n'est pas un Jedi ordinaire, dit Nom Anor. Vous ignorez de quoi il est capable ! Nous devons y aller ! Il faut l'arrêter !

Le commandant crache une série d'ordres, et des guerriers de l'infanterie lourde avancent vers l'arche, couverts de la tête aux pieds d'armures en crabe vonduun qui scintillent sous la lumière de la mare de limon.

Il regarde Nom Anor.

— Nous serons bientôt entrés. Restez calme, exécuteur.

— Au diable votre calme !

— Vous semblez un peu... sur les nerfs, murmure Ch'Gang Hool, ses tentacules buccaux frémissant. De quoi se demander si vous vous sentez un peu... *responsable*... de tout ça.

Nom Anor inspire à fond et veut parler, puis il change d'avis. Les tentacules du Seigneur Modeleur se nouent pour imiter une forme subtilement obscène. Nom Anor détourne le regard. Il a une envie folle d'arracher les ridicules excroissances de ce bureaucrate et de les *manger*...

A quelques pas de là, au milieu de la foule de prêtres et de guerriers, il voit Vergere. Elle lui fait signe de le suivre. Oui, il va la suivre ! Il a quelques mots bien sentis à lui dire !

Elle descend la pente, sous le soleil, et s'arrête, s'accrochant d'une main à la branche verticale feuillue d'un arbre-route.

Nom Anor la rejoint, grondant de fureur.

— Savez-vous ce que votre « élève » a fait ? Ce chien nous a trahis, et tout est votre faute !

— Peut-être, dit Vergere d'une voix flûtée aussi joyeuse que d'habitude. Mais soyons clairs sur la question de la responsabilité, exécuteur. Devinez-vous qui Tsavong Lah décidera de blâmer ?

Nom Anor retrousse ses lèvres presque inexistantes, révélant ses dents pointues. Il imagine trop bien ce que fera Tsavong Lah quand la nouvelle de ce désastre arrivera à ses oreilles de fanatique.

— Pourquoi m'avez-vous fait signe d'approcher ?

— Parce que vous devriez m'emmener avec vous.

— Vous emmener avec moi ?

— Vous aurez besoin de moi. J'ai sauvé la vie de l'épouse de Luke Skywalker. Si je suis avec vous, la Nouvelle République ne vous tirera peut-être pas dessus.

Nom Anor estime qu'elle tient là un argument de poids. Mais son visage ne révèle rien de ses pensées.

— Vous imaginez que j'ai… un plan de fuite ?

— Exécuteur, je vous en prie… Vous avez *toujours* un plan de fuite. Cette fois, vous avez encore mieux : un vaisseau en corail qui a poussé sous le Puits.

— Je… je n'ai rien de tel !

Comment peut-elle être au courant ? Une entrée dissimulée de l'autre côté du Puits – qui s'ouvre seulement pour lui – conduit au vaisseau. Il a soudoyé un modeleur pour le planter, des mois plus tôt, au moment du début de la conversion du Sénat Galactique.

— Vous ne pouvez pas croire que…

— Exécuteur, je vous en prie ! Pensez-vous être le seul qui puisse soudoyer un modeleur ? Et les soins donnés à votre vaisseau secret, pendant qu'il grandissait et arrivait à maturité…

— Chut ! Ça suffit !

Nom Anor regarde par-dessus son épaule, derrière lui. Le commandant s'est détourné pour suivre la bataille, mais Ch'Gang Hool fixe toujours l'exécuteur. Partir maintenant éveillerait trop de soupçons. Il n'arriverait peut-être jamais au vaisseau.

Vergere semble lire ses pensées.

— Exécuteur, si nous ne fuyons pas *maintenant*, nous ne fuirons pas du tout. Il n'y aura plus de vaisseau, car Jacen Solo l'aura volé.

La surface de la mare de limon se referme au-dessus de la tête de Jacen…

Il ne le sent pas.

Des tentacules étirent ses bras, immobilisent ses jambes et s'enroulent autour de sa gorge comme un garrot. Leur peau râpeuse fait couler son sang, qui le suit en tourbillonnant dans la boue de la mare.

Les tentacules l'entraînent de plus en plus profondément dans le limon d'un jaune fluorescent émaillé d'écarlate – des couleurs vives mobiles nées de la chaleur de son corps.

Il ne les voit pas.

Au plus profond de la mare de limon, les tentacules le tiennent, visage vers le haut, le dos appuyé contre un cercle de débris qui était jadis la base du podium du Chef de l'Etat, où sa mère parlait si souvent.

Les tentacules le soulèvent et le portent vers un corps immense, ses replis de chair noire faisant saillie entre des feuilles vertes translucides et des viscères noués comme des cordes.

Les tentacules sortent d'un anneau charnu placé autour d'une bouche affamée. De chaque côté de cette gueule béante brillent d'immenses yeux jaunes malveillants.

Jacen ne s'en aperçoit pas.

Son attention est rivée sur le vide, dans sa poitrine.

Ce centre creux résonne de colère, de méfiance et de triomphe : les émotions du Cerveau Planétaire qui vient de capturer l'ancien ami qui a essayé de le tuer.

Le camarade à qui il a fait confiance, et qui l'a trahi.

Des dents sortent de muscles semblables à des langues. Elles grincent dans la mâchoire entourée de tentacules.

Jacen peut seulement répondre par le regret et la tristesse.

Oui, je vous ai trahi. Je vous ai appris à faire confiance, et montré ce qu'on risquait en se fiant à un traître.

Jacen ne peut pas enseigner le pardon au Cerveau. Il n'a pas encore appris cette leçon lui-même. Trop de choses sont à jamais impardonnables.

Les tentacules se contractent, l'attirant vers la gueule béante, et les dents-épées se referment sur sa chair.

Il n'éprouve aucune peur.

Il ne résiste pas.

Il ne se débat pas.

Il s'ouvre mentalement. Son centre le plus secret, ce vide en lui qui autrefois lui envoyait la douleur, propose une étreinte au cerveau.

Dans le creux de son être, se déversent la compassion, l'empathie absolue et la compréhension totale.

Jacen accepte la douleur qu'il a infligée au dhuryam par sa trahison. Il partage avec lui la souffrance que cette trahison lui a valu.

Il échange avec le dhuryam toute son expérience des facettes de la vie : le blanc informe de la douleur, le rouge de la colère, le trou noir du désespoir, l'averse glaciale de l'absence… Et la verte prolifération des créatures vivantes, le gris de la pierre et du permabéton, le scintillement des gemmes et du transpacier, le blanc bleuté du soleil à son zénith, son reflet parfait dans une lame de sabre laser…

Il partage l'amour qu'il éprouve pour ces choses, car toutes ne font qu'une : la douleur et la joie, l'absence et les retrouvailles, la vie et la mort. Aimer une de ces choses revient à les aimer toutes, car aucune ne peut exister sans les autres.

L'univers.

La Force.

Tout est un.

Les Yuuzhan Vong et les espèces de la Nouvelle République.

Jacen et le Cerveau Planétaire.

Quand je vous ai trahi, je me suis renié moi-même. Quand j'ai tué vos frères, j'ai abattu des parties de moi-même. Vous pouvez me détruire, mais je continuerai à vivre en vous.

Nous sommes Un.

Jacen ne pourrait pas dire si ces mots passent de lui au Cerveau Planétaire, ou du Cerveau Planétaire à lui, car tous deux sont des facettes différentes de la même entité. Qu'on l'appelle l'Univers, la Force, ou l'Existence…

Des mots. Rien que des mots.

Des demi-vérités. *Moins* que des demi-vérités.

Des mensonges.

La vérité est toujours plus grande que les mots que nous employons pour la décrire.

Le son aigu de la lame de lumière qui glisse le long du bâton vong. Une union crépitante qui envoie une énergie mortelle à travers le réseau de chair, entre le pouce et l'index d'un Vong, là où ses mains touchent le bâton…

Un saut périlleux par-dessus la tête de deux guerriers fonçant côte à côte, puis leur chute – comme des marionnettes dont on aurait coupé le fil – quand un seul coup de sabre laser leur tranche la nuque…

Le regard étonné d'un guerrier lorsqu'une lame d'énergie améthyste s'enfonce dans sa bouche ouverte et se fraie un chemin jusque dans son crâne…

La mort de Ganner Rhysode est composée de plusieurs fragments d'images.

L'odeur de lait brûlé du sang des Yuuzhan Vong qui s'évapore à la surface de sa lame…

Des lignes de glace brûlante – les traces laissées dans sa chair par les bâtons…

La flamme froide de leur venin calcinant ses nerfs…

Ces événements sont des modestes notes dans la symphonie de Force de Ganner. La Force fait plus que lui donner de la puissance. Elle coule dans ses veines pour accorder son cœur au rythme de l'Univers.

Il est devenu la Force… et Elle est devenue lui.

Il n'a pas conscience de la chronologie de sa fin. Le temps a disparu avec la peur, les doutes et la douleur, en cet instant éternel où il a abandonné son contrôle de soi. Debout dans l'arche, attendant les Yuuzhan Vong, Ganner a compris que ces minutes sont l'aboutissement de sa destinée.

Le jour de sa naissance, il s'est engagé sur ce chemin. Chaque triomphe et chaque tragédie, chaque acte stupide et chaque humiliation, chaque mauvais tour joué par le sort, ont fait monter en lui une pression endiguée par son contrôle de soi. Les barrages ont été bâtis par ses parents, qui essayaient d'adoucir la brusquerie de son arrogance. Par le rire moqueur de ses camarades, quand ils se moquaient de ses vaines tentatives de les impressionner. Et par la formation Jedi de Luke Skywalker. « Un Jedi ne fait pas d'esbroufe, Ganner. Se battre n'est pas un jeu. Pour les Jedi, recourir aux armes est un échec doublé d'une tragédie. Quand le sang doit couler, ils font ce qu'il faut avec respect. Et avec du chagrin. »

Ganner a essayé pendant si longtemps, avec tant d'énergie, de devenir ce que tout le monde affirmait qu'il devait être. Il a tenté de maîtriser son goût du geste théâtral, élégant et artistique. Il a voulu être un bon fils, un ami fidèle, un homme humble, un digne Jedi…

Mais sous cette arche, il a rencontré la réalité.

Il n'y a plus de raison de résister à ce qu'il est. Jouer les héros n'est pas seulement acceptable…

C'est *nécessaire*.

Pour tenir le passage, il n'est pas suffisant de tuer et de blesser, ni d'être calme et attristé.

Pour tenir le passage, il ne doit pas seulement prendre des vies, mais le faire sans effort, avec insouciance et en riant joyeusement.

Pour tenir le passage, il doit danser, virevolter, sauter, tourbillonner et appeler à lui d'autres adversaires. D'autres *victimes*.

Il doit les obliger à hésiter à l'affronter.

Leur faire connaître la *peur*.

Et il a trouvé l'incantation magique qui a détruit les barrages, en lui, et libéré les flots.

Personne ne passera.

Il manie la lame d'un héros tombé au combat. Maintenant, c'est lui le héros, et ses ennemis tomberont.

Il s'élève.

La Force gronde en lui, à travers lui, et il lui répond. En renonçant à tout contrôle, en abandonnant la pensée, en réagissant seulement à une vague de passion et de joie, il trouve un pouvoir dont il n'aurait jamais osé rêver.

Il est *devenu* la bataille.

Il n'a pas conscience des cadavres qui jonchent le tunnel, mais ses pieds les évitent habilement.

Il n'a pas conscience non plus des morceaux de duracier tordu qu'il a arrachés aux décombres de la Grande Porte, et qu'il fait tourner autour de lui comme des enclumes pour intercepter les insectes-tonnerre et parer les coups des Vong.

Il ne sait rien des statues couvertes de corail de l'Atrium, qu'il a entraînées dans sa danse de mort. Ces reproductions géantes des espèces de la Nouvelle République semblent s'éveiller à la vie pour combattre à ses côtés. Elles avancent lourdement, se balancent et tombent, écrasent des centaines d'ennemis, transforment l'Atrium en abattoir...

Ganner Rhysode ignore tout de la texture du corail qui couvre les murs, de la qualité de la lumière, ou du nombre d'adversaires qu'il combat. En a-t-il affronté une dizaine ? Une centaine ? Combien ont été traînés en sécurité après avoir récolté des blessures graves ? Combien gisent dans le brouillard sulfureux ?

Il ne s'en souvient pas, car il n'a plus de mémoire. Pour lui, il n'existe plus ni passé ni avenir.

Il n'a plus conscience de lui-même. Ni des Yuuzhan Vong. Il est devenu les guerriers qu'il combat, se tuant lui-même à chaque fois que l'un d'eux périt. Il n'existe plus de Ganner Rhysode. Plus de Yuuzhan Vong, plus de Jedi.

Il ne reste que les danseurs et la danse.

Dans la galaxie, désormais, tout est mouvement.

Tout est danse.

Tout *est*.

Nom Anor fit signe à Vergere d'attendre pendant qu'il jetait un dernier coup d'œil alentour. Devant lui s'élevait la montagne de corail du Puits. Le labyrinthe végétal à demi achevé se dressait dans son dos. Aucun modeleur n'était en vue. Ils avaient dû tous être attirés vers le Puits par le bruit de la bataille. Les explosions lointaines étaient ponctuées de hurlements à peine audibles.

Sûr qu'on ne les observait pas, Nom Anor écarta un rideau de mousse qui dissimulait un sas-sphincter. Il enfonça sa main dans l'orifice, toujours nerveux pendant que le sphincter analysait les sécrétions enzymatiques de sa peau. Un instant plus tard, l'écoutille le reconnut et un grand rideau de faux corail se révéla être une petite entrée.

Après avoir appelé Vergere, Nom Anor s'y engouffra.

Dedans, le corail yorik cédait la place à du permabéton noirci par l'âge. Le couloir devint un labyrinthe. Pendant qu'ils se frayaient un chemin, Nom Anor se félicita de l'intelligence de son plan de fuite. Depuis le début de la conversion du Puits, nul n'y était entré, excepté des maîtres modeleurs et leurs aides. Personne n'avait eu envie de risquer la colère de Ch'Gang Hool, à part un modeleur dont la cupidité avait été plus forte que la crainte. Parmi les Yuuzhan Vong, seuls ce modeleur et Nom Anor savaient que des salles immenses, les anciens bureaux du Chancelier de la Nouvelle République, s'étendaient sous la mare du Cerveau Planétaire.

Bombardées et abîmées au moment de la destruction du Sénat, ces pièces n'avaient jamais été réparées. Nom Anor slaloma au milieu des décombres, dans une jungle de duracier tordu et de câbles sectionnés, et guida Vergere à travers les débris. Quelques globes lumineux fonctionnaient encore. Ils n'avaient pas été détruits, puisque seuls Nom Anor et son modeleur apprivoisé connaissaient leur existence.

L'exécuteur escalada une poutre tordue. Le vaisseau apparut enfin, long, élégant, conçu pour la vitesse en atmosphère et équipé de basals dovin jumeaux : un pour la propulsion et l'autre pour la défense. Sa coque spéciale détournerait les détecteurs. D'un noir mat, elle serait difficile à prendre pour cible.

Le modeleur avait garanti que ce vaisseau irait aussi vite que les plus rapides de la flotte yuuzhan vong. Nom Anor avait utilisé le sas secret pour inspecter son navire à plusieurs reprises, pendant son évolution, afin que le cerveau de pilotage soit imprégné de sa signature mentale. Lors de ses visites, il s'était souvent félicité de l'utilité nouvelle qu'il avait trouvée aux salles qui appartenaient jadis au légendaire Palpatine…

Le basal dovin défensif pouvait creuser un tunnel dans le permabéton et le corail yorik, créant une sortie vers le ciel. Le cerveau de pilotage avait mémorisé les codes d'identification qui lui permettraient de traverser le cordon de vaisseaux de la flotte, en orbite, et les coordonnées du saut hyperspatial qui l'amènerait dans l'espace de la Nouvelle République. Quand Nom Anor aurait accédé à son navire, plus rien ne pourrait le toucher.

Une fois à l'intérieur, il serait en sécurité.

— Il est beau, n'est-ce pas ? murmura-t-il en posant les mains sur le nez-langue de l'appareil.

L'écoutille s'ouvrit, lui obéissant instantanément.

— Vergere, voilà l'heureux résultat d'une planification permanente. Je ne tiens jamais la réussite pour assurée. C'est pour ça que je survis. J'ai toujours un plan de rechange adapté à tous les désastres…

— Vraiment ? dit Vergere. Tous ?

Quelque chose dans sa voix glaça Nom Anor.

Avant qu'il ouvre la bouche pour lui demander de quoi elle parlait, un bruit écœurant et familier répondit à sa question.

Un crépitement sifflant.

Effrayé à l'idée de ce qu'il verrait en se retournant, Nom Anor le fit quand même et vit la lumière nouvelle qui éclairait le bureau en ruine. Elle était verte et faisait briller les courbes noires de son vaisseau.

Il regardait la lame mortelle d'un sabre laser, tenue à un centimètre de son nez.

— Le sabre laser est une invention fascinante, dit Vergere. Une arme unique dans l'histoire de la guerre. Un paradoxe, un peu comme les Jedi qui l'utilisent, ces guerriers pacifiques qui tuent au service de la vie. Avez-vous remarqué ? La lame est cylindrique. Elle n'a pas de tranchant. Pourtant,

aucune partie de cette lame n'est inoffensive. Bizarre, non ?
Symbolique, pourrait-on dire.

— Quoi ?

L'exécuteur aurait voulu demander à quoi jouait la Fosh.
Et où elle avait trouvé un sabre laser. Il se posait une multitude de questions, mais il parvint seulement à répéter :

— Quoi ?

Vergere sembla une fois de plus lire dans son esprit.

— C'est celui de Jacen, dit-elle joyeusement. Je pense
qu'il aimerait le récupérer. Qu'en pensez-vous ?

— Vous ne pouvez pas…

— Si…

La Fosh désigna la pénombre, derrière le vaisseau.

— Je devrais frayer un chemin jusqu'au Puits assez
aisément.

— Si vous me tuez…, commença Nom Anor, au désespoir.

— Vous tuer ? Ne dites pas de bêtises.

Des filins sortirent de la jungle de débris et s'entortillè-
rent autour de Nom Anor, le ligotant assez serré pour lui
arracher un gémissement.

Vergere l'observa.

Elle était à l'origine de tout ce qui lui arrivait, comprit
Nom Anor. Elle avait l'air ravi et sa crête brillait d'un
orange vif.

— Si je voulais votre mort, il me suffirait de vous laisser
ici. Tsavong Lah s'occuperait du reste.

— Mais vous ne pouvez pas m'abandonner ! Comment
feriez-vous voler mon vaisseau ? Il a été conditionné par
mon esprit. Moi seul…

— C'est possible, coupa Vergere, mais j'en doute. Votre
vaisseau est une créature vivante. Jacen, comme vous
l'avez remarqué, est assez doué pour se faire des amis.

— Vous… Il… Vous êtes *folle* ! C'est impossible !

— Exécuteur, ne vous avais-je pas annoncé que Jacen
Solo vous volerait votre vaisseau ?

Nom Anor en resta bouche bée.

La Fosh secoua tristement la tête.

— Quand apprendrez-vous que tout ce que je vous dis est vrai ?

Soudain, la danse cesse.

Il ne reste plus personne à combattre.

Ganner vacille, empoisonné par le venin des bâtons. Son sang tache le sol sous ses bottes et les murs du tunnel autour de lui.

Seule la Force lui permet de tenir encore debout.

Un grondement approche de lui. Il voit bientôt ce qui génère ce bruit et les vibrations qui ébranlent le sol. Une créature géante qui avance sur des jambes aussi épaisses que des piliers, ses griffes écrasant les cadavres des Yuuzhan Vong.

Le monstre est protégé par des plaques de corne et sa tête se balance lentement comme la cabine de contrôle d'un AT-AT. De ses mâchoires coulent des traînées de flammes.

Des guerriers avancent le long de ses flancs.

C'était inévitable, pense tristement Ganner. *Tôt ou tard, les méchants sortent l'artillerie lourde.*

Tout se terminera bientôt. Ganner ne peut pas lutter contre une telle arme vivante, flanquée par l'infanterie. Pourtant, la Force lui permet un dernier tour de passe-passe.

Bien qu'elle soit aveugle à l'animal-tank et aux guerriers qui l'entourent, Ganner sent en elle les murs en permabéton qui forment la structure du Puits. Il sent que les tunnels sont construits sur des poutres de soutien, et que le permabéton autour de lui, ploie sous le poids inimaginable du corail qui l'englobe.

Ganner sourit.

La bête-tank rugit et lâche un jet d'acide concentré. Avec la Force, Ganner soulève un morceau de la Grande Porte pour en faire un bouclier qui dévie le flot d'acide vers un mur. Le corail fume et se liquéfie instantanément. Le morceau de duracier commence à fondre.

Des insectes-tonnerre jaillissent vers Rhysode, qui les dévie avec son bouclier en train de fondre. Les insectes, repoussés contre le mur, explosent et arrosent les alentours de corail liquide et d'éclats de duracier.

Au-dessus de lui, le bâtiment gémit. Les guerriers sursautent et regardent vers le haut. La bête-tank hurle à la mort.

Ganner rit. La Force est avec lui. Il est redevenu le danseur.

Il est devenu la danse.

Avec la Force, il saisit le permabéton, autour de lui, et il *pousse*.

Jacen s'étonnait de vivre encore.

Les dents du Cerveau Planétaire ne s'étaient pas refermées autour de lui. Ses tentacules n'avaient pas arraché la chair de ses os. Il ne s'était pas noyé dans la mare de limon, asphyxié par la gelée phosphorescente. Aucun guerrier vong ne l'avait tiré de la boue pour le tuer à coups de bâton.

Non. Une bulle d'air s'était formée autour de lui et les tentacules l'avaient bercé comme un enfant endormi. Puis les lèvres s'étaient refermées autour des dents acérées, lui donnant un baiser.

Tout ça parce qu'il était le Cerveau Planétaire, et que le Cerveau Planétaire était lui, chacun étant tout le reste...

Et parce que Jacen avait appris qu'on pouvait affronter l'Univers, et toute la douleur irrationnelle qu'il charriait, avec peur, haine ou désespoir.

Ou avec amour.

Jacen avait choisi.

Il était quand même surpris que l'Univers lui rende son amour.

Au bout d'une petite éternité, il sentit une marée de

Force déferler, comme le fortissimo interstellaire d'une galaxie de joie. En même temps, dans le centre creux de lui-même, il capta la rage et la douleur d'un combat féroce, et comprit pour quelle autre raison il était encore vivant.

Ganner…

Il étendit ses perceptions et rassembla un pouvoir venu de tout l'Univers.

Les tentacules le lâchèrent. La bulle d'air s'effondra autour de lui.

Il caressa le Cerveau Planétaire du bout des doigts – son adieu à un ami.

Puis il jaillit de la mare de limon comme une torpille.

Il déboucha dans le brouillard sulfureux, le limon coulant de sa robe comme une traîne composée d'étoiles filantes.

Il flotta au-dessus de la mare et se posa à l'endroit où le corail rencontrait le duracier d'une plate-forme sénatoriale.

Jacen leva la tête et aperçut les éclairs améthyste d'un sabre laser qui mordait inlassablement la chair.

Il entendit une voix humaine, au-dessus de lui.

Il ne reconnut pas de mots, mais ce son était facile à interpréter.

Ganner *riait*.

Jacen saisit le pont avec la Force. D'un seul bond, il pouvait rejoindre Ganner et lutter à ses côtés contre les Yuuzhan Vong.

— Jacen, *attends* !

La voix n'était pas très forte, mais elle résonna à ses oreilles comme si la personne qui parlait avait été près de lui. Et elle y était peut-être : dans la Force, il sentit une main invisible se poser sur son épaule.

— J'aurais dû le savoir. Oui, j'aurais dû savoir que tu serais quelque part par là !

Vergere l'attendait à quelques mètres au-dessus de lui, vers sa droite, sur la plate-forme sénatoriale qui était jadis celle de la délégation de Kashyyyk.

— Viens, Jacen Solo. Ton séjour dans le royaume des morts est terminé. Il est temps d'arpenter de nouveau les terres ensoleillées des vivants.

Jacen ne répondit pas, mais regarda vers le pont, au-dessus de lui. La main invisible de Force serra son épaule.

— Tu ne peux pas le sauver, Jacen. Seulement périr avec lui. Il a choisi son destin et tu dois honorer son choix. Tu es face aux portes de la mort, mais la vie s'étend devant toi. Si tu te retournes maintenant, même pour jeter un coup d'œil par-dessus ton épaule, tu es perdu.

— Que veux-tu que je fasse ? Je ne l'abandonnerai pas. Je m'y refuse !

Le jeune homme se tourna vers Vergere. Un tremblement naquit dans sa nuque et descendit le long de ses membres.

— Je ne peux pas laisser les gens donner leur vie pour moi !

— Il ne donne pas sa vie pour toi. Il t'offre *ta* vie. Refuseras-tu le cadeau d'un mourant ?

— Je ne peux pas… Vergere. Je ne peux pas simplement…

— Dans l'histoire de ta vie, est-ce la meilleure fin que tu puisses imaginer ?

Avec la Force, Jacen poussa, se libérant de l'emprise que la Fosh avait sur lui.

— Je ne l'abandonnerai pas.

— Alors, tu auras sans doute besoin de cette arme.

Vergere jeta un objet vers Jacen. L'objet oscilla dans l'air, étincelant dans la lumière de la mare.

Jacen le saisit au vol.

Un sabre laser. *Son* sabre laser !

Il semblait bizarre dans sa main. Comme étranger. Il ne l'avait plus vu depuis la mort de la reine voxyn.

La dernière fois qu'il avait tenu cette arme, Jacen Solo était quelqu'un de différent. Un gamin triste et tourmenté qui cherchait désespérément une certitude, préférant mourir au cours de sa quête que vivre avec le doute.

— Choisis, et agis, dit la Fosh.

Jacen regarda les éclairs de la bataille, au-dessus de lui. Il brûlait de s'y joindre, de partager la joie et le soulagement qu'il sentait chez Ganner. Mais…

Il regarda Vergere.

— Chaque fois que tu me dis ça, c'est une ruse.

— Et ça l'est maintenant… Mais ce n'est pas la *même* ruse. La première fois, tu étais un enfant qui ne comprenait pas réellement ce qu'il avait décidé de rejeter. La deuxième fois, perdu dans les ténèbres, et tu avais besoin d'un silex pour allumer une torche. Maintenant… Maintenant, qui es-tu, Jacen Solo ?

En un instant, tout lui revint, de Sernpidal à Belkadan, en passant par Duro et Myrkr, l'Etreinte de la Douleur, la Nurserie, le temple Jedi et la caverne-bête…

Il n'avait pas l'âme d'un guerrier, il en était sûr. A l'inverse de Jaina ou d'Anakin. Il n'était pas un héros comme son oncle Luke ou son père, pas un chef politique, comme sa mère, ni un stratège comme l'amiral Ackbar, ou un scientifique comme Danni Quee…

Il se souvint qu'il n'avait pas besoin de *savoir* qui il était. Il suffisait de décider.

— Je… je suppose…, dit-il lentement en regardant l'arme dans sa main, que je suis… un élève.

— Peut-être, dit Vergere. Dans ce cas, tu es aussi un professeur, car les deux ne font qu'un. Mais pour ça, tu dois apprendre et enseigner. Il faut *vivre*, Jacen Solo.

Elle avait raison. Il le percevait clairement.

Mais Ganner…

Quand il leva les yeux, un nouveau soleil était apparu dans le Puits du Cerveau Planétaire, quelque part dans le tunnel, au-dessus de lui. Une lueur qui augmenta et devint d'un blanc si éblouissant qu'il dut s'abriter les yeux derrière les mains et se détourner.

Le Puits trembla. Jacen sentit la terreur du Cerveau Planétaire quand le pont et la plate-forme s'effondrèrent, tombant d'une centaine de mètres pour s'écraser dans la mare de limon. Le monde trembla. Une colonne de fumée et de poussière jaillit du tunnel…

— Que… C'est Ganner qui a fait ça ? Que se passe-t-il, là-haut ?

— C'est peut-être Ganner, ou une arme yuuzhan vong. Cela ne fait aucune différence. Ton choix est toujours le même : rester, ou partir.

La lueur aveuglante diminua d'intensité et le sol trembla de nouveau. Quand Jacen étendit ses perceptions à travers la Force, Ganner n'était plus là.

Dans le creux de sa poitrine, les guerriers vong aussi avaient disparu.

Le jeune homme regarda l'embouchure du tunnel bloquée par des débris. Puis les plates-formes, autour, commencèrent à s'effondrer et à glisser vers la mare de limon. Même le plafond sembla s'incurver.

Jacen sentit une main tiède effleurer son épaule, et une voix chaude lui murmurer à l'oreille : *Pars.*

La voix de Ganner.

Il regarda Vergere, qui soutint son regard.

Jacen ne saurait jamais ce qui était vraiment arrivé là-haut.

Il ignorerait toujours si la voix qu'il avait entendue était vraiment celle de Ganner, ou encore un truc de Vergere.

Il ne connaîtrait jamais grand-chose sur ces événements ou sur d'autres.

La vérité est fuyante, et les questions sont plus utiles que les réponses.

Mais il savait au moins une chose : la vie est plus une question de choix que de connaissance. Même s'il ignorait à tout jamais sa destination finale, il pourrait toujours choisir quelle direction prendre.

Il choisit.

— Tu es censée être mon guide à travers le royaume des morts. Alors, guide-moi. Montre-moi comment sortir d'ici.

Vergere sourit.

— Bien entendu… J'attendais que tu me le demandes.

ÉPILOGUE

LEÇONS

Allongé sur une couchette organique, dans l'estomac-soute du vaisseau, Jacen, par un hublot couvert de cornée, contemplait la totale absence de couleur de l'hyperespace. De l'autre côté de la pièce, Vergere s'était enroulée sur elle-même comme un félin au repos. Elle dormait peut-être, mais Jacen en doutait.

Il ne l'avait jamais vue dormir…

Chaque fois qu'il la regardait, il se souvenait d'être arrivé près du vaisseau caché sous le Puits, et d'y avoir vu Nom Anor, attaché comme un nerf à l'abattoir.

Il se souvenait aussi de ses cris.

— Emmenez-moi ! Si vous me laissez ici, ce sera l'équivalent d'un meurtre.

Jacen lui avait tourné le dos et s'était dirigé vers le vaisseau.

— N'y pensez pas comme à un meurtre, exécuteur, mais comme à votre Libération Bénie.

Quand Nom Anor avait compris que rien ne les ferait changer d'avis, ses gémissements étaient devenus des jurons. Il insista, rappelant que seule sa protection leur avait permis de vivre aussi longtemps.

— Emmenez-la avec vous, misérable petit traître, avait-il craché à Jacen. Un félon en mérite un autre !

Vergere avait répondu de son ton joyeux habituel.

— Qu'espériez-vous d'autre ? Comment aurais-je pu enseigner la trahison, si je ne la pratiquais pas ?

Pourtant, pensa Jacen, il y avait du vrai dans l'adjectif « traître ». Vergere et lui avaient tous les deux menti. Ils avaient feint la loyauté pour tromper l'ennemi.

Bizarre… Avec Vergere dans le secteur, même les concepts simples – comme celui de *trahison* – devenaient flous.

De temps en temps, il buvait une gorgée de sève à son ver-outre, ou ramassait un peu de chair de scarabée-agrafe.

Amusé, il se demanda comment son estomac réagirait à un bon vieux synthé-steak accompagné de pommes de terre.

Quel goût avait la nourriture normale ?

Désireux de savoir ce que Jaina mangeait en ce moment précis, il fut tenté d'ouvrir le lien mental gémellaire.

Mais il ne le fit pas. Il ne le pouvait pas. Pas encore.

Il n'était pas prêt.

Que lui dirait-il ? Quelles informations passeraient dans le lien pour donner à sa jumelle une idée de celui qu'il était devenu ? De plus, il avait peur de découvrir ce qu'*elle* était devenue…

Il ignorait ce qu'il dirait aux siens une fois revenu dans l'espace de la Nouvelle République. Mais il ne se voyait pas affronter sa mère, son père ou son oncle Luke…

Ni en train d'expliquer comment Ganner Rhysode était mort…

Il avait beaucoup réfléchi à Ganner, au début du voyage. Comment concilier l'image qu'il avait toujours eue de lui – pompeux, arrogant et vaguement stupide – avec le pouvoir transcendantal et la joie profonde qu'il avait perçus à travers la Force.

Comment Ganner était-il passé d'un état à l'autre ? Ça n'avait pas de sens. Il ne comprenait même pas pourquoi il avait choisi de se sacrifier.

— Il ne m'appréciait pas, dit Jacen à Vergere. Et je n'avais pas beaucoup d'amitié pour lui.

— Il n'est pas nécessaire d'apprécier quelqu'un pour l'aimer. L'amour revient simplement à reconnaître que deux êtres ne font qu'un. Que tout est un.

Jacen pensa au dhuryam qui était devenu le Cerveau Planétaire.

— Ganner avait compris ça, à la fin. Encore plus complètement que toi. Quand on sait cela, la graine de la grandeur est semée.

— J'ai toujours du mal à dire « grandeur » et « Ganner Rhysode » dans la même phrase.

— Il était né pour devenir une légende.

— Peut-être. (Jacen soupira.) La Dernière Bataille de Ganner. Dommage que personne ne l'ait vu.

— Personne ? Tu veux dire : « personne de la Nouvelle République. » Laisse-moi te décrire la vision que j'ai eue. Une image de l'avenir qui m'est parvenue à travers la Force, il y a quelque temps. Je l'ai enfin comprise. Dans cette vision, il y avait un nouveau venu dans la mythologie des Yuuzhan Vong. Pas un dieu, ni un démon, mais un géant invincible appelé « le Ganner ».

— Tu plaisantes ?

— Pas du tout. Ils finiront par croire que le Ganner, un Jedi géant, est le gardien qui défend les portes du royaume des morts. C'est le Ganner, et sa lame de lumière éternellement étincelante, qui empêchent les ombres des disparus de venir troubler les vivants. La partie bizarre de cette vision, comme si ça pouvait devenir encore plus étrange, c'est que les mots gravés sur la pierre des portes, au-dessus de la tête du Ganner, sont écrits en basique.

— En *basique* ? Et pourquoi donc ?

— Qui peut le savoir ? Ces visions sont rarement accompagnées de notes explicatives…

— Que dit l'inscription ?

Vergere haussa les épaules pour indiquer qu'elle ne comprenait pas.

— En lettres capitales, gravées dans la pierre, on lit : « PERSONNE NE PASSERA. »

Les jours passèrent au ralenti.

Jacen disposait de beaucoup de temps pour réfléchir.

Il pensa à son état d'élève. De professeur.

De Jedi.

De traître.

D'ombre-phalène.

Un jour, il en parla à Vergere.

— Peux-tu me dire, maintenant, ce que tu voulais depuis le début ? Ce que tu désirais que je sois ?

— Bien entendu. J'entendais que tu sois... exactement ce que tu es.

— Ça n'est pas une réponse très utile.

— C'est la seule qui existe.

— Mais que suis-je ? Non, ne réponds pas, je sais déjà ce que tu vas dire. C'est la question depuis le début, n'est-ce pas ? Si seulement tu savais combien c'est *exaspérant*, au bout d'un moment...

— Pardonne ma curiosité, coupa Vergere, mais je me demande ce que tu as fait, exactement, dans le Puits du Cerveau Planétaire ?

— Que pensais-tu que je ferais ?

La crête de Vergere étincela d'un vert agressif.

— Nous nous connaissons trop bien, tous les deux... Je l'avoue : j'ignorais qu'attendre. Je pensais que tu tuerais le Cerveau Planétaire, ou qu'il te tuerait. La troisième possibilité – que tu acceptes de sacrifier Ganner – ne me paraissait pas très probable.

— Mais pas impossible.

— Non. Pas impossible...

— J'ai choisi une option différente. Séduire le Cerveau.

282

La crête de Vergere se colora d'orange.

— Vraiment ?

— Je me sers du dhuryam pour enseigner une leçon aux Yuuzhan Vong. Une *véritable* leçon. Un peu comme celles que tu m'as apprises. Le Cerveau Planétaire est désormais de notre côté.

— Il combattra les Yuuzhan Vong et travaillera pour la Nouvelle République ? Un agent double biogénétique ?

— Non. Non, pas du côté de la Nouvelle République. De notre côté. A toi et à moi.

— Oh… Nous sommes désormais un « côté » à nous deux ?

— J'en suis persuadé, dit Jacen. Le dhuryam ne combattra pas les Yuuzhan Vong. Ce sont des *fanatiques*. Pour eux, tout est bien ou mal, honorable ou mauvais, sacré ou blasphématoire. Quand on affronte des fanatiques, on les rend encore plus fanatiques. Non. Mon ami, le Cerveau Planétaire, leur apprendra quelque chose.

Jacen se leva.

— Ils apprendront que la modification de Yuuzhan'tar ne se passe pas comme le prévoient leurs plans. A partir de maintenant, tout ira un peu de travers pour eux. Aussi fort qu'ils essaient, rien n'arrivera de la façon qu'ils attendent.

La crête de Vergere frémit.

— Et ça leur apprendra quoi ?

— Le problème, c'est la question du fanatisme. Tu veux connaître le défaut des Yuuzhan Vong ? Au lieu de travailler avec les choses telles qu'elles sont, ils veulent les forcer à devenir ce qu'elles devraient être à leurs yeux. Ça ne marchera pas sur Yuuzhan'tar. Il leur faudra assassiner le dhuryam et repartir de zéro – ce qu'ils n'ont pas le temps et les ressources de faire – ou apprendre à accepter des *compromis*. Tu saisis ?

— Oui, dit Vergere, satisfaite. La meilleure leçon qu'on

puisse apprendre à un fanatique, c'est que le fanatisme entraîne la défaite.

— Exactement, dit Jacen. Et je pense à quelques Jedi qui auraient bien besoin de ce genre de leçons.

Vergere se leva et vint serrer son ami dans ses bras. Quand elle le lâcha, ses yeux brillaient de larmes.

— Jacen, je suis si *fière* de toi, murmura-t-elle. Le plus grand moment de la vie d'un professeur : quand son élève le dépasse.

Jacen refoula ses larmes.

— C'est donc ce que tu es, en définitive ? Mon professeur ?

— Et ton élève, puisque les deux ne font qu'un.

Jacen baissa la tête, la poitrine brûlant d'une détermination qui l'empêcha de rencontrer le regard de la Fosh.

— Ce sont de dures leçons.

— L'univers est cruel... Aucune leçon n'est vraiment apprise tant qu'elle n'a pas été payée par la douleur.

— Tu as peut-être raison. Mais il doit exister un moyen plus facile.

Vergere rejoignit son compagnon devant le hublot et observa avec lui le vide de l'univers.

— Peut-être, dit-elle enfin, est-ce la leçon que tu dois m'apprendre.

Hors de l'univers, il n'y a rien.

Et ce « rien » s'appelle l'hyperespace.

Une minuscule bulle d'existence flotte dans ce *néant*.

Elle s'appelle un « vaisseau ».

Cette bulle ne connaît ni le mouvement ni l'immobilité. Il n'y est pas question de sens de l'orientation, puisque dans le « rien », la distance et la direction sont des notions dépourvues de signification.

La bulle est suspendue ici pour l'éternité – ou pour moins d'une seconde – parce que le temps, dans ce « rien », n'existe pas non plus. Mais le temps, la distance et la direction ont encore une valeur dans la bulle, qui préserve ces concepts grâce à une stricte séparation entre l'extérieur et l'intérieur.

La bulle est un univers en elle-même.

Dans cet univers vivent des traîtres. L'un est un professeur et un élève. L'autre, un élève et un professeur.
L'un d'eux est aussi un jardinier.
Leur univers tombe vers un autre univers, plus vaste, qui est aussi un jardin…
Plein de mauvaises herbes.

Achevé d'imprimer sur les presses de

BUSSIÈRE
GROUPE CPI

*à Saint-Amand-Montrond (Cher)
en mars 2004*

FLEUVE NOIR
12, avenue d'Italie
75627 Paris Cedex 13
Tél. : 01-44-16-05-00

— N° d'imp. : 41243. —
Dépôt légal : mars 2004.

Imprimé en France